目次

断章

東京拘置所は、東京都葛飾《かつしか》区小菅《こすげ》にある。犯罪統計における犯罪認知件数が半世紀にわたって低下し、統廃合された各地の矯正施設から受刑者が集められ、二〇五二年現在の収容人数は約二千名。東京二三区内に立地し、その知名度ゆえに、国内で最も惜しみなく施設整備に予算が投じられている。

東京拘置所には、かつて囚人を収容する施設であれば真っ先にイメージされる高い塀が敷地全体を囲っていた。しかし現在、施設に面した一般道から金網フェンス以外に遮るものはなく、地上十二階建て鉄筋コンクリート造の建物を目にすることができる。

かといって、塀がなくなったのではない。外壁そのものと一体化したのだ。これはハウスインハウス構造と呼ばれる設計で、内部に収容棟《ユニット》が組み込まれた建物の外壁それ自体が、堅固な塀として機能する。

そこが今、燃えている。内から外へ受刑者を逃がさない分厚い外壁は、燃え盛る火を閉じ込め、外部からの消火を困難にしながら内側——収容棟の火勢を際限なく強めている。刑務所内は今や火刑をもたらす高熱の炉と化し、地獄の様相を呈している。

出火は、同日深夜に確認された。正確な出火時刻は判明していない。現在進行形で施設に収容された受刑者たちと施設職員を焼いている。死傷者の正確な数は誰にもわからなかった。命を賭《と》した刑務官や消防隊員らの献身によって、炎の只中《ただなか》から避難させられた受刑者たちは、敷地北西側にあるグラウンドに身柄を移されている。

柵《さく》で囲まれたグラウンド内に受刑者たちが文字通りすし詰め状態になっており、照明設備はすべて投光されている。いつになく厳重に監視されていることを自覚させ、混乱に乗じて逃亡を企てないよう心理的な抑止効果をもたらすためだ。

グラウンドに隣接し、公務員官舎側の敷地を隔てる門には臨時の検問が設けられている。外部からの警察関係車両の乗り入れを受けつけ、内側からは一台も外に出さない規制が行われた。新たに一台のSUVがこの検問を抜け、施設内に入った。

施設警備員に誘導され、敷地内に史跡として残されているかつての小菅刑務所管理棟すぐ傍の駐車スペースへ誘導された。

管理リストには、警察庁総務部・統計外暗数犯罪調整課と所属が記載された。

「『一国の文化水準は監獄を見ることによって理解できる』って言ったのは誰だっけ?」

運転席の人影が尋ねた。地味な色の背広に綺麗《きれい》に髪を撫《な》でつけた壮年の男。つねに薄ら笑いを浮かべているように眼元と口元に小皺《こじわ》がある。胸元のポケットに収まった鮮やかなオレンジ色のチーフ。統計外暗数犯罪調整課課長、坤賢雄《こんけんゆう》警視。

「チャーリー・チャップリン」

後部座席からくぐもった声が返ってきた。荷物を積載するスペースを広く取るためシートが倒された後部座席の壁に直接背を預けているのは、濃紺の活動服を着た大男——同課所属の坎手《あなて》正暉《まさき》警部補だ。窮屈そうに身を屈《かが》めている。

「それだ」運転席の坤は頷《うなず》く。「昭和七年、一九三二年の五月十九日。喜劇王は、東京拘《こ》置所の前身だった小菅刑務所を視察した。蒲原重雄《かんばらしげお》設計の表現主義建築の傑作。チャップリンがシルクハットを被《かぶ》って立った見張り台を今でも見られるなんて感激だねえ」

「感激ですか、この状況で」

「正暉くん、場を和ませる冗談って知ってる？」

「知っていますが……」そこで正暉は言葉に詰まり、しばらく考えてから続きを言った。「俺は、そういうものがよく分かりませんので」

「いいね。君のそういう素直なところ、俺は信頼してるよ」

警察庁首席監察官直属の坤の下で、正暉が働くようになって一年余りが経過していたが、いつも会話はこんな調子だ。たいていの話題を正暉が途切れさせてしまうのだが坤は気にすることなく話題を次に進める。

「さて、史跡見物にうつつを抜かしている暇なんてないほど、今の状況はだいぶ危機的だ。火災の混乱によって受刑者の多くが制御不能な混乱に陥り、騒擾《そうじょう》を引き起こした。敷地内のグラウンドには千名近くが避難隔離されているが、逆をいえばいまだに千人単位で受刑者の所在や動向が不明のままだ。そのうち一定数の連中が、理解しがたいことに今なお燃え盛る刑務所内に立て籠《こ》もり、消防や救助活動に抵抗している」

　東京拘置所の大火災は、現在も懸命な消火活動が続けられている。複数箇所で同時に出火したとしか思えないほど、火は速やかに施設全体に波及した。

　火災の熱波は、収容棟から幾らか距離の離れた施設西側の駐車場にいる正暉たちのもとにも届いている。扉を閉じていても焼け焦げた臭気が車内に入り込んでくる。

「警察施設における火災としては過去最悪の規模になりますね」

「おそらく犠牲も過去最悪になる。あらゆる数字のワーストを記録することになるだろう。そこで事態収拾のため、特別機動警備隊《SeRT》が投入されることになったが……どれだけ現場が賢明に対処しても、すべてが万事解決には至らない。そういう災害的な事態だ」

　特別機動警備隊は法務省矯正局の直轄部隊で、刑務所や拘置所、少年院などの矯正施設において暴動や逃走などの保安事故が起き、緊急の対応が必要な「非常事態」が発生した場合に迅速に対処するため、東京拘置所に常設された部隊だ。

「騒擾の規模からみて、管区機動警備隊の出動を要請すべきでは？」

通常、矯正施設で非常事態が発生した場合、まず施設警備隊が対処し、次に矯正管区の担当地域から管区機動警備隊が臨時編成される。特別機動警備隊の出動はその次だ。

「俺もそう思う。が、特別機動警備隊はここの常駐部隊だ。まずかれらを動かさないと」

「面子《メンツ》の問題ですか」

「それもあるが、あとは起きている非常事態の性質によるものだ。暴徒化した一部の受刑者集団の鎮圧をやりつつ、消防と連携して逃げ遅れた受刑者や職員の救助を行わなければならない。特別機動警備隊には災害派遣の実績もあり、そのための装備もある。で、君はそいつらに混じって仕事をする」

「派遣先は」

「第二中隊第一小隊」

「救出救助部隊ですか」

「そうだ。君はかれらと仕事をともにする。かれらは君の仕事を手伝ってくれる」

「共同作業ですか」

「いいや。詳細はすでに伝えた通りだ。うちはいつもどおり独立行動。俺たちが取り扱うのは、この刑務所火災における暗数だ。一般の目に触れさせてはならない特別な収容者を回収する。君はテトラドの、二人のうち一人を確保する」

「……一人？」正暉は訊《き》き返した。「二人ではなく？」

「この状況は、その二人のうちどちらか一方、あるいは両方が引き起こしたものだ。テトラドはそういう災害的状況を望むと望まざるとにかかわらず発生させてしまう。二人両方を確保するのがベストだが、この事態を見ろ。そんなことは事実上不可能だ」

　坤は手を上げる。平和を意味するピースサイン。そして一方の指を折り畳む。

「いいか、どちらか一方でいい。先に見つけたほうを回収し、帰還しろ。それで事態は幾ばくかの鎮静を見せる。なお、対象確保を最優先し、そのために一切の犠牲を厭《いと》わない。無論そこに君の命も含まれる」

そのときちょうど正暉たちのSUVの目と鼻の先を濃紺の集団が横切った。プロテクター背部に〈法務省〉の白字が記されている。特別機動警備隊の隊列だ。

「行け」

「了解」

正暉は後部座席のドアを開き車外に出る。駆けていく隊の後を追う。


特別機動警備隊の隊列は敷地の南側に向かう。矯正施設の正門がある大きな駐車場を目指す。透明なポリカーボネイト素材の防盾を装備した隊員が先行、その後に警棒や警《けい》杖《じょう》、小型小銃に似たガス圧式催涙弾発射器を携行した隊員が続く。

あくまで非殺傷兵器で装備が纏《まと》められ、明確な殺傷能力を持つ銃火器のたぐいはない。

正暉の装備も周囲のSeRT隊員に準拠している。濃紺色の活動服に肩から胴体を覆う防弾ベスト。膝《ひざ》と肘《ひじ》にはパッドを装着。首から眼元までを隠すマスクに、耳を露出したスポーティーなシルエットのハイカットヘルメットを被る。

さらに腰部に降下用のハーネスを取り付けた重装備。ハーネスを取り付けた蛍光オレンジが目立つ作業《ユーティリティ》ベルトに、びっしりと弾帯のように杭《くい》が取りつけられている。大小の区別がある。腰の背部にはひときわ大きい鉄鎚《てっつい》が重々しく吊《つ》り下がっている。

それらはすべて救命作業に使われる工具にしては、ひどく剣呑《けんのん》な気配を帯びていた。

無骨で無遠慮な殺意が剝《む》き出しになった奇妙な装備を携え、正暉は駆ける。

大柄な体軀《たいく》だが軽快な走りだ。躍動する筋肉の繊維は太く身を揺らす脂肪がない。刑務官から選抜されるSeRT隊員に混じった正暉は頭ひとつ分は大きく目立ったが、かれらは正暉が何者であるかを気にすることはなかった。状況は混沌《こんとん》としており、異分子に意識を向ける余裕はなかった。

間もなく、隊列前面が囚人と警官隊の衝突に接触した。防盾を装備した隊員たちが亀甲陣形で上下に盾を組み、暴徒化した受刑者が投げつけてくる投石を防御する。

硬く鈍い音が幾つも重なった。投石は原始的だが殺傷力が高い。古代の民衆は罪人に礫《つぶて》を浴びせて処刑した。ある程度の重さと硬さを持った石が頭部に命中すれば人間は卒倒、あるいは後遺症を残す重度な脳機能障害が生じることもある。

一刻も早く退避すべき危険な状態にあって、火の燃え盛る収容棟のすぐ傍に陣取って抵抗を試みる受刑者たち。極度な興奮状態に陥り、正常な判断ができなくなっているのか。自らの命を優先するより敵と見做《みな》した相手を攻撃し、叩《たた》きのめそうとすることに躍起になっている。怒りと憎悪をそのまま表すような絶叫。

やがて浴びせられる投石が止んだ瞬間を見逃さず、後列のSeRT隊員が催涙弾発射器を斜めに構え、撃った。空気式の独特の発砲音が鳴った。催涙弾は受刑者たちが陣取る施設入り口付近に着弾。催涙ガスが噴出する。

投石の勢いが弱まった。その隙に防盾を構えた密集陣形の隊列が距離を詰め、そのまま突っ込んだ。盾それ自体が防御の装備であり武器でもある。殺傷力を有する武器を持つ対象を殺傷せず制圧するための装備。割れたガラスに作業服の切れ端を巻きつけた即席ナイフを滅茶苦茶《めちゃくちゃ》に振り回す暴徒化した受刑者を、前後左右から防盾装備の隊員が包囲し圧迫する。速やかな連携。そのまま地面に押し倒し、武器を弾《はじ》いて無力化する。

再び投石の雨が降ってきたが、後列の隊員たちを先行させるため、亀甲形の密集陣形から速やかに隊列を変更した隊員たちが、防盾を頭上に掲げて重ね合わせた。

頭上を防御する即席の突入経路が形成された。建築資材や石が絶え間なく浴びせられるなか、正暉は他の隊員たちに続き、速やかに駆け抜ける。

スクラムに放り込まれたラグビーボールのように外に押し出された途端、暴徒化した受刑者の集団に肉薄する。警杖を構えた隊員たちが杖術《じょうじゅつ》で対抗する。突く、叩く、払う。なおも暴れて起き上がろうとする受刑者を別の隊員が刺叉《さすまた》で押しとどめる。

正暉はできる限り交戦を避けて先へ進もうとしたが、密集状況でひとりの受刑者が脱いだ作業着で手近なコンクリート片をくるんだ即席武器を正暉に向かって振り下ろしてきた。肩のプロテクターで衝撃を受け止める。

正暉は腰に手をやって鉄鎚を抜き取った。ヘッドに指を掛けて引き抜き、それから掌《てのひら》の動きでくるりと回し、ヘッドの重みを利用し鉄鎚を手の中で滑らせた。ちょうどよい持ち手の位置でグリップを握ると、そのまま鉄鎚で相手の膝を打ち砕き、体勢が崩れ倒れ込んできた相手の腹を打ち抜いた。内臓に衝撃を与えた鈍い手応《てごた》えが返ってきた。

相手は悶絶《もんぜつ》し、頭を下げてくる。殺すならここで頭を砕き割ってやればいい。しかし、それは過剰な対処だ。殺しはしない。正暉は鉄鎚で相手の即席武器を握った手を強《したた》かに打ちつけ武装解除を行った。そして受刑者の作業ズボンの腰のあたりを摑《つか》んで引き寄せ、別の警備隊員たちに放った。

正暉は再び駆けた。大きく手を振って全力疾走する。個別に対応するより、ここからは強行突破を図ったほうが早いと判断し、進路の邪魔になる受刑者の相手をするのは最低限に留《とど》めた。その分だけ容赦なく鉄鎚を振るった。他の隊員たちと比較して破格に威力の高い装備だが、ひとりとして殺害に達する致命傷は負わせなかった。

正暉は特に混乱の激しい正門側駐車場を斜めに走破し、間もなく施設東側の外壁付近に肉薄した。そちらでは警察が車両を動員してバリケードを築き、展開した消防車両を防衛している。地面には太いホースが幾つも伸びている。

正暉は手にした鉄鎚を腰のホルスターに収め、消防隊員と似たオレンジと紺色の制服を着ているが、背中に〈法務省〉の文字が記された集団に話しかけた。

かれらは特別機動警備隊の第二中隊第一小隊で、救助任務を担当する。

「ご苦労様です。統計外暗数犯罪調整課です」

課長である坤の根回しは済んでおり、すぐに隊員は、正暉の要請に対応した。

「要請は聞いている。必要な装備をこちらで提供する」

「ありがとうございます。突入用のエンジンカッターの貸与を願います」

正暉は防弾ベストを脱ぎ、代わりに耐火の装備が整えられた防火衣に着替える。

そばに停まっている救助工作車の側面が開く。備えつけられた救助装備からエンジンカッター一基が取り出される。高速回転する円盤状の刃で扉や天井部を切断し、突入口を設けるための装備だ。SeRTは矯正施設専門の部隊だが、大規模災害に際し、刑事施設を一時的な避難場所として開放する場合の安全管理、あるいは災害によって矯正施設が孤立した際、施設に取り残された受刑者や職員を救助することも任務に含まれる。

成人男性でも両手で踏ん張って使用するエンジンカッターを正暉は担ぐ。防火衣と担いだ酸素ボンベも合わせると相当な重量になる。さすがに重い。

「お前を支援しろと命令を受けている。何をすればいい」

「自分は、これより東側収容棟十二階屋上部より施設内への突入を行い、保護対象者一名の救出に向かいます。その支援のため、こちらの救助工作車の操縦をお願いします」

正暉はエンジンカッターを受け取った赤い車体の大型車両を見やった。II型救助工作車と呼ばれる車種で、後部に高層ビル火災などで使用するクレーンが備わっている。

「後部クレーンを突入および脱出時に使用します。あと、前部の油圧式ウィンチも使います。自分が合図をしたらウィンチの巻取りを開始してください」

「油圧ウィンチ？」隊員が怪訝《けげん》な態度で尋ねた。「要救助者の固定具を引っ張るのか。出力が高すぎて障害物と衝突した際の負傷の可能性が高い。推奨はできない」

「いえ。油圧式ウィンチは自分が装備したハーネスと接続します。目標を回収したら無線で合図しますので、油圧ウィンチの巻取りを即座に開始してください。自分の身体をクッションにして保護対象を施設内部から外へ一気に脱出させます」

正暉が腰部のハーネスを指さして見せると、隊員が唖然《あぜん》となった。

「死ぬ気か。車両の牽引《けんいん》に使う出力だぞ」

「死ぬつもりはありません。しかし備えは必要です。確実に保護対象を生還させるのが、自分の仕事です」

隊員が返答を一瞬、渋った。時間が惜しい。正暉は凝《じ》っと相手を見る。

「お願いします」

「……わかった」

頷《うなず》く相手に正暉も頭を下げた。話が早くて助かった。

防火衣を纏《まと》った正暉は携帯型の酸素ボンベを繋《つな》いだゴーグルつきの消防マスクを装着し、混合燃料型のエンジンカッターを携える。

まずII型救助工作車の前部に備わった油圧ウィンチから伸ばしたワイヤーを後部クレーンに引っかけ、ウィンチ先端を自身の腰のハーネスに接続する。それからグローブを嵌《は》めた手でワイヤーを持ち上げ、ウィンチとの接続が確かなことを確認する。

そして救助作業が始まった。

正暉を乗せて後部クレーンが伸長し、突入ルートとなる東側収容棟屋上へ向かう。

火の手が最も及んでいない場所が選ばれたが、それでも建物に近づくほどに容赦ない熱気を正暉は浴びた。防火衣や消防マスクの下で全身の皮膚から汗が噴き出す。

外壁部分でさえこの有様なのだから、施設内部がどれほど高温になっているのか。保護対象がすでに焼死している可能性が脳裏を過《よ》ぎった。だからといって突入を思い止まる理由にはならなかった。そして正暉が臆《おく》するようなことは微塵《みじん》もなかった。

それに騒擾《そうじょう》は今もなお続いている。つまり、この事態を引き起こしたテトラドと呼ばれる特別な矯正対象が、まだ生存しこの場にいることを意味している。

クレーンは十二階屋上運動場の直上で止まった。受刑者の逃亡防止のために金網で全面が覆われている。正暉がゴーグル越しに目を凝らすが人影は確認できない。ここまで自力で避難できた人間はいない。やはり収容棟内部まで赴かなければならない。

クレーンが位置を微調整する。完全に停止すると、正暉は脚をゆっくりと曲げてクレーン先端部に手をやって保持し、それから足を宙に投げ出し、クレーンからぶら下がった状態になる。油圧式ウィンチが作動し始め、腰から宙吊《ちゅうづ》りになった正暉が降下する。

金網に両脚で接地しゆっくりと立ち上がると、抱えていたエンジンカッターを金網の上に置いた。前ハンドルを右手で握り、左手でスターターを引っ張って起動する。

混合燃料を爆発燃焼させせエンジンが稼働し、円形の刃が高速回転する。後部ハンドルを右手で握り、両手でしっかりと保持したエンジンカッターで金網を切断する。金網と接した刃から大量の火花が舞い、正暉が装着したゴーグル越しの視界いっぱいに広がる。間もなく金網の切断が済み、正暉が中に入れる広さの穴が開いた。エンジンを切ったエンジンカッターを先に中に下ろし、それから正暉も屋上運動場に降り立った。

十二階の屋上運動場と収容棟の十一階を繋ぐ非常階段の扉は、刑務官の指紋とパスワードによって開く仕様になっている。

非常事態であるため、エンジンカッターを使用し扉の施錠箇所を切断する。それから正暉は腰に付けた作業ベルトから大きな杭《ボルト》を三本抜き取る。扉の隙間、上と真ん中、下に嵌め込み、腰から抜いた鉄鎚《てっつい》で三本の杭を続けて打撃した。

杭に装填《そうてん》されていた成形炸薬《さくやく》が爆裂し、非常扉がへし折れた。正暉は最後は己の膂力《りょりょく》で無理やり扉を抉《こ》じ開けた。

途端に正暉は激しい炎に襲われた。そう錯覚するほど収容棟内部は高温になっていた。躊躇《ためら》わずに内部へ踏み込んだ。

間もなく、全身が焼け焦げ、床に横たわった無惨な骸《むくろ》を見つける。

かなりの部分が焼けたり溶けたりしているが、制服を思わせる形状と頭部の帽子の残《ざん》骸《がい》から、それが刑務官であることが分かった。ひどい火傷《やけど》を全身に負っていた。

火が刃《やいば》となって全身を切りつけたかのようだった。第Ⅲ度火傷と呼ばれる重篤な火傷に達すると、人体は筋肉が収縮し皮膚は裂け、内部の骨まで露出する。

だが、驚くべきことに正暉が至近まで近づくと、その刑務官が反応を寄こした。正暉の足音に応じ、焼けて捻《ね》じ曲がった指が確かに動いた。

わずかに身を捩《よじ》らせた刑務官は辛うじてまだ生きているというほかなく、応急処置でどうにかなる範囲をとっくに超えていた。助からない。しかし、その刑務官が覆いかぶさって火と熱から庇《かば》っていたもうひとりの人間のほうは別だった。

まだ若く、少年とさえいえる容姿。東京拘置所に未成年の受刑者が収容されているという話を聞いたことはない。だからこそ、この少年が保護対象なのだと即座に理解した。

確保を命じられた二人のうち一方——テトラドと呼ばれる特殊な矯正対象者。

弧を描く奇妙な形状の突起物が脚を貫通しているがそれは致命傷には達していない。正暉はすぐに予備の酸素マスクを取り出し、少年の口に宛《あて》がった。透明素材の呼吸器部分が白く曇る。呼吸している。少年は生きている。

そのときだ。少年を庇っていた刑務官が、熱傷によって焼け爛《ただ》れた喉《のど》からどうにか絞り出した声で何事か口にした。

「……正暉か」

名を呼ばれ、少年を助け起こそうとしていた正暉の手が止まった。正暉自身も信じられなかった。自分のすぐ傍にいる刑務官が何者なのか、もう誰であるかも判別がつかないほどの生ける屍《しかばね》と化した相手の名を、正暉は迷うことなく口にした。

「皆規《かいき》か」

言ってから、先ほどまでは誰なのかも判別がつかない骸とさえ思えた姿が、今は間違いなく自分にとって見知った相手に変わっていた。あの黒く長かった髪が僅《わず》かに貼りつくのみとなった無惨な有様が、自分が知る友人の姿に重なった。

もう助かる見込みはなく、ここで息絶える刑務官の名は、永代皆規《ながしろ》。

こんなところで、こんなふうに命を奪われていい人間ではなかった。

「僕はいつまで生きられる」

「長くはない。もって夜明けまでだ」

どれだけ延命治療を施したとしても、それが限界だろう。正暉は正直に答えた。助からない。希望的観測を口にすることはない。正暉はそういう人間だ。事実を事実として話す。そこに配慮はないが嘘もない。

そうした偽りのなさを他にない個性だと目の前の相手から褒められたことを思い出した。どのような人間であれ長所を見つけて肯定する。そのような親切で善い人間だった。

いつも自分より他人を優先する人間だった。

今もまた。

「正暉、この子を頼む」

自分を助けてくれと一言も口にしなかった。痛いとも苦しいとも訴えることはなく、目の前の少年の安否だけを気遣っていた。

その死の間際にあって。

「処置?」

「処置はここで済ます」

そして皆規が少年の脚に突き刺さった杭を摑《つか》み、慎重に引き抜いた。少年の顔が苦痛に歪《ゆが》む。引き抜いた杭は少年の血に濡《ぬ》れている。

「——侵襲型矯正外骨格だ」

正暉は後に、これがテトラドの特性を抑制するための矯正杭《ティマーボルト》であると知る。だが、このときはまだ何かわからなかった。しかし事態を鎮静化するために欠かすことのできない装置であることを察した。皆規が手にした杭を少年の額に宛がう。ぽっかりと穿《うが》たれた真っ黒な穴にそっと差し込む。穴の奥でカチリと器具と器具が嚙《か》み合う。

「この矯正杭が、テトラドと人間を共助の関係にする」

皆規が言った。テトラドの少年は頭部に足された重みに負けたように首を曲げ、そのまま気を失った。その途端、皆規の頰を涙が伝った。それが何を意味するのか正暉にはわからなかった。正暉は人間が涙を流す感情の仕組み《メカニズム》を理解できなくなって久しい。

「テトラドとは、何だ」

正暉の質問に、皆規は答えなかった。口にできない高度な機密。あるいはもう会話できるだけの余裕がない。生命の残余はいよいよ終わりに達する。

「この子を頼む。彼の名は静真《シズマ》。おれたちと同じ人間だ」

おそらく彼にとって、何より伝えなければならなかった最後の言葉。

少年の名前——静真——特殊な矯正存在〈テトラド〉のうちのひとり。

しかし皆規は、少年を人間と呼んだ。

自分たちと同じ、何ら変わることのない同胞だと。

皆規の答えが何を意味するのか。自分が今、何を相手から託されたのかを正暉は理解した。正暉は他人の心を読むことが不得手だ。しかし今は違った。相手が今、何を最優先に望んでいるのかを自明のものとして理解した。

正暉は膝《ひざ》をついて少年を抱きかかえながら、仰向《あおむ》けに倒れた皆規に声を掛けた。

「すぐに戻る。こいつの次はお前だ」

予定にない救出プランを頭のなかで計画した。少年を被害の比較的少ない屋上運動場まで運んでからすぐに引き返す。エンジンカッターを破棄すれば、二人を纏《まと》めて正暉が回収することも可能だろう。

理論上、それは可能だ。

しかし、それは机上の空論だ。

すでに正暉は、皆規がすぐに息絶えることを予測している。致命の重傷を負っていることを認めている。その事実は変わらない。

「いいんだ、正暉。君はもう戻ってこなくていい」

皆規も、それを知っている。

だとしても。

「皆規」

なおも正暉は相手の名を呼んだ。もう答えは二度と返ってこなかった。

正暉は少年を抱きかかえたまま、皆規の遺体を引き摺《ず》っていこうとしたが、何かの可燃性の物質に引火したような大きな爆発が管理棟側で起きた。

爆風が正暉たちを襲った。咄嗟《とっさ》に身を丸くして正暉は抱きかかえた少年を庇った。視界の端で亡き友の骸が燃え殻となっていく。吹き荒れる焔《ほのお》に呑み込まれていく。

身体が宙に浮いた。背中から壁に強《した》たかに打ちつけられた。正暉は猛烈な焦げた臭いを嗅《か》いだ。衝撃で酸素を供給する消防マスクが外れていた。今夜、数えきれない命を葬り去った炎の臭いが口から体内に飛び込み、喉や肺を掻《か》き毟《むし》るような激痛を寄越《よこ》した。自分もまた今しがた別れた友と同じ末路を辿《たど》るかもしれないと考えた。

正暉は気絶した少年を固く抱きしめた。無線で合図を送った。回収の合図を。

途端にとてつもない力に引っ張られた。救助工作車に備えられた油圧式ウィンチの巻取りが始まった。事故車両などの重量物を悠々と牽引《けんいん》できる出力によって、少年を抱えた正暉はすさまじい勢いで外に向けて引っ張られていく。ウィンチを巻き取る機械の容赦ない力で身体のあちこちが廊下の角や壁、落下した建材に衝突した。正暉はいっそう力を込めて身の裡《うち》で丸まった少年を庇った。自分を含めたどれだけの犠牲を出そうとも回収されなければならないものだった。

友がそうであったように、正暉もまた自らの命を惜しむことはなかった。

第二部　テトラド

しかし、彼はうまくやれなかった。というのは、彼は動物たちに最上の能力をさずけ、人間を裸な、まるで無防備の者にしてしまったからである。

『火の起原の神話』

J・G・フレイザー／青江《あおえ》舜二郎《しゅんじろう》訳

1

目覚めると夕方だった。日が落ちようとしている。赤黒い空が街を塗り潰《つぶ》している。調査拠点であるホテルの部屋の窓越しに、光と闇が一緒くたに入り込んでくる。

正暉はソファベッドの置かれたリビングから寝室に移り、眠る静真を見る。

生々しい炎の記憶が脳裏を過《よ》ぎる。夢が現実を侵し曖昧《あいまい》にする感覚があった。正暉は意識をはっきりさせるためにバスルームへ向かった。シャワーの温度は普段の入浴より冷たくする。骨折した右腕が動かしにくいため、水道の操作だけでも難儀した。水滴を弾《はじ》く、丘陵のような大きな肩に、広い背中に、数えきれない打撲痕《こん》や切創の痕《あと》がある。

二年前の東京拘置所で負った傷。それ以前の職務で負った傷。手で前髪を掻き上げて覗《のぞ》く額には子供の頃に実父に負わされた貫通痕がある。全身にくまなく傷がある。スーツの上ではわからないが、鏡に映る自分の裸体は、筋肉であれ骨格であれ、全身がどこも歪んでいる。かつて折れた骨。かつて千切れた筋肉。かつて裂けた皮膚。どれも現代の高い水準の医療によって治療されていたが、完全に元通りとはならない。継《つ》ぎ接《は》ぎだらけの肉体のようだ。正暉は今もっとも新しい傷となった右腕を見やる。

折れた骨はどの程度で癒合するだろうか。正暉はいつも医師が指定するよりも先に負傷部を稼働させてしまう。その結果が今のいびつな肉体を作り上げている。

変わってしまえば、元に戻ることのないもの。だが、戻るべき元のかたちもない。肉体は積み重ねられた行為によってかたちづくられる。美しい肉体を目指すなら、相応のトレーニングや整形手術を行うべきだ。しかし、正暉には目指す自分の在り方というものもない。起きる事態にすべて対処する。そのための役割を全うする道具であること。

正暉は書斎代わりに使っている部屋に移る。業務用のタブレットや印刷した資料、随時必要に応じて配送を頼み、持ち込んだ書籍が積まれている。

引き出しを開けると、そこには鉄鎚《てっつい》が収められている。矯正杭《ボルト》を打ち込むための精密部品たるヘッド部分こそ統計外暗数犯罪調整課で製造されたものだが、これが接続されたグリップ部分は元は量販店で取り扱われる市販品を正暉がその手で改造し、修整を施し、今は専用の装備としたものだ。

矯正鎮圧のたびに行う整備作業は、宿泊先であるため簡易なものに留《とど》めた。機器を使って計測を行うと持ち手の歪みが僅《わず》かであるが増している。炎による煤《すす》か返り血の痕か判然としない汚れが錆《さび》とともに点々と散っている。

正暉は左手で鉄鎚を持ち上げる。その重みに任せるようにして手の内で動かす。最初は幾らか違和感があったが、やがて身体のほうが慣れた。鉄鎚は正暉の思うように動き、鉄鎚の重みに正暉の腕が従う。道具と肉体が一体化する感覚を意識する。

そして鉄鎚を机の引き出しに戻すと正暉は視線を上げる。

一枚の画像資料がプリントアウトされ、壁付けの書架のフレームに貼られている。見た目は、静真とあまり年齢が変わらなそうな少年を思わせる容姿。しかし実際の年齢は二十代後半、正暉とあまり歳は変わらない。

手足が長く痩《や》せた体形に比して頭部が大きく見える。黒く長く、伸び放題の髪。肌は日陰の内に育った菌糸類のような独特な白さをしている。そして実際、長く陽を浴びることなく塀の内側で生きる時間の半分以上を過ごしてきた男。

確定死刑囚、逃亡犯、土師《はじ》町連続放火殺人の容疑者。

百愛部《もあべ》亥良《いら》。

もうひとりのテトラド。二年前の東京拘置所の刑務所火災において、正暉は静真ではなく、百愛部を回収していた可能性もあった。

後に課長の坤から聞いた話では、正暉以外にも別働隊が百愛部の捜索を行っていたそうだが、その身柄を押さえることはできなかった。他の受刑者と同様に焼死した可能性も考慮されていたが、生死不明程度では、その捜索が打ち切られるようなことはない。

もし、あの現場で正暉が静真ではなく百愛部を回収していたら、この一連の放火殺人は起きていなかっただろう。

だとしたら、静真のいる立場——正暉の隣に百愛部がおり、別の土地で、調査業務に就いていただろうか？

それは違う。あり得ないと断言できる。

静真と百愛部では、その性質があまりに異なる。静真は三歳のとき矯正施設に収容された。しかし、それは刑事罰を犯したからではなく、後にテトラドと分類される特殊な性質が幼くして確認されたためだという。

それと比べて、百愛部には明確な罪状がある。

百愛部は一〇代前半から成人年齢に達する直前に逮捕されるまでの約六年間に、確認されているだけでも十七件の放火強盗殺人に関与し、その犠牲者の数は数十名に及んでいる。

いずれも放火および殺人に直接手を下してはおらず、百愛部は、「周りが勝手におかしくなった。逃げたくても逃げられなかった。自分は巻き込まれただけだ」と一貫して主張し続けたが、数々の証拠や証言から複数の犯行グループと行動を共にし、犯行に際して主たる影響を及ぼす立場にあったことは間違いなかったとされ、地裁・高裁・最高裁いずれにおいても死刑が言い渡された。

そこで奇妙な現象が起きた。確定死刑囚となった百愛部を収容した施設ではトラブルが絶えなくなった。百愛部自身が傷害の標的にされることもあり、百愛部は短期間で国内に全八箇所ある拘置所を転々とさせられた。そして最終的に、犯罪者矯正に関して先端研究を行うセクションを備えた東京拘置所へ収監が決定された。

刑務所火災が起きたのは、それから間もなくのことだ。

そして百愛部は脱獄し、逃亡犯となった。

火災が起きたから脱獄を企てたのか。

脱獄を企て火災を引き起こしたのか。

どちらであるのか定かではない。あまりにも多くの当事者が亡くなっていた。参照されるべき記録も炎によって灰に変えられてしまった。

百愛部と静真。

かれらの特質が刑務所火災と騒擾《そうじょう》の発生に、どの程度、影響を及ぼしていたのか。完全な検証結果が出ているわけではない。正暉が回収したとき静真の脚を貫いていた奇妙な動物の骨のような長い杭は、百愛部に埋め込まれていたはずの矯正杭だった。

それが何者の手によって外されたのか——矯正杭を埋め込まれた人間は脳への選択的な機能抑制によって自らの意志で抜くことはできない——あるいは処置直前に何らかのトラブルが発生した可能性もある。

いずれにせよ、状況証拠から判明していることは、百愛部を制御するための矯正杭が静真を負傷させる凶器として用いられたこと。この前後どこかのタイミングで静真の矯正杭も何者かの手によって抜き取られたこと。

静真にはこの瞬間の記憶がない。矯正杭の強引な脱着による脳組織の損傷も懸念されている。聞き取り調査において静真が断片的に語ったのは、何者かに襲われたという直前の記憶。気づいたときには炎に取り囲まれていた記憶。焼死間近の窮地にあって皆規に命と引き換えに救助された記憶。

静真は、再び矯正杭を装着するまで脳を焼かれるような想像を絶する苦痛の只中《ただなか》にあったと表現している。脳組織それ自体には痛覚がない。脳は痛みを感じない。しかし、痛みは脳によって生み出される。

脳機能――特に共感神経系に関する領域――に特異な性質を持つ静真の脳は、東京拘置所における大規模な騒擾を引き起こした「怒り」の感情の氾濫《はんらん》に晒《さら》され続けた。

周囲の他者に過剰共感し、他者の感情を際限なく自らのものとする。その在りようを正暉は想像できない。人間なら誰もが持ちうる共感の機能を欠損してしまったために。

それでも想像しようと努める。静真という他者について。死者に託された無垢《むく》なる魂について。自らが失った能力を過剰に持つ者たちが、決して幸福に人生を謳歌《おうか》するのではなく、むしろその逆で、恐ろしいまでの不幸に脅かされることについて。

静真は他者の怒りを知る。だが、おのれ自身の怒りについては遮断され、抑制されている。もしも額に刺さる矯正杭を引き抜けば、静真もまた立ちどころに、百愛部亥良のような凶悪な犯罪者と化すのだろうか。周囲を地獄の炎で燃やし尽くすのだろうか。

黙考する正暉の背後で、扉が開く音がする。細い光が書斎の暗闇に差し込んでくる。目を覚ました静真が黒いシャツを着用し、鮮やかなオレンジ色のネクタイを締め、笑みではなく硬い、真剣な面持ちで立っていた。

「永代さんを呼んで欲しい。おれはあのひとに伝えなきゃいけないことがある」

いつの間にか闇に慣れてしまった正暉の眼には、光を背にする静真の姿が眩《まぶ》しい。

2

呼び出しから間もなく、永代が正暉たちのもとに到着した。

疲労の色は濃い。休息に充てられた時間の大半を、捜査資料の確認に費やしていたことは想像に難くなかった。

「一連の連続放火殺人の主犯とされる百愛部亥良について、資料を読んでいて気になる記述があった。百愛部が居住した地域では、犯罪の発生率がなぜか必ず上昇する。これがテトラドと呼ばれる脳機能の特性に由来するものなのか？」

永代の視線が静真を向く。前髪から僅かに覗く角のような矯正杭を見る。

「そうです。テトラドの存在が及ぼす周囲への作用は目に見えるものではありませんが、数値によって可視化することができる。ある種の感染状況を把握するように」

「この町の誰かが百愛部を匿《かくま》っている。そう見做《みな》すだけの根拠があったから、お前たち統計外暗数犯罪調整課は調査に来た」

「そうなります」

「放火殺人が一件、放火殺人未遂が一件、放火実行グループの共犯者一名の自殺……これだけ立て続けに異常な事態が起これば、俺も普通ではないと嫌でも分かる。だが、それが起こる以前になぜ土師町にお前たちがあたりをつけることができたんだ？」

「それを説明するためには、まず全国の犯罪統計の傾向について触れる必要があります。現在の犯罪認知件数は、基本的に年を追うごとに減少傾向にある」

およそ十年で半分ほどまで減り、どの地域であれよほどの大きな変化——たとえば再開発で人口が突然何十倍になる——でもない限り、再び増えることはない。

「もし犯罪発生が増加に転じるケースがあるとしても、それは十年なら十年を掛けて段々と増える。一年から二年程度の短期間で犯罪が激増するケースは滅多にない」

「その滅多にないケースが土師町で起きていた、と？」

「土師町はご存じの通り、土地面積も狭く、人口も東京二三区内の行政区域で見るとかなり小規模になります。なので、犯罪が起きた数だけを見れば、土師町は今でも新宿《しんじゅく》や渋谷《しぶや》、池袋《いけぶくろ》といった大規模な繁華街がある地域と比べると遥《はる》かに少ない」

しかし、と正暉は話を継ぐ。

「これに対して『人口に対する犯罪の発生率』で指標を見直すと……土師町の数値は、周辺地域との比較だけでなく全国で見ても、極めて高くなっている。これに類似するケースを過去の資料から参照すると……」

「百愛部がいた痕跡《こんせき》と重なる、ということか」

「はい。百愛部の育った土地、犯罪を引き起こしてきた津々浦々の土地、それぞれで収集できる限りのデータを全国都道府県警察から取り寄せ、統計外暗数犯罪調整課で解析に掛けた。その結果、どの地域でも百愛部がいた時期には犯罪の発生件数が短期間に極端に上昇し、その後、姿を消すと犯罪の数は低下、標準に戻っていることが確認された」

「犯罪が起きやすくなった土地に犯罪者が集まるという因果の可能性はないのか？」

「そうではないようです。過去に十七件の放火殺人が起きた、いずれの地域も過疎化や経済規模の縮小による人口衰退にある地方の自治体ばかりで、犯罪は減り続けていた。なのに、百愛部亥良が来てから、それが増加傾向に転じた。家が焼け、人が燃やされ、多くの掛け替えのない生活が失われた」

「そのケースに、この町も当て嵌《は》まったわけか」

「はい。それで、土師町が百愛部潜伏の可能性がある警戒監視の対象となった」

「……お前たちがうちの交番に来た最初の日、空振りに終わればいい、と俺は言ったな」

「言いました」

「あの時点で、すでに確信はあったのか」

「あくまで数値上の予測に過ぎません。実際に事が起きない限り、その存在を観測することはできない。失火の増加を単なる体感治安の悪化ではなく、肌感覚で警戒心を抱いていた永代さんの直感は当たっていた」

「だが、どれも止められなかった。神野《じんの》殺しも、憐《れん》への襲撃も」

永代の言葉には、凶悪な犯罪者を憎む警察官としての怒りに加え、犯罪による犠牲を止めることが自分にできなかったという強烈な罪悪感が混じっていた。

犯罪捜査——特に凶悪かつ猟奇的な事件——で無惨な被害者を目の当たりにするなか

で、捜査関係者の精神は大きく磨耗《まもう》する。事件に対する第三者的な立場から、捜査を通して当事者としての感覚を強めていく。やがては自分と被害者の精神的な繫《つな》がりを強め過ぎてしまい、犠牲が発生した責任が自分にあるのだと思わずにはいられなくなる。

「今、優先されるべきは、逃亡中の百愛部に手を貸す共犯者を突き止めることです」

するると、これまで会話に加わらず、沈黙し続けていた静真が言った。

テトラドの特性を明かしたためか、その力の影響の有無にかかわらず、静真の発する言葉の重みが増していた。

「百愛部は、これまでに凶悪犯罪の発生を繰り返している。でも、自分の手はけっして汚さない。すべて単独でなく集団で実行されている。必ず共犯者がいた」

脱獄から二年の歳月、どうやって逃亡中の百愛部は潜伏を続けられたのか。

自らの出自を明かさず、周囲と関わりを持たずに生活を営むことは極めて困難だ。

自分が何者であるかを明かし、公に紐《ひも》づけられた幾多の個人情報を公開し続けることが、今や社会の多くの面で必須《ひっす》となっている。

社会に属しながらも、いないものとして扱われる半透明な存在にされてしまう人びとは少なからずいる。だが、ある人間が社会に認識されることのない完全に透明な存在になることはできない。

「脱獄の際に神野象人《しょうと》が手を貸していたとしても、それだけでは足りない。二年もの間、目撃情報ひとつ出なかった以上、誰かのもとで匿われていたと見るべきです」

「だが、確定死刑囚を匿おうとする人間がいるのか？」

永代が、当然想定される疑問を口にした。

「それについて、百愛部は奇妙なほど周囲から好かれていたことが確認されている」

「おれが読み上げます」

静真が、資料から有用そうな証言を掻《か》い摘《つま》んで取り上げた。

「……『なんか放っておけない感じがして世話してやった』『大人しいし従順。動物でたとえるなら羊みたいなやつ』」

「放火殺人を引き起こす凶悪犯への人物評とは思えないな」

「でも、こういうのもあります。『あいつと一緒にいるとなぜかやっちまおうって気分になった』『顔を見ただけで無性に傷つけてやりたくなった』『やることがいちいち癪《しゃく》に障って苛《いら》々《いら》させられた』──他者の攻撃性を刺激する何かがあったことが示唆されている」

「周囲の人間の好意や関心を惹《ひ》きつける一方で、犯罪行為を誘発させる磁場のようなものがある。それがテトラドと呼ばれる特性なのか？」

「……否定はできません」静真が躊躇《ため》らいつつも頷《うなず》いた。「おれがそうであるように、他者に対する過剰な共感を発揮することは、自分の望むと望まざるとにかかわらず、周りの人間の主義主張、嗜好《しこう》に過度なまでに同調してしまうということです」

「あんたも、そうなのか？」

「わかりません」静真は首を横に振る。「矯正杭《ティマーボルト》がおれの特性を強く抑え込んでいる。

常人と変わらない程度まで抑制が働いているはずです。だとしても、おれにはおれ自身の心が、必ずしも誰の影響も受けていない自分だけのものだという確信が持てない」

「多かれ少なかれ、個人の心理は他者の存在と関わり合うことで成立している。今のお前は、お前自身の意識から生まれた固有のものだ」

正暉は静真が過度な混乱に陥らないように、修正を加えた。

永代を呼んで欲しいと希望したときから、静真の様子はどこかおかしい。

矯正杭の機能不全ではない。しかし、これまでのように無垢《むく》なるままではけっしてない。濁り。歪《ゆが》み。揺らぎ。そのように表現すべき誤差を正暉は感知する。

「この人心掌握の傾向が、テトラドの特性によるのか、百愛部固有の才能なのか、現時点では明らかではありません」

「神野も、そうやって取り込まれたのか？」

永代が硬質な声色で訊《き》いた。

「神野は懲役刑にある模範囚であり、百愛部は集団作業の課されることが一切ない確定死刑囚です。加えて、〈テトラド〉の矯正治療研究は高度な機密事項でしたから、一般受刑者との接触は制限されていた。双方が接点を持つ機会は生じえない。ただ」

「何だ？」

「刑務所内の図書室にある書籍の閲覧を頻繁に希望していた点では、行動が似通っていたと言えなくもありません。とはいえ、百愛部については書籍は施設職員が独居房に持っていく規則でしたから、互いが強い接点を持つ根拠になったとは考えにくい」

「おれは神野さんが百愛部の脱獄に協力したのは、強制によるものだと考えてるよ」

静真は珍しく断定的な言い方をした。

「だって、そうだろう、正暉。神野さんは百愛部と共犯者の手で殺害された。日戸《ひのと》さんも標的にされた以上、家族の存在を人質にされていた可能性はある」

「そうかもしれない」正暉は頷く。「だが、今は何とも言い難い。事実として確かなことは、神野殺しの共犯者とみられるアパート管理人の野見《のみ》は合鍵《あいかぎ》を使って日戸憐の自宅に侵入し、彼女を襲撃し殺害を試み、その後、自らも焼身自殺を図ろうとした」

「廃墟《はいきょ》ビルでの偽装も含めて、手を下したのは死んだ管理人の野見だと思う？」

「そうとも言えない」と否定したのは永代だ。「治療と並行して、所轄で憐が負った傷害についても調べが済んでる。爪部に管理人の表皮組織の一部が検出されており、抵抗を試みたことが分かってる。ただその状況から見て、頭部に打撃を加えた、もうひとり別の襲撃者がいるはずだ」

「日戸さんから証言は得られませんか？」

「まだ意識が戻っていない。あいつの証言を期待して捜査を止めるべきじゃない」

永代の返答に、静真がいっそう悲痛な面持ちになった。

正暉でさえも察知できるほどだ。

「自分も他に共犯者がいると考えていました。神野殺しの際の車両の手配もありましたが、管理人の野見は車を所有していません。建物の取り壊しを企図していたとおり、所有物件の家賃収入が激減し金銭面でもかなり不自由をしていたようです」

「そして憐を襲ったのは、これまでのセオリーから考えると百愛部本人ではない」

「はい」

「だとすると、話を訊いておくべき相手は決まった。憐の家の合鍵を持つオーナー兼管理人の野見と関係があり、百愛部や神野といった逃亡者を人目のつかない場所に匿《かくま》うこともできる手段を有している人間」

おそらく正暉たちと永代が予想している相手は同じだ。

「土師不動産の長男、土師亨《はじとおる》。そいつを二件の放火殺人幇助《ほうじょ》の容疑で指名手配する」

そのときだ。静真が永代に向かって近づいた。

速やかな足取りで。

その眼前に、両手を合わせて掲げて見せた。


「捜査を進めるにあたって、お話しすべきことがあります」

静真は彼をここに呼ぶときすでに考えていたことを口にした。

「逃亡犯である百愛部の特性――テトラドの過剰共感について説明するにあたり、刑務所火災でおれと皆規の身に何があったのかについても伝えられているはずです」

「……ああ、坎手《あなて》警部補の資料で読んだ」

「皆規が命を落とした二年前の刑務所火災は、矯正杭を抜かれてしまったおれの特性が、その発生に間違いなく影響を及ぼしている。永代さんにはおれを裁く権利がある」

「裁くって、どういうつもりだ……」

「あなたが望むなら、おれを逮捕して構いません。この事件の捜査から外れて、しかるべき施設に収監されます。おれがいなければ刑務所火災は起きていなかったかもしれないし、おれがいなければ皆規は、刑務所の火災で避難できていたかもしれない。そして今、この町で起きている一連の連続放火殺人も起きなかったかもしれない。おれは、皆規の命で生かされた。だから、その父親である永代さんに、おれは従います」

「本気か」

永代が尋ねた。静かに。怒りも悲しみも、いずれの感情も表さない。感情を直感的に読み取ることに長《た》けた静真でさえも心の裡《うち》を把握できない。そして探ろうとも思わなかった。力に身を任せ他者の心を侵すような暴力を働きたくなかった。

「本気です」

静真は感情を秘めることができない。強い哀しみと自罰の想いに苛《さいな》まれた。

燃やされ殺された無惨な遺骸《いがい》となった神野象人。殺されかけ生還するも消えない傷を負わされた日戸憐。二人の被害者の姿が目に焼き付いて消えることがない。皆規の死の瞬間に際して、静真の記憶は必ずしも鮮明ではなかった。しかし今は変わりつつある。

百愛部が関与した火にまつわる無惨な犯行現場を目にするたびに、失われた記憶への経路が取り戻されつつあることを静真は自覚している。

　自分はどれほどの償えない罪を犯してしまったのか。

　あの大火災において自分が何をしてしまったのか、いまだ確かな記憶はない。

　だが、自分を抱き、炎のなかを這《は》いずるように進んでいった皆規の存在が、感触の記憶がふいに生じる。周囲の火焔《かえん》の鋭さと異なり、死地にあっても生き残りたいと希求する誰かの想いが、その存在が発する温かさを感じていたのだと今になって思い出す。

　あの場所に、自分という存在がいなければ起き得なかったであろう事態。皆規の死。受刑者と刑務官の大量の死。あまりにもたくさんの取り戻されることのない犠牲――。

「お前が、自分が罪を犯したと思うなら、俺たちとともにいろ」

　突如、永代の声が静真の心を呑《の》み込む混沌《こんとん》のような死者の群れを遠ざけた。

　その手が、掲げられた静真の両手の上に翳《かざ》されていた。永代の右手と左手が、それぞれ静真の左手首と右手首にそっと触れ、左右の距離を遠ざけた。

「俺の息子は、お前を守って命を落とした」

　目に見えない鎖に縛られるようだった静真の両手が離れ、自由になった。

「俺がお前を悪と裁き、罰を下せば、あいつは……皆規は何のために死んだんだ」

　失われた命の価値を貶《おとし》めたくない。永代が何を想ったのか、静真は自らの特質の有無にかかわらず明確に理解した。怒りとともにある、哀しみと赦《ゆる》しを。

　その柔らかな感情のかたちに、静真はずっと触れ続けてきたことに気づいた。

今はもうここにいない永代皆規に。

その感情の痕跡《こんせき》が失われてなお、今も別の誰かのもとに残されていた。

3

翌日、正暉は濹東《ぼくとう》警察署を訪れた。

「珍しいですね。あなたが誰も伴わずにひとりというのは」

出迎えたのは署長の内藤《ないとう》だ。連続放火殺人事件の共同捜査態勢を敷くにあたり、改めて確認したいとメッセージを受け取った。所轄との折衝は原則、より上級職にある課長の坤が担うところだが、現場においては臨機応変な対応が求められる。

「静真と永代警部補の関係は良好です。彼にならあいつを任せられると判断した」

「それはあなたの独断?」

「いえ、自分の報告も検討材料になっているとは思いますが、調整課による組織的な判断です。静真の処遇は段階的な社会復帰を企図している」

「いつまでも保護観察官とつかず離れずのままでは、彼と社会の共生もままならない、と」

「自分たちの関係は更生共助者です。俺が一方的に静真を管理できるわけではない」

「そういえば……」と内藤は言い掛けてから少し間を空けた。「あなたの経歴についても情報の共有を受けました。念のため確認しておきたいのですが、坎手警部補が現在の職務に就いているのは何らかの刑罰の代替というわけではありませんね」

「自分が過去に犯した過ちを指しておられるのであれば、司法取引などが結ばれたわけではなく、あくまで正規の業務です。過去の経歴に法執行官として相応《ふさわ》しからざる大きな瑕疵《かし》があることは承知しています。今日は、その点についてお尋ねでしょうか？」

「いいえ」内藤は首を振る。「過去の行いがいかなるものであれ、私はそのひとの現在の在り方こそが重視されるべきと思います。あなたはすでに裁きを受けている。そして、その過去は人の心の裡がそうであるように、無暗《むやみ》に侵されるべきではない。以降、私を含め、捜査関係者があなたの経歴に関し、正当な根拠なく触れることはないと約束します」

「感謝します」

この場は謝罪のために設けられたのだろうか。そうだとするなら時間が惜しい。今頃、静真と永代は土師亨の自宅を訪問している頃だ。そこに合流したい。

「ただ、過去の経歴という点でお尋ねしたかったのが、坎手警部補は件《くだん》の東京拘置所に研修で赴かれたことがあったそうですね」

「はい。統計外暗数犯罪調整課に配属される前、警務部総務課にいた際に」

「差し支えなければ、内容についてお伺いしても？」

「内務監査の一環です。刑務官のなかには時に受刑者と親密になり過ぎるあまり、職務を逸脱してしまうケースがある。自分は当時、全国の司法関係の施設や職場に身分を伏せて派遣されていました」

「例の確定死刑囚との接触は？」

「ありません。自分の調査対象は施設職員に限られていた」

「そこには、刑務所火災で亡くなった刑務官の永代皆規も含まれますか？」

「含まれます。が、彼が犯罪者矯正のための先端研究部門に携わっていたことは知らされていませんでした」

「友人と呼べる関係にあった、と聞いていますが」

「あくまで自分の調査は施設職員全体の傾向を見るためのものでしたから、個々の深い部分まで踏み込んだりはしなかった。俺自身も内務監査については秘密にしていた」

「信頼を得なければいけないが裏切り続けなければならない。大変な仕事でしたね」

「そうでもありません。自分は過去に負った傷のゆえに、素性を隠し続けることで一般に生じる心的な負荷に対して高い耐性がある」

言った傍から、正暉は自分の過去について言及してしまった。だが、自分自身が口にする分には構わないだろう。

「ところで永代皆規といえば、刑務所火災において不適切な行動があったと見做され、内務監査が行われたと聞いていますが」

「根も葉もない噂です」

正暉が言い終えるよりも先に内藤が答えた。穏やかだが厳格な口調。

「刑務所火災が起きた時期、所轄の統合タイミングが重なっていた。私は見ての通りですから、統合後の新体制で署長に就任することを積極的に支持しない者たちもいた。そうした人々の虚言が、抗弁できない死者を取り巻くまことしやかな噂を作り上げてしまった。そうなってしまった以上、組織としてもないことを証明するために止む無く内務監査を実施しなければならなかった」

「永代警部補の語るところと一致しています」

「永代さんに落ち度は何ひとつとしてなかった。しかし、身内を疑われたことで身を引くことを余儀なくされた」

「署長は、永代警部補と班を組んでいたことがあったそうですね」

「ええ。まだ右も左も分からない新人として配属されたばかりの頃に」

内藤の表情が僅《わず》かに緩む。よい記憶であったことは間違いなさそうだった。

「彼の御子息、永代皆規は、あなたから見てどんな人間でしたか？」

「善が人のかたちをしていたような、ひどく優しい心の持ち主だった。父親の永代さんとも仲は良くて……。ただ、幼い頃に両親が離婚することがあり、刑事という職業について考えるところがあったようです」

「刑務官になったのはそれが理由？」

「かもしれません。あと、昔に聞いた話ですが、人一倍争いが苦手で喧嘩《けんか》になっても拳《こぶし》を握れない。傷つけられるのが怖いのではなく、傷を負わせてしまうことが怖い。でも、警察官となれば犯罪者を前に荒事に向かないと対処を拒否するわけにはいかない」

「確かに、警棒や拳銃《けんじゅう》を構える彼の姿は俺も想像しづらい」

「案外、まったく手も足も出せないほどではありませんでしたよ。合同の武道訓練のときに手合わせをしたことがあります。永代さんよりもさらに背が高くて、一本を取るにも苦労した。悪と対峙《たいじ》するだけでない道を探したかった。そういう経緯だったようです」

正暉は無言で頷《うなず》く。皆規の最期を思い出す。常人ではとっくに絶命している壮絶な苦痛のなかで静真を生かすために、火がもたらすあらゆる傷を負った皆規に驚くとともに、正暉は畏怖《いふ》の念を感じた。人間はここまで壊れても生きることができる。誰かを生かすためなら限界を超えて生き続けられる。

他人のために命を投げ出せる人間は、何よりも無条件で強いと言い切れる。

「私からも彼のことで訊《き》きたいことがある。あなた方がテトラドと呼ぶ、特殊な性質を持つ犯罪者の矯正研究に、なぜ彼は関わっていたのでしょう？　そもそもテトラドとは何なのか」

「お答えできることは提供した資料が全てとしか言いようがありませんが、自分が考えるにテトラドに対抗できるのは、本来は皆規のような性向の人間なのだと思います」

自分のように脳機能の不全による制圧的な対応は、あくまで例外だ。本来、恒常的にテトラドに接するべき人間の適性とは、皆規がそうであるように、自らのために他者を害するようなことはなく、考えもしない。そのような善性の持ち主。

「テトラドは周囲の人々の感情に対して過剰な共感傾向を示すなら、その共感される感情の性質によって、生じる影響もまた異なるわけですね」

「理論上は」

「ですが実際には、百愛部亥良によって凶悪な犯罪の発生が増幅される結果を招いている。何しろ、この町にはすでに過剰共感に汚染された放火殺人犯が現れてしまっている」

そのうち一名は、正暉が実力をもって制圧した。

もうひとり、その可能性がある土師亨の行方について間もなく情報がもたらされた。

静真からの着信を正暉はスピーカーモードで内藤とともに聞く。

『……正暉。土師亨はクロだ。今、彼の自宅で奥さんに事情を訊いているけど、日戸さんのアパートで火災が起きた日の夜から帰っておらず、誰にも行き先を伝えていない』

4

静真は永代とともに、土師亨の自宅マンション傍の路上に捜査用の車両を停めている。

浅草《あさくさ》を隅田《すみだ》川沿いに南下し、駒形《こまがた》の地名で呼ばれるエリア。

この付近の建物は部屋の窓側が川に向かって作られていることが多いが、大堤防建造によって五～六階程度の集合住宅は視界を丸ごと遮られるようになってしまった。

土師亭が妻と子と三人で暮らす分譲の三階角部屋は、２ＬＤＫで広さこそ十分にあったが、バルコニーのすぐ目の前に大堤防の壁が聳《そび》えている。

「考えてみると、土師亭の家について二つ不思議だなと思うことがあります」

「一つ目は？」

「土師亭は不動産の仕事をしているなら大堤防計画も当然分かっていただろうに、どうして堤防で川からの眺望が見えなくなっちゃう部屋にしたのかなと思って」

「なるほど。二つ目は？」

「似たようなことなんですけど、土師亭ってひとり息子ですよね。土師不動産もそうだけど実家もいずれ相続するわけじゃないですか。そう考えると、なんでこんな近くに分譲マンションを購入したのかなって」

「最初の眺望の件については、懐事情があったのかもしれないし、不動産をやっていても熱心でなければ、地域の情報に目敏《めざと》くなくて外れを引かされる奴もいる」

「あまりひとを悪く言うものじゃないですが、土師亭はさほど商売が上手《うま》そうじゃありませんでした」

「迂闊《うかつ》なことをつい口にしてしまうタイプには同業者は口を噤《つぐ》みたがる。どこで秘密を漏らすか分かったもんじゃないからな。それで、二つ目については……親子仲が必ずしも良好じゃないのかもしれん。いずれ実家は自分のものになるとしても、自分の家も別に持ちたいって願望を抱くのは、あまり珍しいことじゃない」

「でも、勤め先は実家の不動産会社ですよね。結局は金の出どころは同じでは？」

「抵抗のポーズだよ。助けて欲しいが大人しく従ったままだとは思われたくない」

「だから生活も派手になるわけですか」

「虚勢を張っているだけだ。他人からは金の出どころは分からないし、分かっていてもわざわざ口に出して咎《とが》めたりしない。分け前に与《あずか》れなくなるからな」

土師亭の生活サイクルは彼の妻曰《いわ》く、不規則な時間に出勤といって自宅を出たきり、翌朝まで帰ってこなかったり、数日間そのまま家を空けることも珍しくなかったそうだ。

取引先と飲み明かし、仲間と称する初対面の相手に誘われホームパーティに顔を出す。本人曰く、顔を繋《つな》げることが営業の仕事だとよく口にしていたらしい。それから土師不動産は地域に密着しているせいで町と一緒に沈みそうになっている。新規販路の獲得が欠かせないんだと持論を必ず口にする。そして極稀《まれ》に本当に新規の取引先を見つける。

「奥さんは、土師亭が贔屓《ひいき》にしていた店の従業員だったそうですね」

「土師須芹《すせり》。出身は茨城だな。高校卒業を期に上京。そのとき下宿先に選んだ浅草エリアの飲食店で働き始めた。元は学費を調達するためのアルバイトだったが、水が合ったのか稼ぎも十分に得られる見通しがたったので常勤に」

「こういうの、よくあるんですか？」

「店との相性もよかったみたいだしな。地元を離れた人間にとって、どこであれ帰属先は必要だし、やがて見つかるものだ」

「土師亭との出会いは三年前。交際を始めてあまり間を置かず結婚した。そのとき三〇歳。対する夫は四〇歳。これって晩婚になるんでしょうか？」

「土師の倅《せがれ》は独身でいられる限界だったのかもな。地元経営だと肩身が狭くなりがちだ」

「奥さんは結婚後、退職して専業主婦に。子供の土師水《すい》が生まれたのが去年」

「まだ一歳にもなってない赤ん坊がいるのに、父親の放蕩《ほうとう》癖は直らない……」

「その分、奥さんは土師の実家によく顔を出しているみたいですが」

彼女の動向に今のところ不審な点はなさそうだった。周辺の聞き込みをする限りでも土師の実家に赴く以外は、ほぼ自宅マンションで息子の水と過ごしていて、買い物ついでに勤め先だった店の元同僚と短いが食事を共にしたりしている。

「交友関係を維持するための社交だな。まっとうな人間らしい」

「一方、夫は行方知れず――」

「そいつにとって都合のいい偶然があるとしたら、それは作為の産物だ」

土師亭は二日前、燐が住むアパート火災が起きた日の夜以来、連絡が取れなくなっている。かといって浅草界隈《かいわい》の馴染《なじ》みの店にも顔を出していない。

「まだこの辺りに潜んでいるんでしょうか……？」

「二日もあればやり方次第で他県はおろか国外にだって逃げられる。そうなっているなら手はないが……、お前たちが追っている百愛部の共犯者になっているなら、まだどこかに潜伏していると考えてもいい」

「次の犯行を準備しているから？」

「準備しているにせよ準備させられているにせよ、あの二件で連続放火が打ち止めになったとは思えない。一度目の火災の時点で所轄の目に入った。普通、犯罪者は犯行が露見すれば暫《しばら》くは鳴りを潜めるものだ」

「けど、続けざまに日戸さんを狙って二度目の放火が起きた」

「ああ。犯行が過激化しているし、明確な標的も定められている」

「百愛部は、神野象人の血縁者を狙ってるんでしょうか？」

「それについてだが、百愛部と神野が逃亡期間中に仲違《なかたが》いし逆上、殺害に至ったとしても、そこから娘まで狙おうとするのは、どうも動機に飛躍があるように思う」

「二人が狙われた理由は別にあると？」

「そうだ。たとえば、百愛部が必要ないと判断した共犯者を次々に始末して回っているパターン。最初が脱獄に協力した神野、次が放火に関わった野見、そして」

「順番から言えば、行方知れずになっている土師亭？」

「ああ。そいつが今しも火にくべられる準備の只中《ただなか》にあり、もう死が秒読み段階になってる可能性も大いにあり得る」

「つまり土師亭は逃げたのではなく、どこかに監禁されて逃げ出せなくなっている？」

「内輪《うちわ》揉《も》めで互いに潰《つぶ》し合ってくれるならそれでも構わないが……」

そこまで言って、永代が掌《てのひら》で顔をぐいぐいと擦《こす》った。

「……いや、構わなくないな。誰であれ死を願うべきじゃない。すまなかった」

まるで幼い息子の前で、つい口汚い言葉を吐いてしまった父親のような態度だ。

父と子。永代と皆規の関係。不思議と、かれらの間で汚い言葉の応酬など起こるはずもないという想像が静真の裡《うち》に起こった。それほど皆規は怒りと縁遠い人物だった。

そうした温和な性格が形成されるには、相応の環境があったはずだ。人間の心理の発育は環境だけで決定されるものではない。しかし、近しい人間の影響は大きい。

「いえ。怒りと憎しみを共感伝播《でんぱ》し高め合ったすえに仲間同士で殺し合いになるケースは、百愛部の過去の事案でなかったわけじゃありません」

「今回もそのケースに当て嵌《は》まると思うか？」

「ただ、だとすると、今度は日戸さんが狙われたことの理由が説明できない」

「一応、所轄では神野絡みの関係者や建物があれば、そこを監視する手筈《てはず》になっている」

「ありそうですか？」

「神野の生家はとっくになくなっているし両親も故人だ。神野の妻だった肖子《しょうこ》さんも亡くなって五年になる。強いて言えば、二人の墓がある本所吾妻橋《ほんじょあずまばし》の寺か、あるいは土師町内だと……うちの交番くらいだ」

「そのどちらかが狙われる可能性はありますかね」

「寺には瀑東署から日に三度、監視の人員が巡回しているそうだ。家族でやっているような地域の寺の例に漏れず、整備が行き届かず植物も伸びっぱなしで死角も多い。ただ、今のところ不審物のたぐいは見つかっていない」

「交番はどうです？」

「交番を警備するわけにもいかないからな。それに橋の袂《たもと》で五差路の交差点に面している。車も人の通りもそれなりにあって衆人環視の立地だ」

それはそうだ、と静真は頷《うなず》く。

「現状の要警戒対象としては、その辺りですか」

「ああ。ただ……神野の関係者に絞って調べるなら、過去の殺人の件も一度はないと言ったが、調べ直したほうがいいかもしれない」

「例の……、神野さんが殺害してしまった強盗犯ですか？」

「その係累のことでな」

そこまで話していたところで、車の窓がコツコツと叩《たた》かれた。

背が高く、身は分厚い。車の傍に正暉が立っている。

「遅くなりました」

「いや、こっちも聴取を済ませて情報を整理していたところだ」

助手席に乗り込んできた正暉に、運転席の永代がちらと視線で返す。

「内容はここに来るまでに目を通しておきました。自分も、消息を絶った土師亨は逃亡ではなく監禁の線で調べたほうがいいと思います。いちど署に戻って放火リスクの高い建物を割り出していく手もあります。試してみますか？」

「そっちも並行で走らせつつ、俺たちはもう少し関係者に話を訊《き》いてみたい。さっき、静真と途中まで話してたんだが、神野の逮捕以前の繫がりを洗い直しておきたい」

永代はエンジンを始動し滑らかなハンドリングで車を発進させ、進路を雷門《かみなりもん》に向けた。

5

永代は同乗者の重みをハンドルとアクセルペダルに感じた。

久しく誰かを自分の運転する車に乗せたことはなかった。刑事部の頃が思い出された。通り過ぎ去っていった幾多の同僚たちの顔。内藤のようにはるか高みへ出世した後輩たちが大勢いた。

自分は昇進を拒み、現場に立ち続けることを望んだ。

なぜ。皆規が生まれて間もなく離婚した。永代が刑事の職を何よりも優先したことが理由だと去り際に言われた。そう思われても仕方なかった。結局、犯罪捜査にしか自分の意識の向きどころを見つけられなかった。どれだけ捜査をしても、犯人を捕まえても、犯罪は消えない。犯罪認知件数は減り続けている。それでも誰かが傷つけられ、殺される。

全体の数字、統計の数字――マクロな視点に立てば犯罪は減り続けている。しかし、目の前で起きる犯罪は、計測された数ではなく、確固たる現実として横たわる。

見過ごせない。無視できない。対処せずにはいられない。ただ、それだけを繰り返してきた。現実の犯罪を報告書のデータとして眺める側に立てなかった。そうなってしまえば、自分の心を正常に留める楔《くさび》のような何かが壊れてしまう。そんな恐れがあった。

刑事の職にあり続けること。現場に立ち続けること。犯罪の捜査に関わり続けること。自分の行動によって世界が少しはマシになっているのだという実感を取り上げられて、平然と生きていけるおのれの姿が想像できなかった。

車に乗る自分以外の重み。思い出す。息子の皆規のことを。手が掛からない子供だった。仕事のために何日も家に帰れない父親を非難することもなく、それどころか根を詰めるほどに失敗を重ねる永代を見かねたように家事を担ってくれた。同僚から子供の分と一緒に弁当を作って偉いと言われた。息子に作って貰《もら》ったとは言えなかった。

あまりに聞き分けが良すぎて、いつか何かの拍子にすべてが爆発するのではないかと身勝手な恐れさえ感じた。すべては杞憂《きゆう》だった。皆規が思いがけないことを口にしたのは、覚えている限り一度だけだ。

免許を取って間もなくの皆規が車のハンドルを握った。永代は助手席にいた。隅田川に並行し、流れを遡《さかのぼ》っていく道。見晴らしはよく運転初心者でも事故に遭うことはなく練習にもってこいの道だった。

折り返す目印にしていた荒川《あらかわ》区と足立《あだち》区、北《きた》区を繋《つな》ぐ橋が見えた。皆規は、そこを過ぎても先に進み続けた。そして告げた。

刑務官を目指すことを。

おそらく警察官になることはないと予想していた。刑事の職も。永代は息子に自分と同じ道を歩んで欲しくないとまでは思わなかったが、皆規の性格は優し過ぎる。我を通して相手を屈服させる暴力的な手段は是とされるものではなかったが、犯罪者と対峙《たいじ》するためには、必要に応じて暴力的なスイッチを自ら入れなければならない。

そうした回路が生まれつきないような人間がいる。皆規もそうだった。皆規はよく本を読んでいた。法律の本を。とりわけ刑法について。罪を犯した人間が裁かれた後、許されるためには何が必要であるのかを。皆規は司法の仕組みに強い興味を持っていた。父親の本棚から抜き取られる本はそのようなものばかりだった。

だから弁護士や検察官、法曹の道へ歩むのではないかと思っていた。どこかで自分の子供がよりよい権威ある職業に就くことを親として無意識に欲していたのかもしれない。法務省の採用試験を受ける。ただ、その目指すところはひとを裁くのではなく、裁かれたひとたちのその後に携わることだった。

刑務所など矯正施設で働く刑務官。想像もしていなかった。

しかし、仕事に没頭し家庭も破綻《はたん》させた父親を見捨てることなく傍に立ち続けた息子の忍耐強さが、もっとも活《い》かされるであろう仕事だと確信した。

そのとき感じたのだ。自分に振り回される側だと思っていた子供が、皆規が自らの人生の軸を手にしていたことに。車は中洲《なかす》の土地を走り続け、その北端に達しており、荒川の一部が水門で分岐する位置に達していた。そこは隅田川の始まりでもあった。

捜査車両は今、隅田川の袂に停車している。

浅草雷門と対岸の土師町を繋ぐ青い橋の傍に。

永代が正暉たちと赴く先には、馴染《なじ》みになった洋食店がある。憐の就職を口利きした店でもある。そこになぜ、長く通うようになったのか。

永代は今になって思い出す。

皆規が刑務官の職を志すと告げたあの日、帰路で見つけこの店に入ったのだ。ランチ時間を大幅に過ぎてもまだ開いていたという理由で。知己の人間が働いていたことは後で知った。

それから足が向くようになり常連になった。皆規の就職が決まったときもここで祝った。そして皆規が亡くなり葬儀を済ませた日の食事も。

古風な扉を開けると、木材が軋《きし》む音と一緒に錆《さ》びたベルの濁った音が鳴る。

フロアチーフの老人がにこにことした笑顔で来客を迎える。

仕事の後でも構わないから前職のときのことで話を聞かせて欲しいと頼んだ。

小柄な老人の顔から笑顔が消えた。刻まれた多くの皺《しわ》は生きてきた時間の長さを示していた。今すぐで構いません。普段の陽気さとまるで違う静かで落ち着いた声で答えた。

彼は店主と話し、特別の暇を得て、店の外に出た。

店で制服として着る白く清潔なシャツの袖《そで》が両腕とも捲《まく》られており、その腕は夥《おびただ》しい刺青《いれずみ》によって装飾されていた。

6

老人が選んだのは浅草寺の裏手、賑《にぎ》やかな街並みが住宅街へと切り替わっていく路地裏の古い喫茶店だった。雑居ビルの一階に構えられた店内は、床と壁とが細かなタイルで装飾され、大小さまざまな円のかたちを描いている。

四人掛けのラウンドテーブルに一行は通された。奥にある壁を背にした席でそこに座ると店全体が見渡せる。通りに面した窓は嵌《は》め殺しで、古いロール式のカーテンが目隠しのように垂れ下がっている。昼でも店内はかなり暗い。

「この店では注文しても黙っていてもコーヒーが出てきます。たまらなく苦い。顔を顰《しか》めてしまうように黒く煮詰まっていて、仲間内じゃ墨汁かなんか足してんじゃねえかと軽口を叩くのが常でした。だいぶ昔、手を切る前のことでした」

フロアチーフの老人はシャツの胸ポケットから取り出した煙草に備えつけのマッチを擦って火を点《つ》ける。じっと煙草の煙を呑《の》んだ老人は、ほとんど煙を吐き出さなかった。

「こちらにいる永代さんはご存じですが」

やがて老人は前口上でも述べるように言った。

「あたしは昔、浅草で極道をしておりました。といっても、あの頃すでに暴力団員は、極道なんて大仰な名前に相応《ふさわ》しい輩《やから》じゃありゃしませんでした。だというのに、金融知識や情報技術、脱法のための法知識を備えて擡頭《たいとう》してきた連中を半グレと呼んで舐《な》めてかかり、合法的にシノギを削られ自滅していった。あたしの組もそうして潰《つぶ》れたうちのひとつです。ちょうど二〇年前になるでしょうか。永代さんと知り合ったのは」

正確な年数に、静真はひとつのことを思い出した。

「神野象人が過剰防衛で強盗を殺害してしまった事件ですか」

永代が頷《うなず》いた。

「半グレ同士が強盗《タタキ》で奪い合うには金額が大き過ぎた。捜査を担当した警察では背後に暴力団が控えているんじゃないかって読みになった。後になって見れば、その件に関しちゃ完全に無関係だったが」

「極道は虚勢を張ることだけは得意ですからね」

老人は愉《たの》し気《げ》な声で答えた。

「あの事件は、あたしらの界隈《かいわい》じゃ世代交代が決定的になった出来事でもありました。自分たちが顔も知らない若い連中が、まったく知らない手段で大金を動かしていた。そして、裏社会に睨《にら》みを利かせられない張子の虎を人は恐れなくなる。暴対法の締め付けも極限まで高まっていましたからね。多くが見切りをつけた。熱狂から覚めた。冷静になったんですよ。あたしらはおこぼれに与《あず》かるハイエナの群れに過ぎないのに、羊を襲う狼を気取っていた」

「狼？」

「自分の行いが法を犯すと分かって開き直るのではなく、罪を罪として為《な》す輩です」

「それは……犯罪者と何が違うのでしょう？」

「犯罪者であることには変わりありません。ですが、こいつは法以前の定義の問題なんです。掟《おきて》ではなく理《ことわり》によって人を殺せる者。糧のためではなく、殺すために殺せる者」

老人の言葉遣いは、店で冗談を混ぜ、にこやかに軽口を叩《たた》く時とまるで異なっている。

静真は、しかしそこに揺るぎない安定を感じ取った。それが生まれつきのものではなく、長い忍耐のすえに獲得されたものであることも。

なぜ、そこまで殺すものと殺せるものについて考え続けなければならなかったのか。

「動物の狼と異なり人間の狼は群れることができない。だから狼は稀《まれ》にしかいません。しかし必ずいる。二〇年前にこの町で起きた事件で、新世代の屍肉喰らい《ハイエナ》の群れに一頭だけ本物の狼が交じっていた。そして蛙の子は蛙、ハイエナの子もハイエナです。どれだけ徒党を組んで襲い掛かろうと狼には敵《かな》わない」

運ばれてきたコーヒーは泥水のように苦い。流された血のように黒い。

「永代さんが、あたしの許《もと》を訪れたのは殺害された強盗犯の身元確認のためでしたね。被害者であり加害者でもある、慎重に扱わねばならない難しいケースだと」

発せられた言葉が何を意味するのか、静真は悟る。唖然《あぜん》となる。

「いかにも」老人は答えた。「神野象人が殺害したのは、あたくしの倅《せがれ》でございます」

「じゃあ」

「ですが、殺された被害者は両親とも縁が切れていたと」

正暉が永代を見た。暗に捜査に必要な情報を隠匿していたことの理由を尋ねている。

しかし先にフロアチーフの老人が再び口を開いた。

「当時、囲っていた女性が倅の母親です。籍を入れておらず認知もしなかった。私生児として育ち、家庭で色々とあったと後になって聞きました。ですが、責任を取ることを選ばなかった人間に、ひとの善悪を語る資格などありはしません」

「……被害者になった男の係累を辿《たど》り、母親伝《づ》手《て》に話を聞いた。血の繋がりから暴力団員の事件への関与を疑った」

被害者の遺族に最もしてはならない仕打ちをした、と永代の言葉に悔悟が滲《にじ》んだ。

「神野が焼死体で発見されたとき、この事実について明かさなかったのはなぜですか？」

「俺が触れるべきではないと考えた」

「感情的な理由だけでは、判断の根拠として弱いように思います」

「……憐がこのひとともに二年にわたって働いていたからだ」

「日戸さんはこのことを？」

「いや、知らない」永代は首を横に振る。「知らせていない」

「過去の事件の加害者と被害者の血縁者同士です。事情を知る警察関係者として、あまり適切な判断とは言い難い」

「こちらから相談を持ち掛けたのです。七〇を過ぎ、もう長く働けません。誰か代わりを見つけて欲しいと店から頼まれ、永代さんに事の次第を相談した」

「なぜ？」

「二年前、倅を殺してしまった神野が刑務所火災で死んだ。誰かを殺してしまった人間はやはりろくでもない死に方をするものだと最初は思った。ですが、すぐにとても厭《いや》な気分になった。赦《ゆる》すも赦さないも、自分は本当に倅の死に向き合ったことがあったか？都合のいいときだけ悲しんでよいのかと」

「悲しんでいいと思います」静真が口を挟んだ。「いかなる理由であれ、あなたは家族を失っている」

「そうです。そして永代さんも、あのお嬢さんもそれぞれ家族を失っています。あたしは神野の娘に会わなければならないと思いました。自分が何を感じるのか。怒りや憎しみを少しでも感じたのなら、店を辞めてどこか別の土地に隠遁《いんとん》するつもりでした。ですが、あの子と会って驚いた。あのお嬢さんはあたしと同じだった。失ったものへの心の置きどころが見つけられず苦しみ続けていた。憎い相手であれ、人の死に容易《たやす》く答えなど出せない。それが人間なのです」

「神野が脱獄し、この二年の間、逃亡していたことはご存じですね」

「そして土師町で殺された。噂は伝え聞いています」

「気持ちに変化は？」

「ありませんよ。むしろ訃《ふ》報《ほう》を聞いて悲しかった。日戸のお嬢さんの力になれたらと思いました。あの子は、今では店に欠かせない仲間です。もっとも調理に秀でていたから、厨房《ちゅうぼう》に取られ、あたしも結局、辞め時を失い働き続けることになってしまいましたが」

フロアチーフの老人は、今では珍しくなった紙巻煙草を吸い終え、これまた年代物のガラス製の灰皿で揉《も》み消した。

「ですから、彼女が襲われたことも知っています。許せるものではありません。犯人には何としてもケジメをつけさせるべきだ。大堤防の向こう、土師家の倅が行方を晦《くら》ましているそうですが、神野の殺しに絡んでいたとしても不思議ではありません」

「……というと？」

正暉は老人の証言に注意を向けた。同じ町の出身ということ以外、かれらに接点らしいものはないとされていた。

「土師の倅は一〇代の頃、地元の悪童グループに通じていたそうです。そいつらが遊びの標的にしていたのが、町内で貧困にあった神野象人だった。木っ端のような金銭で軽犯罪をけしかけ、捕まるか捕まらないかの賭《か》けを繰り返させた。しかし、あるとき神野が遊びを止めたいと申し出たそうです。そこでかれらは自転車を盗ませ、交番の前を通り、橋の向こうまで渡れば神野の勝ちで自由にしていい。警察に呼び止められたら神野の負け。そういう賭けをした。そして神野は警官に呼び止められ補導された」

老人の話に永代が組んだ両腕を強張《こわば》らせ、スーツの袖《そで》に皺《しわ》を作った。

口の動きが音のない言葉を作った。意味も定かではない言葉を。

「補導された神野は何も話さなかったそうですが、警察にこれまでの事が露見するのを恐れ、土師の倅はグループを抜けた。一方、その口の堅さがかえって信頼され、神野は悪童グループに迎え入れられた。そこから年上の不良グループ……後に例の事件に関わることになる半グレ集団にスカウトされていったそうです」

「だから、土師亨は神野象人に対して何らかの負い目があると？」

「負い目というほどまっとうな感情であるかは分かりませんが、地元で商売をするなら明かされたくない過去ではあると思います。臆病《おくびょう》な人間ほど、過剰に恐れ、極端な自己保身に奔《はし》ろうとするものですから。そして、悪人という連中は、そういうカモにしやすそうな相手の隙を決して見逃さないものです」

あの日、分不相応に見えた自転車に跨《また》がっていた少年を見過ごすべきだったのか？

永代は、フロアチーフの老人から話を聞いた古びた喫茶店から外に出る。

最低限の盗難防止策すら怠っていた所有者にとって盗まれた自転車は数ある所有物のひとつに過ぎなかったかもしれない。しかし、それを盗んだ側には、自由を手にできるか否かを左右する切実な事情があった。

そして少年——神野は賭けに負けた。元より理不尽な話だ。悪童どもが遊び半分で行う賭けの道具にされ続けた。

金銭の価値は相対的なものだ。だから容易に支配関係が出来上がる。

格差に対する理解の欠如。相対的な立場の違いを想像することすらせず、自分たちの常識外の振る舞いをする相手の行為を娯楽として消費し笑いものにする。

そんな連中からは距離を置けばいいではないかと言うひともいるだろう。だが、そこには玩具《おもちゃ》にされても、誰かとの繋《つな》がりを欲する絶望的な孤独への想像が欠けている。

侮辱され、弄《もてあそ》ばれるだけの関係であったとしても、それでも誰かとの付き合いを欲するしかなかった子供もいる。その子供は寡黙な道具で在り続けることで他者から必要とされる存在となれることを知った。だから大人になっても使い捨てられるとわかっていながら、自分を支配する者たちに従い続けた。裏切ることなど一度としてしなかった。

その人生は不幸だろうか。不幸と呼ぶほかない。だが、その始まりはどこにあった？

永代はひどい罪悪感に苛《さいな》まれる。偶然だったのだ。ただ違和感を覚えて声を掛けた。巡回に出ていたら、事務仕事に没頭していたら、その瞬間に交番の前を横切った自転車と少年を見つけることなどなかった。しかし、不審な人間を見つければ声を掛けねばならない。それが警察官の仕事だ。だから呼び止めた。どうして自転車を盗んだと尋ねた。

「橋の向こうに渡りたかった」という不可解な答えをなぜ口にしたのか。その理由まで想いを巡らせることはなかった。どの地域でもよく起きる軽犯罪のひとつと片づけた。

しかし行動とは結果だ。衝動的な犯罪でさえ、それが実行される以前に、長い長い導火線のような因果の積み重ねが埋没している。犯罪の実行へと繋がらない道と繋がる道。多くの人間が幸運にも前者の道を歩いている。しかし、少なからざる人々が逃れ得ない犯罪への道を歩かされている。

誤った道へ向かうのを呼び止めたつもりが逆に送り出していた。深く昏《くら》い道。後戻りのできない道へ。

最後の決定的な選択は、その人間の意志だ。だが、そうなるしかない末路を辿らせた悪意ある者たちの存在は陰に消えてなりを潜め、良識を謳《うた》う無責任な他者として振舞う。

警察は、この悪意がもたらす破綻《はたん》の最終的な実行者しか捕らえることができない。

犯罪を起こした者と犯罪を起こさせた者。その間の繋がりを立証できなければ裁きの手は、事象の奥深くに巣くった悪の根を刈り取れない。

犯罪の奥に悪がある。

正義だけでは悪を裁けない。

ならば、裁かれない悪は、何によって裁かれるのか。

7

「あの……」

「何でしょう?」

にこにこと振り返る老人は、すでに白く清潔なシャツの袖を元に戻し、手首までを覆っている。洋食店で目にしてきたお喋《しゃべ》り好きのフロアチーフの顔に戻っている。受け答えもまるで注文を承るかのようだ。

「ひどい味でしょう。このコーヒーは」

ふと、老人が笑顔で言った。

「ああ、それは」静真は正直に答えた。「ミルクも砂糖も禁止っていうのはなかなかです」

「馬鹿げたルールでしょう」

ですが、と老人は続ける。

「客の多くが狼藉《ろうぜき》を働き続けた結果です。飲みかけのコーヒーカップに煙草を突っ込んで帰る。警察の手入れを避けるために所持していた違法薬物を溶かして誤魔化す。出されたものをいかに粗雑に扱うかを競い合うかのような客ばかりのせいで店の規則がどんどん厳しくなった」

「……それでも通い続けている?」

「自分のしてきた過ちを忘れないためです。悔悟の念を都合のいい郷愁に塗り替えないために、過去を思い出すため、あたしはこの店に行くことにしているのです。誰かの無思慮な行いが、別の誰かを決定的に変えてしまうことは悲しくとても苦いものです。容易に飲み下せないほどに」

「おれも、前を向くことばかりじゃないです。この町に来るのは、この仕事が初めてで。でも、おれが過去いた場所にとてもお世話になったひとがいた。そのひとにとって縁深い土地でもあった。初めて訪れたのに、ただいま、と言葉を口にしていた」

川を遡《さかのぼ》る船の展望デッキで、橋から流れ落ちる水の壁を潜り抜けながら、静真は晴れやかとさえ言える気分で、この地の景色を眼に収めた。あのとき感じた幸福のような気持ち。たとえそこにおぞましい悪意の種火が巣くっていた事実を知った今でも、見知らぬ土地を故郷のように思えた温かな感覚が消えることはない。

「その方は……勘違いでしたらすみません。すでに亡くなられた方ですか？」

「はい。二年前に、おれのいた施設が焼けた。そのひとはおれを助けて命を落とした」

「ご愁傷様です」老人が小さく合掌した。「そのことに罪悪感を覚えておられる？」

「……おれは誰かを犠牲にして生かされるだけの価値が、自分にあるとは思えない」

自らの特性が、皆規を含め多くの命を奪う火災と騒擾《そうじょう》を招いたかもしれないのだ。

「かもしれません。ですが、自らの命を代償に他者の命を救う行為には間違いなく、尊ばれるべき価値がある。それは間違いのないことです」

「少し、救われます。そう言って貰《もら》えて」

静真は微《かす》かに頬を緩めた。不思議なことだった。静真は自分がいつもニコニコと笑ってしまうことを知っている。それは心からの行いであり、けっして作られた偽りではなかったが、かといって自分がいつも心からすべての物事を楽しんでいるかどうかは定かではない。額に埋め込まれた矯正杭《ボルト》がもたらす感情の平準化。怒りも悲しみも振れ幅が極端に大きくなることはなく、穏やかな喜びは多幸感をもたらすが、かわりに触れる世界が時に有する硬度や鋭さを削り取ってしまい、すべてをやわらかに変えてしまう。

今、顔に浮かぶほのかな笑みは矯正された感情の基準値よりも少しマイナスに傾き、その揺り戻しが生じさせたものだ。そこには僅《わず》かだが自分だけの感情があると感じる。

悔悟の念を都合のいい郷愁に変えないために——老人の言葉が蘇《よみがえ》る。苦しみを背負い続けることが正しき道というわけでもない。だとしても、痛みを痛みのままに保持し続けることもまた人間が人間であることの紛れもない特性のひとつなのだと思った。

「おれは、もっと怒りを覚えるべきなんでしょうか？」

静真はふいに尋ねた。それがこの相手に訊《き》きたい質問だったと気づいた。

「おれの大切なひとを死なせてしまった火事は、誰かの悪意が間違いなく関わっています。ですが、そいつは自身ではどうしようもない特性のようなものを持っていて、それが意志の有無とにかかわらず、周囲に被害を撒《ま》き散らしてしまう」

「それは災害のようなものですね」

「近い、とは思います」

「ですが、ひとであるなら災害そのものではない。ひとは被害をもたらす災害に赦《ゆる》しを乞《こ》う。しかし、ひとが災害のような被害をもたらすひとに赦しを乞うことはない。なぜなら、赦しを乞うべきは被害をもたらした側であることが間違いないからです。たとえ、自らの意志ではどうにもならない理由ゆえに被害をもたらしたのだとしても、そこに罰せられるべき罪があるのなら、そのひとは裁かれなければならない。それがひとである責任を負うということです」

「だとしたら、おれは……やはり怒るべきなのかもしれない」

ひとの姿をした災害だからどうしようもないのだと諦《あきら》めてしまうのではなく、あくまで人間として。人間であることを望むなら。

「『それなら、どうだ。善き人は怒らないのか、たとえ目の前で自分の父が殺されても、母が強姦《ごうかん》されても』……昔、読んだある本にそんなことが書いてありました。怒ることは善き人間であることとの必須《ひっす》条件ではない。ただし気をつけてください。同じ本にこのようにも書かれている。『父が殺される。守ろう。殺された。報復しよう。すべきだからであって、悲しいからではない』──復讐《ふくしゅう》が本当に遂行されるときは、静かに前触れもなく起きるものです。そしてそれは誰の手にも止めることができない」

復讐。そのようなものを考えたこともなかった。それが本心からであれ矯正杭による抑制の結果であれ、皆規を死なせた百愛部亥良を殺して償わせようと願ったことはなかった。自分はむしろ復讐をされる側にいると思っていた。

しかし永代は言った。〝俺がお前を悪と裁き、罰を下せば、あいつは……皆規は何のために死んだんだ〟──お前はそうでないと告げられた。おのれが何を為《な》すかによって、自分を生かすために死者となった相手の価値を左右してしまう。選び取る行動が罪であるならば、それは貴ばれるべき死者への冒瀆《ぼうとく》になる。

怒りは制御されるべきものなのか。怒りを制御してなお遂行される報復があるとすれば、それを誰が止められるというのか。

止められてよいものなのか。

「おれは……誰かを害することは出来ないんです」

だが、少なくとも自分がその行動を選ぶことはない。この額に突き立つ生得的な悪を封じ込める楔《くさび》のような矯正杭によって、怒りであれ悲しみであれ、あるいは義務であれ、他者に暴力を振るい、その命を害することは実行できない。

「そういうふうにして、生かされている」

「ご事情を窺《うかが》えない部分もございますが、誰かを殴れる残酷さよりも、たくさんものを食べられる健啖《けんたん》のほうがよっぽどいいと、あたしは思います」

それは安堵《あんど》すべきことだ。

しかし、喜ばしいことだろうか。自分は制御されているがゆえに悪を為すことは予《あらかじ》め抑止されているが、それは本当に善き人であるということだろうか。強制された平穏のなかで暴力と無縁に生きることができるとしても、それは絶え間ない忍耐のすえにおのれの裡《うち》にある悪を手放すことで獲得される矯正とはまるで異なるものだ。

過剰共感者《テトラド》。周囲のあらゆる感情を、害意を、無制限に増幅し拡散し、伝播《でんぱ》させる。想像を絶する被害をもたらす存在そのものが悪である者。

封じ込められた悪が垂れ流しになれば、どれほどの無惨な景色が拡がるのかを、静真は百愛部亥良が関わった犯罪現場を通して知っている。

悪の存在を知ってしまった。

その悪をどうすべきなのか。

そして、生まれながらの悪ではなくとも、他者を傷つけることを容易に為してしまう者たちもいる。悪はあまりにも多く身近に溢《あふ》れている。

「静真さん」老人に名を呼ばれた。「そろそろ夜の営業の支度に戻らないといけません。……こんな脛《すね》に傷を持つような人間が働いておりますが、よい店です。味はよく、値段は安く、何より来る者が誰であれ拒まない。よければ、今後もご贔屓《ひいき》になさって下さい」

「また伺います、必ず」

しかし、それ以上の善き人たちが社会の大多数を占めていることもまた事実だった。

そのことを忘れてはならなかった。

静真は路地を曲がる老人と別れる。進んだ道の先に正暉たちが待っている。

自分が間違いなくそうだと言い切れる、善きひとであるかれらが。

8

正暉たちは土師町交番へ場所を移した。

交番は現在、無人で運用されている。用がある場合は事務所内の通信端末を使い、近隣の交番に連絡をして欲しいという旨を記した案内板が扉に掛かっている。

それを交番内に仕舞い、通報があればすぐに動ける態勢を整えた。土師亭の居所を摑《つか》むとともに、百愛部が次に引き起こす放火殺人の標的を特定するために。

夜の土師町は、水の底に沈んだように静かだった。元より人出の少ない町ではあったが、誰もが家に閉じこもっている。連続放火犯である百愛部が潜伏している可能性が情報として公になっているわけではないが、短期間に二度も建物が全焼する火事が連続すれば、住人たちの警戒心も否応《いやおう》なく強まる。

不用意に家を空ければ何者かによって火をつけられるかもしれない。警戒意識の高まりは防犯のために望ましいことだったが、行き過ぎた不安は猜疑心《さいぎしん》を生む。

第二の警戒すべき事態が訪れつつあった。住人間の不和。衝突の発生する兆《きざ》し。

百愛部の特性が引き起こしてきたものは放火だけではない。過去の事例には強盗行為が殺人にエスカレートしたケースがあった。犯行グループが押し入った先で被害者と口論となり激昂《げっこう》のすえに殺害に至った。それだけではない。犯行グループ内でも時を経るごとに内輪《うちわ》揉《も》めが生じ、最終的には殺し合うケースが多発していた。

百愛部亥良が関わった放火事案において生じた死者の数には、犯行後に実行グループの間で起きた暴行や傷害により生じた殺人は含まれていない。

ただ、その場所を燃やすだけではない。関わった人間たちは怒りの火種を植え付けられたようになり、些細《ささい》な口論から凄惨《せいさん》な殺戮《さつりく》へと発展した。百愛部逮捕後の刑務所でもこうした集団的な暴力行為の発生が頻出してきた。

規模こそ圧倒的に違うが、東京拘置所における刑務所火災と騒擾《そうじょう》も現象としては同じだ。東京拘置所の収容棟周辺では警官隊と囚人たちの大規模な衝突が起き、敷地内のあらゆる場所が混乱状態に陥った。

収監されていた確定死刑囚たちは、その処遇を厳密に扱わなければならなかったため、火災発生時の避難誘導が最優先で行われた。百愛部を除く確定死刑囚はこの時点で所在がはっきりとしており、警察の監視下に置かれていた。

百愛部は特別な矯正治療の対象であったため、他の確定死刑囚とは異なる階にある独居房に収監されていた。とはいえ、最優先避難対象であることに変わりはない。施設側も避難誘導のために職員を派遣している。

そして百愛部の不在が発覚した。しかし、百愛部が収容されていたエリアは、刑務所火災の複数の出火地点のなかでも特に火勢が烈《はげ》しかった箇所に近接していた。施設全体での避難発令に先んじて、現場の職員の手で緊急避難が実施された可能性がある。

当時の現場を担当していた刑務官は、永代皆規だ。

皆規は火災発生後、もうひとりの特殊矯正対象者——つまり静真の捜索に向かった。その後の顚末《てんまつ》については救助突入を行った正暉が知る通りだ。重度の熱傷による殉職。

正暉も目撃した通り、矯正杭《ボルト》を抜かれた静真は意識喪失寸前の状態にあり、その脚部には抜き取られた百愛部亥良の矯正杭が突き刺さっていた。

いかなる手段か不明だが、百愛部の頭部から矯正杭が外れた。その過剰共感特性が発揮され、火災と暴動が起きた。緊急避難に乗じて独居房から逃亡を果たした百愛部は施設内を逃亡中に静真と接触、取り外された矯正杭を凶器として用い、静真に傷を負わせた後、火の只中《ただなか》に彼を放置した。

その後、施設全体の火災発生の警報と大規模な避難誘導が始まった。この混乱のさなかに受刑者のなかで暴力行為に奔《はし》る者たちが現れ、これに同調する集団が規模を増し、各所での暴動が発生するに至った。

収容棟外のグラウンドに避難誘導された千名余の受刑者たちは厳《とど》しい監視下にあるとはいえ暴動を起こす者はいなかったことから、百愛部は施設内に留まり影響力を行使して混乱の規模を高めつつ、逃亡の機会を窺《うかが》っていたものと考えられる。

矯正杭を失った百愛部は、大規模な騒乱を引き起こすことが可能である反面、それだけ行く先々で暴徒化した受刑者と出くわすリスクが高まる。神野を同行者として選んだのは、護衛としての役割を務めさせる意図もあったのだろう。

一方、神野は施設に預けられていた所持品のうち、鍵《かぎ》と書籍一冊を回収している。心神を喪失するような極度の混乱状態ではなく一定の理性を保っていたものと考えられる。積極的であれ、何らかの強制によるものであれ、神野は百愛部に同行。混乱に乗じて敷地を出た。

このときばかりは東京拘置所が塀を撤去し、通常の金網のみで市街地と敷地を区切ってしまっていたことが裏目に出た。消火活動と騒擾への対処に多数の人員を割かなければならない状態では、逃亡者の捜索に充てられる人員を十分に投入できなかった。そもそも、誰が生き延びて逃亡し、誰が火に焼かれて死亡したのかも区別できない有様だった。

騒乱状態が収拾したのが、夜明けが近い午前四時頃だった。

この時点で消火活動も大部分が完了していたが、まだ収容棟では延焼が続いていた。しかし暴動は潮が引くかのように急速に鎮静化した。事態の元凶である百愛部がその場を離れたためと考えられる。

そしてグラウンドに避難・隔離されていた受刑者たちは護送車両によって別の刑務所へ一時的に送致され、警官隊との衝突によって負傷した受刑者たちも都内および近隣の関東各県の警察医療病院へ送られた。

百愛部の脱走がほぼ確定となったのが、このタイミングだ。

捜索は、東京拘置所からほど近い荒川の流域に沿って捜索が行われた。葛飾区・江戸《えど》川《がわ》区・墨田《すみだ》区・江東《こうとう》区が捜索対象となった。管轄を跨《また》ぐ千葉方面への逃亡も考慮されたが、土師町に辿《たど》り着いたということは、百愛部と神野の逃亡ルートは荒川を伝いつつも堀切《ほりきり》にある水路を使って隅田川に移り流域を下ったことになる。

より都心部に近く、遊覧船や水上バスなど人目の多いルートを選択したのは、警察の裏を掻《か》くためだろうか。あるいは人口密集地帯に逃げ込むことで、自らの特性を発揮し何万もの人間を巻き込み、より大きな騒擾を引き起こすつもりだったのかもしれない。

それが実現しなかったのは僥倖《ぎょうこう》というほかなかった。万を超す暴徒が発生すれば、警察の対応能力は限界を超え、完全に破綻《はたん》していただろう。

ある意味では、隅田川大堤防がその侵入を阻んだとも言えた。聳《そび》え立つ巨大な壁が川と市街地を完全に遮断している。市街地へ出入り可能な出入り口となる橋には防犯カメラのみならず、水位を常時確認し続ける定点観測カメラも設置されている。

だが、それだけが理由とは思えない。

神野が百愛部を止めたのではないか。

何か証拠があるわけではない。だが、百愛部を押し止《とど》める神野の姿が想像された。それは正暉にとって知るはずのない顔だ。神野が過剰防衛によって殺人を犯したときに見せた覚悟の面《おもて》。フロアチーフの老人の言葉を借りるなら狼の貌《かお》。壁を越えるつもりならお前を殺す。静かに、冷たく、この上なく真剣に。

矯正杭の抜かれた百愛部は眼前の男の感情を読み取る。過剰に内面化する。怒りとは程遠い義務から生じる理性が下す殺人の選択。怒りではない。それはすべきことだから。

自分が同じ立場にあれば、まず実行したであろうことを神野は百愛部に為《な》した。珍しいことだ。正暉が他者に自己を投影し、その在り方に共感の図像を結ぼうとすることは。

とはいえ、自分ならこのタイミングで制止するのではなく殺しているかもしれない。

しかし神野は殺さなかった。あるいは殺せなかった。何かの理由で。おそらくは家族の存在だろう。神野には妻がいた。子がいた。家族がいた。血の繋《つな》がる父親さえもこの手で殺《あや》めてしまった正暉には、家族を盾にされて服従を強制される自分を想像することはできない。だが、孤独のすえに得られた家族は、それゆえに極めて強力な枷《かせ》にもなる。

だとしても、それは報復を予感させる恭順だ。

いつの日にか、自分を害するであろうことが日に日に強まると感じられる。あるいは自らの脳が過剰に敵意を読み込んでいく。増幅していく。その過剰に、歪《ゆが》み、増幅された感情は矯正杭による制御を欠くがゆえに際限なく高まっていく。周囲の人間に伝播《でんぱ》されていく。百愛部は支配の関係に置いた隷属者が報復を遂行すると疑心暗鬼となる。怖れは敵意を生み、敵意は殺意を育《はぐく》む。

そして殺人が起きた。神野は殺された。

タイヤを巻きつけて燃やし尽くす残忍な殺害手段。

そこでふと考えた。

神野はなぜ殺されたのだろう。

二年の潜伏期間を経て、互いの忍耐に限界が訪れたのか。

土師亨や彼の取引先である野見ら共犯者を動員し、百愛部は神野を殺害させたとして……それなら憐を狙う理由は何なのか。神野の家族に対して百愛部が害意を抱くとすれば、それは神野を隷属させ続けるためだ。だが、すでに神野を殺してしまった以上、彼の娘を殺そうとしたところで潜伏が露見するリスクが高まるだけだ。

事実、連続する二件の放火事件によって、正暉たちは百愛部の潜伏を確信するに至った。単にそこまで思慮が及んでいない可能性もある。神野に対する猜疑心《さいぎしん》が高まり過ぎたために、その娘も殺して血を根絶やしにしてやると激昂《げっこう》し、犯行を実行したのか。

それなら、なぜ野見だけが切り捨てられたのか。燃え盛る日戸憐のアパートを前にしたとき、静真は同じテトラドである百愛部の存在を認めなかった。百愛部はまだ理性的な判断のもとで行動している。姿を隠し、潜伏を続けている。

であれば、神野象人の殺害であれ、日戸憐の殺害未遂であれ、そこには明確な計画性が見て取れる。一連の順序のもとで二人が標的にされている。

その出発点はけっして激情に駆られた突発的なものとは考えられない。

神野が殺害された現場で、日戸憐は実父の凄絶《せいぜつ》な死にざまを目の当たりにするように仕向けられていた。

だが、なぜ――そこで正暉は疑念を抱く――百愛部亥良は面識のない憐に対してまで、それだけ明確な害意を抱くに至ったのだろうか？

憐は生まれてから一度も神野と面会したことはない。その存在を積極的に百愛部に語るとも思えない。沈黙のなかで隷属する神野の態度ゆえに娘の憐へ見当違いの憎悪を募らせたのだろうか。

単なる想像だけでそこまでひとは殺意を抱けるのか？　百愛部は過剰共感者《テトラド》であって

というのか。

普通の人間と違うから、そのような論理を捻《ね》じ曲げるような意思決定を下すこともある
正暉は、そのようには考えない。

百愛部が神野を殺し、憐を狙ったことには理由がある。繋がりがある。

その繋がり、結ばれた糸の先に新たな標的が存在しており――あるいは最初に狙われた被害者が存在しているはずだ。

――最初の被害者？

なぜ、自分はそのように考えたのだろう。正暉は引っ掛かりを覚えた。なぜ自分は今、神野象人より以前に被害者が存在するかもしれないと思いついたのか。

記憶を探る。思考を遡《さかのぼ》る。ひとつの仮説を思い至る。

正暉は急遽《きゅうきょ》、仮眠休憩中だった静真を起こし、周辺を巡回している永代を呼び戻した。

そして、かれらに伝えるべきことを伝えた。

9

正暉と静真、永代は狭い交番内で頭を突き合わせた。初めてこの場所を訪れたときと同じだった。

「結論から言えば、次の標的を特定しました」

前置きをせずに切り出した。静かな口調で。昂揚《こうよう》ひとつ滲《にじ》ませることなく。

「百愛部の居場所が摑《つか》めたということか？」

永代が尋ねた。感情の読めない顔だ。それだけ事の判断に意識を向けている。

「いえ、百愛部自身の所在については決定的なことは言えません」

「でも、次に誰が狙われるかについては見当がついたってこと？」

静真は大きな眸《ひとみ》を正暉に向ける。真偽を暴くものの眼だ。

「そういうことだ」正暉は頷《うなず》いた。「まず、事件の被害者について整理する必要がある。死者の数が二名。殺人未遂の負傷者が二名。合計四名が百愛部亥良の害意が直接向けられた対象になる」

「数が合っていないんじゃないのか？」

永代が腕を組み、僅《わず》かに前屈《かが》みになる。正暉の話を注意深く検討する態度だ。

「神野と憐、死者と負傷者が一名ずつ。これに現場で死んだ犯行グループの野見を含むとしても数が合わない。行方知れずの土師亨を含んでいるわけじゃないだろう？」

「はい。すでに確認されている被害者の数が四名です。そして神野象人は三番目の標的であり、日戸憐は四番目の標的だった」

「神野が最初じゃない？」永代が困惑の色を見せた。「この町で起きた火災は二回だろう」

「この町では二回です。しかし、百愛部が一連の事件で引き起こした火災は三回です」

「――東京拘置所」

静真が言った。確信を込めて。

「そうだ」正暉は頷き返す。「二年前の刑務所火災で百愛部は、〈テトラド〉の特性によって放火を伴う大規模な騒擾《そうじょう》を発生させ、多数の死傷者を出した。しかし、それは周辺被害と呼ぶべきだ。百愛部が直接手を下し、その死を明確に望んでいた対象は二人」

「ひとりはおれだ」

間髪を容《い》れずに静真が言った。過剰共感特性は、他者の思考を読み取るたぐいの超科学的な能力は有さない。静真は自らの経験に照らし合わせて正暉の言わんとするところを察している。

「おれの脚に百愛部亥良は自分の矯正杭を突き立てた。その瞬間のことは明確には覚えていないけど、おれの脚を貫く傷は現実に生じたものだ」

「お前の言う通りだ。二人の標的のうち一方は、ここにいる――静真だ」

となれば、もうひとりの標的が誰であるかは自明だ。

「……皆規か」

永代が息子の名を言った。

刑務官の永代皆規が、狙われたもうひとりの標的であり、一人目の死者になった。

「彼の死因は、全身に負った重度の火傷《やけど》と一酸化炭素中毒によるものです。その命を死に至らしめた炎が、殺害の手段に用いられた。皆規は、特殊矯正対象である百愛部を担当する刑務官だった。だから、大規模な火災が起きたとき、永代皆規がどのような行動を選択するか百愛部は予測できたはずです。もし生還が困難と明らかに予測できる状況に直面したとしても、皆規は必ず静真の救出に赴く。そう確信していたから、百愛部は負傷させた静真を極めて救出が困難な位置に放置していった」

永代が絶句した。他者への献身を躊躇《ためら》わない人間の善意を確信するがゆえに、その死を絶対のものにする手口は犯罪者の持ち得る心理でも最悪の部類に属する。

「……もし、皆規が静真を助けに行かなかったらどうするつもりだった？」

「であれば、静真が焼死していた。俺は皆規が施設外部の目前まで静真を連れてきたからこそ救出が出来ました。施設内にそのまま放置されていたら、いかなる救命救助班であっても到達できなかった」

「救出が間に合わなければ二人とも焼死する。救助を諦《あきら》めても一人を見捨てることになる。救助を試みても一人は助からない。いずれにせよ、必ずどちらかが死ぬ。それが分かってやったんだな。百愛部伊亥良は」

「状況から考えると、そのような結論になります」

「……悪魔だな」

悪魔のような奴だ、ではなかった。悪魔と断言していた。

「でなければ怪物だ。脳機能の特性がどうこうという話じゃない。普通の人間にはそんなことは思いつかない。思いついたとしても実行しない。しかし百愛部はそいつを実行した。しかも何百もの巻き添えが生じることも気にせずに」

永代の声が硬質さを帯びる。それは冷たく鋭いが怒りと呼ばれる。

「百愛部亥良は四人の人間を殺そうとした。二人は殺され、二人が深い傷を負わされた。坎手、お前が言いたいのはこういうことだな。連続放火殺人の起点は、神野ではなく皆規だ。百愛部は「永代皆規」にまつわる人物を標的に定めている。だから、皆規本人を狙い、皆規が矯正を担当した静真や神野を狙い、皆規にとって家族のような相手でもあった憐を順番に襲っている。だとすれば、次に狙われる標的もおのずと予測できる」

永代は間を空けた。正暉は話を継がなかった。自分が至った理解は相手にも共有されていた。静真もまた同じだ。自らも標的にされ生き残った。しかし、次に狙われるのは自分ではないと理解している。

そして永代は自分自身を指さす。

「百愛部が次に狙っているのは俺だ」

永代皆規の父親——永代正閏《せいじゅん》。

そのときだった。

交番を訪れる影があった。

10

「こんな夜遅くに、すみません……」

運転席でハンドルを握る女性は消え入るような声で言う。

しかし、それも仕方のないことだった。夫である土師亨の趣味が全面的に反映された大型車は堅牢《けんろう》な車体で内装は赤い革が張られた厳《いか》つい仕様だ。妻である須芹からすれば夫の実家に用事があるとき以外は自分が運転することもない。車体は大きく軽自動車ほど小回りが利くわけではない。細い路地も多く、左右に家々の壁がせり出しているような土師町での運転は慎重にならざるを得なかった。

「いや、こんな情勢です。旦那《だんな》さんも帰ってこられず、お子さんを連れての移動は車であってもご不安でしょう。お察しします」

その後部座席に永代はいた。運転席の真後ろの位置にチャイルドシートが設置されている。そこに赤ん坊が収まっている。その眼は隣に座る永代の顔をじっと見ている。

「そう言って頂けると……、あの、うちの子をお任せしてすみません」

「ああ……」

赤ん坊が手を伸ばした。永代は思わず、その手に触れていた。昔を思い出す。ずっと昔のこと。息子がまだ一人歩きも出来ないくらい小さかったとき、夜中に熱が出た。そのときは同僚が助けてくれた。いい奴らばかりだった。

「大人しいお子さんだ」

「普段はまるで違うんです。後部座席でひとりになると火がついたように大きな声で泣き続けるんです。でも今はとても静か……」

その手に触れる温かさに、永代はふいにひどい悲しみに襲われた。もしも自分に孫がいたらこんなふうに世話をすることもあったのかもしれない。ひどく生々しい想像が湧き上がった。それは二度と手に入ることのない完全に失われてしまった可能性だった。

赤ん坊の顔を見る。とても静かにしていて身じろぎひとつすることがないから再び眠ってしまったかと思ったが違った。赤ん坊は起きていた。薄《う》っすらと灰色がかった昏《くら》い色の眸をしていた。何となく青みを帯びているような気もする。

「夫は、その子が……母親似だと言うんです。でも、私にはそう思えなくて。どちらかというと父親似だと思うんですけど」

運転席の須芹が誰にともなく言った。この子供が母親似なのか父親似なのか区別はつかない。しかし、おそらく母親である彼女は、その顔に象《かたど》られた血について具体的なイメージを男よりもはっきりと持っているのだろう。

「そういうとき、自分は母親が言うことのほうが正しいんじゃないかと思いますよ」

運転に集中する須芹が振り返ることなく、小さく頷《うなず》くのが見えた。

「やっぱり、そうですよね。その子の名前は父親から取ったんです」

どう「亨」の字が「水」に繫《つな》がるのか、永代には連想できなかった。しかし彼女の声色は弾んでいる。それほどにこの女性は夫のことを愛しているのだろうか。

だとすれば——真実を伝えぬままにいることへの罪悪感が募った。

土師町交番に姿を見せた土師亨の妻——須芹は子供の水を連れていた。

暫く灯りの点いていなかった交番が煌々としているので、今ならひとがいると思って訪れたのだという。永代が意識をしたことはなかったが、彼女は夫の実家である土師家の邸宅に赴く際、いつも土師町交番の前を通り、永代や警察官の姿を見ていた。

警察の存在をつねに心の隅に置いている一般住人が交番を訪れた――。

そこに訪問の理由がないわけがなかった。取り分け夜の深い時刻には。

「夫のことで対応を決めるため、亨さんの両親から連絡があったんです。急いで事を済ませたいからすぐに来て欲しいと。土師不動産で取り扱っているお仕事が、亨さんからの連絡が途絶えたせいでまずいことになっているそうなんです。もしものことがあったらとても心配で。どなたか警察の方に一緒に来ていただくことはできませんか？」

時刻はすでに二二時を過ぎている。人の暮らす家ばかりの土師町は眠りに落ちたように暗い。川の流れる水音さえも聞こえてきそうな静けさのなか、一時停止している乗用車のフロントライトが眩《まばゆ》く光り、今なお内燃機関を有する車が発する排気の音がやけに大きく響く。そこに薄っすらと赤ん坊の絶え間ない泣き声が交じっている。

永代が土師邸へと向かう車に同乗したのは、半ば成り行き上のことだった。車中の子供をいったん外に出し、あやしたのがちょうど永代だった。正暉も静真も育児の経験はなく、またどちらも赤ん坊に自分が触れてよいのかという無意識の躊躇《ためら》いがあった。

静真は自らの特性ゆえに、正暉は自らの過去ゆえに。かれらが他者に触れることについて無意識であれ怖れを持つ者同士なのだと永代は初めてそのとき気づいた。

「永代さん」

土師須芹の運転する車に乗り込もうとする永代に、正暉が声を掛けた。暗闇の満たされた夜のなかでも正暉の眼差《まなざ》しの昏さをなぜか見分けることができた。しかし、最初のときに感じたような不穏さを永代が正暉に抱くことはもはやなかった。

冷徹であることは残酷であることを必ずしも意味しない。感情的であることのほうが他人に傷を負わせる機会が多いものだ。何物にも揺るがされることのない安定した精神の在りように、永代は今、かつての仲間たちと同じだけの信頼を預けることができた。

「わかってる。十分に気をつける」

ひとつは自分が次なる標的であることについて。もうひとつは土師須芹を含む土師亨の家族縁者すべてが百愛部の協力者であるかもしれない可能性について。

何かが待ち構えていることは疑いようがない。危険に自ら身を投じるべきではない。だとしても、誰かに助けを求められ、そして自分が行動しなければ命の危険に晒《さら》されるかもしれない相手がいるならば、永代は警察官として行動しなければならない。

「坎手」永代は車に乗り込む際、そっと告げた。「俺がもし手に負えなくなったら殺せ」

永代は自らの指と相手の小さな手を通し、赤ん坊の存在を、その身に感じる。

小さく弱く無力で、悪意に晒されればたちどころに命を奪われてしまう。ある社会が平和であるかどうかは、自分や自分の家族、取り分け子供が今日を安心して暮らし、明日から先の未来にも安全に暮らしていけると疑いなく信じられるかによって決まる。

今、永代にとって周囲の社会は、必ずしも疑いなく平和を信じられるものではなくなってしまった。悪夢のような出来事ばかりが続いていた。社会に潜む目に見えない暗数とは、まさにこのようなことなのだ。あるとき、ふとした瞬間に世界はこれまでとまったく異なる狂暴な姿を露《あら》わにする。だが、それは突如として出現したものではなく、これまでも存在していたし積み重ねられてきたものなのだ。ただ眼に触れることがなかったというだけで。

だとしても、突きつけられた残虐な世界を荒廃していくがままにするか、自らの手の届く範囲だけでも必死に秩序を守ろうと維持するかどうかによって、これから後に続いていく世界の在りようもまた変化する。

永代は自らの赴く先をハンドルを握る別の誰かに委《ゆだ》ねる。運命に向かって運ばれていく。片方の手は赤ん坊に触れたまま、もう片方の腕を静かに動かし着用している警察官の制服の分厚い生地に手を這《は》わせ、腰に巻かれた装備をひとつずつ確認していった。

交番勤務の警察官は三つの装備を腰に帯びている。右から警棒、手錠、そして拳銃《けんじゅう》。

車の速度が緩む。深海のなかを照らすようだったフロントライトの光が聳《そび》える外壁を照らし出す。光はゆっくりと横にずれていき、やがて門扉とともに表札を映す。

そこには土師と記されている。

永代を乗せた土師須芹の車を見送り、正暉と静真は代わりに交番に詰めた。

閉じられた扉はガラス越しに灯りを外に漏らすが近づく者はなく、人も車も往来が絶えている。

11

首都である東京の片隅で、こうして人の廃れていく町もある。

江戸の頃、土師町は治水のため、砂洲《さす》を埋め立てた堰《せき》だった。土地が測ったように四角く周囲の自治体と区切られているのは、まさしくここが人の手によって造られた土地で、一種の壁として近隣の村落を守るために機能していたからだ。

現在の土師町は、隅田川の上流に岩淵《いわぶち》水門が設けられるなど治水事業が行われた明治期に埋め立てられたが、国土交通省が実施した調査によれば、今後半世紀の恒常的な降雨量増加による隅田川の水域拡大によって、土地の完全な水没が決定視されている。

土地最大の地主である土師家は、いつか来る終わりを予想していたのだろうか。

今から三十年ほど前、激烈な台風によって生じた隅田川や荒川の大氾濫《だいはんらん》によって土師町が茶色く濁った水に浸かった年を境に地価が下がり始めた。これを機に、土師不動産はこれまでになく多くの土地を買い取るようになった。

奇妙な戦略にも思えるが、東京都への人口流入によって新規住人の需要がまだあったのだ。都心部にとても近い土地なのに、周りと比べてやけに安い。そこで格安の土地を借りて自ら家や集合住宅を建てる顧客を多数、土師不動産は誘致し業績を伸ばし続けた。

だが、この経営戦略は、二〇五〇年に隅田川大堤防が完成して破綻《はたん》を迎えた。

土師町がいずれ沈み、誰も住めなくなる土地であることが周知の事実になった。

予《あらかじ》め破綻を織り込み済みで土師不動産が立ち回っていたのかは定かではない。だが、土師不動産は、そこから所有してきた土地の大半を手放し始めた。

廃墟《はいきょ》となった雑居ビル。簡易宿泊施設の事業が破綻した賃貸アパート。これらの連続火災の標的となった土地も同様だ。どれも土師不動産は用済みと言わんばかりに売りに出されていた。土師家の邸宅もまた売りに出されている。

いずれ手にする土地のすべてが水に沈み、多大な負債だけが残される。

先を見通すほどに未来がない。

その絶望が土師亨を逃亡犯・百愛部の共犯者にさせたのか。

果たしてそうだろうか、と正暉は留保する。絶望は一般に想像されているよりも人間を犯罪に奔《はし》らせる動機にはならないものだ。あらゆる行動は無意味と悟り、何を選び取ろうとも結果は変わることはないのだという諦念《ていねん》が絶望を生じさせる。絶望はすべてを奪われた精神の虚無を言い換えたものだ。

対して犯罪は精神的であれ物質的であれ、何かを獲得しようと欲する情動によって生じる。犯罪者――取り分け無差別殺傷を起こすような連中――は自らの犯行動機を様々な理由からの絶望ゆえだと語りがちだが、当然のようにその人間自身が分析した自分の心理ほど的外れなものもない。かれらは絶望になど陥ってはいない。絶望に陥りたくないがために奪うのだ。なりふり構わずに。別の誰かから金銭やその生命を。

絶望は奪われた側にのみ生じる。犯罪によって何かを奪われた被害者の状態こそが絶望なのだ。そうでない加害者や第三者が語る絶望は、絶望を騙《かた》る欺瞞《ぎまん》に過ぎない。

正暉が実父をこの手で殺《あや》めたとき、絶望など抱かなかった。ここで死ぬわけにはいかないという欲求が反撃を選択し、殺傷を実行させた。

それから長い歳月が過ぎた今も正暉に絶望を口にする資格などない。償いを果たしても贖《あがな》えはしない。それが罪を犯すということだ。犯罪者になるということだ。

過剰防衛で強盗犯を殺めてしまった神野象人も、襲った日戸憐もろとも焼死しようとした野見も、罪を免れようと逃亡を続ける土師亨も、そして、数え切れない数の火災をもたらし人間を殺し続ける百愛部亥良も――誰もが犯した罪ゆえに、誰かから償いようのないものを奪ってしまっている。

奪われ、失われたもの。取り戻せないものを奪われた人びとの――被害者が抱く絶望は、だから何を対価にしても埋め合わせることなどできはしない。

しかし、罪を犯す者たちは、その理屈が想像できない。理解できない。だから罪を重ねる。自らの力のみでは反省されない。犯罪者となる者の心に巣くう悪は怒りのように無限に湧き制御されることがない。

怒りを取り除かなければ悪もまた消えることがない。

ゆえに悪の言葉に耳を貸すべきではなく根絶せねばならない。悪とは怒りそのものだ。怒りの感情によって媒介された悪は伝播《でんぱ》され、また新たな悪を生み出す根を張り巡らせてしまう。火を消す水のような手段が必要だ。

だが、悪を取り除く手段とは何か。

いかなる手段であれば悪は取り除けるのか。

正暉はその手段を理解し言葉に出来るが口に出すことはない。それは為《な》されてしまえば悪を根絶するがゆえに悪を生むものであるから。

だからもし、その手段の遂行が不可避であるのなら、その義務を果たす者は誰でもなく自分でなければならないと正暉は思った。

俺がそうすべきだ。なぜならすでに機能を損ない人を殺め悪となった罪人であるから。


外気と接する扉のガラスに小さな飛沫《ひまつ》が点々と散った。意識を向けると連続する雨滴の音が聞こえ、やがては水をホースで浴びせられたように雨が強まった。

正暉が扉を開くと雨が吹き込んできた。空気は冷たく、吹く風はごうごうと音を立てている。これから長く雨が降る。

週末に大雨警報が出されていたことを思い出す。雨が犯行現場から犯人の痕跡《こんせき》を洗い流してしまうリスクがあると見做《みな》され、強引にでも廃墟ビルの現場捜索を行った。

雨は犯罪者にとって恵みでもある。目撃者になり得る人々の移動が町から減り、驟雨《しゅうう》となれば監視カメラの映像も不明瞭《ふめいりょう》になる。足跡のたぐいも風と雨に掻《か》き消される。犯人の手がかりとなる数多くの証拠が消える。

正暉は傘を差して外に出た。傘で頭上を覆う意味がないほど強い雨になっていた。

永代を見送った後、静真は居ても立ってても居られないと立哨《りっしょう》に立っていた。

静真は駒形橋の架かる隅田川を見つめていた。川の水面は黒く、水嵩《みずかさ》を増し、轟々《ごうごう》と音を立てながら激しい勢いで流れていく。すべてを呑《の》み込み、二度と浮かび上がることを許さない。

正暉は静真を傘の下に入れ、タオルを頭から被《かぶ》せた。官給品のくたびれたオレンジ色のタオルだ。統計外暗数犯罪調整課の部署名が簡素な書体でプリントされている。

「髪を拭《ふ》け、静真」

「汚染されているから？」

「いや、降る雨に含まれる塵芥《じんかい》の量は大したものじゃない。ただ……」正暉はそこまで言い掛けてから黙った。「風邪を引くとよくない、というべきだったな。あのときは」

「それは今、話すべきことなのかなあ」

静真は、初めてこの町を訪れたときのことを思い出しているようだった。

橋から川へ落ちる雨水が透明な壁を作っていた。川を遡《さかのぼ》る船は全身に水を浴び、その甲板に立つ静真は全身を濡《ぬ》らしていた。あのときも正暉は傘を出して外に出た。くすんだオレンジ色のタオルを手にしていた。何なら掛けた言葉も同じだったはずだ。

「……話しておくほどのことでもないかもしれないが、気づいたんだ」

「気づいた？」

正暉は静真が髪を拭いたタオルを受け取った。その湿ってくしゃくしゃになったタオルを掌《てのひら》に載せてじっと見下ろした。

「あのとき、水浸しになったお前を見て、俺はタオルを差し出そうと思った。俺は地面を伝った雨水は汚れているとお前に伝えたが、水の汚染はタオルで身体を拭《ぬぐ》うべき理由であっても、俺がお前にタオルを差し出そうと思ったことの理由ではなかった」

「何だかややこしいな……」

「俺は、お前のことを心配だ、と思えるんだな」

自分を含め、正暉は誰かを心配するということ、怖れの感情を理解することができなかった。自らに対してもそうだ。与えられた職務をまっとうするために自らを使い尽くすことについて、正暉は些《いささ》かも躊躇《ためら》うことなく、怖れを抱くこともなかった。

死に対する恐怖の欠如。それは幼い頃に肉体の死に限りなく近いところを経験したせいかもしれない。あるいはそのとき生じた負傷、脳の一部を穿《うが》たれたことによって精神の一部が本当に死に絶えてしまったのかもしれない。

遠い昔、人間の脳には機能を司《つかさど》る小人《ホムンクルス》がいるとされた。いわばそれは擬人化された機能の地図であって、実際に何かが棲《す》み着いているわけではないと、今日では誰もが了解している。脳に対する研究は人間の歴史において珍しく、時に迷走はあれど過去へ後退することなく進歩と発展を積み重ね、理解を高め続けてきた。脳の部位ごとの機能分類。人間の脳は各部がそれぞれ異なる役割を果たすが、同時にある部位の物理的な欠損が生じようとも、やがてはその機能を補完するが如くに全体が役割を代替させ始める。いわば脳は個別の機構の集合体であると同時に全体として稼働する組織でもある。

案外、物質的に定量化することのできない意識なるものも、そうした脳の性質に由来するものではないのか。何かが欠けようとも何かによって補い得るがゆえに。

「正暉は思ってたより、意外と物を知らないよね」

「何だ、急に……」

正暉を見上げる静真の顔は、冷たい夜に熾《おこ》る火を見つけ、そこに掌を翳《かざ》して暖を取る人間が見せるような安らかさで満たされている。

「自分がどう思っているか知らないけど、正暉はいつも誰かのことを気に掛けている。俺だけじゃない。日戸さんにせよ永代さんにせよ、正暉はいつも関わったひとのことばかりを考えている。おれの知るひとのなかでも正暉ほど心配性な人間はいないよ」

「――――」

意外な言葉を掛けられて、正暉は咄嗟《とっさ》に応答することができなかった。久しく覚えたことのない戸惑いが胸の奥からさざ波のように全身に伝わってゆくのを感じた。

「それは、皆規よりもか？」

やっと口にしたのは、別の誰かと自分を比較する問いだった。返しとしては適切ではない。自分と他人を比べることほど無益なこともない。

「皆規は……センセイは案外、抜けたところがあったな。正暉みたいに冷静に見えて実はおっかなびっくり慎重に扱うんじゃなくて、きっと大丈夫だっていう楽観がいつもあるひとだった。タイプは違うけど、永代さんとすごく似てる。心配をするより先に身体が動いてしまうひとだった。おれや他の受刑者のひとたちの心配はとてもするのに、自分のことになったらからっきしで――」

話を続けながら、静真は大きく眼を瞠《みひら》いた。燃えた後の灰のような明るい色の眸《ひとみ》が揺れる。「ねえ、正暉。永代さんは本当に大丈夫なのかな？」

「……分からない。百愛部の次の標的は永代警部補と見て間違いない。だが、これまで奴がもたらす殺人は必ず火災とセットになっている。問題はどこで何を燃やすかだ。永代警部補の自宅か、この交番か、あるいはそのどちらでもないのか」

現在、所轄の警察官が永代の自宅がある千束《せんぞく》八丁目を巡回しているが、不審火など火災の兆候は見られていない。

「土師亨以外のあの家のひとたちが、百愛部の共犯である可能性は？」

「正直に言えば、完全に否定できる理由がない。だから永代警部補は土師亨の妻の車に同乗し土師邸に向かった。それに、土師家全員が百愛部の協力者であるとすれば、その家が放火の標的になるとは考えづらい。おそらく百愛部はまだ自分が狙う標的の規則性について気づかれたと思っていない。そこにまだ付け入る隙がある」

すべては永代があの短い時間で選択し、正暉たちに承知させたことだ。

ここで濹東警察署に連絡し所轄が大挙して人員を動かす兆候を見せたり、正暉たちが永代と片時も離れず警護しようとすれば、百愛部ら犯人に警戒が生じる。

「今は永代警部補からの連絡を待て。あのひとの報《しら》せで事の次第は定まる」

「それまでおれたちは何もせず、このまま待つべきだと？」

ここが堪《こら》えどころであることを静真も分かっている。それでも待ち一辺倒であることが耐えられない。その焦燥を正暉も理解できないわけではない。永代は正暉に匹敵する頑健な肉体と現場対処能力を有しているが、それでも確実な安全は保障できない。

遥《はる》かに体軀《たいく》で勝るはずの神野象人が百愛部らによって殺害されている。いかなる手段が用いられたにせよ、それが事実であることに変わりはない。

「百愛部は杭《ボルト》が抜けている」静真が強い口調で言った。「杭を打たれていることで抑制されているおれや共感神経系が機能喪失している正暉と違って、永代さんは普通の人間だ。過剰共感の伝播を防ぐすべはない」

それが分かっていて、正暉は永代を送り出している。赤ん坊を抱えた永代が土師須芹の車の後部座席に乗り込むとき、正暉は彼に声を掛けていた。

十分に気をつけろ、という意味を含んだ警告に永代は頷《うなず》いてみせた。それから正暉だけに聞こえる小さな声でこう付け足した。

『俺がもし手に負えなくなったら殺せ』

永代は自分に及ぶであろう影響について正確に予測している。二年前の刑務所火災において暴徒化した受刑者に対峙《たいじ》した警官隊のなかには、混乱の渦中で襲ってくる受刑者に対して規則を超えた過度な暴行を加え、殺人未遂を起こしてしまった者たちもいる。どこまでが暴力の渦によって引き出された突発的な暴力なのか不明だ。しかし百愛部の特性は怒りを無差別に撒《ま》き散らす。伝播《でんぱ》され強まる一方の怒りの感情は敵対する相手への憎悪を募らせ、死に至らしめるほどの暴力性を解放する。

怒りに呑まれ暴徒と化す永代の姿を正暉は想像できなかった。しかし、もしそうなってしまったときには矯正杭を打ち込めるだけの猶予があるかどうか分からない。状況次第では、緊急対処として殺害を選択する可能性は十分に考慮されていた。

制御ではなく強制停止。その役割は正暉にしか担えない。静真には無理だ。それに、そんな汚れ仕事を静真にやらせたくない。正暉は職務遂行の意志を超えた、とっくの昔に消失していたと思っていた自らの良心の片鱗《へんりん》を見つける。静真には、その無垢《むく》なる魂を血と怒りによって染めるようなことがあって欲しくはない。

確かに血の流される世界は存在する。おのれの敵と味方を区別し愛を謳《うた》う怒りによって正義と称する暴力でもって、敵と名指した相手を肉と魂とを焼き尽くして灰にしてしまう、残虐な現実を見つけんとすれば枚挙に遑《いとま》がない。

だとしても、怒りと憎悪の侵攻に善意の領土を明け渡してはならない。

戦わなければならない者たちがいる。守らねばならない者たちがいる。

正暉と永代は戦う側に属する。静真は守るべき側に属する。

狼は羊と群れることはできない。しかし狼は人類との交わりで飼育改良され、犬という新たな種へ進化した。人類と犬の共生関係《パートナーシップ》が生まれた決定的瞬間は特定されていない。だが原初の世界でヒトを襲わず、共にあることを選んだはぐれた狼は間違いなくいた。

正暉は自分を群れを失った狼だと思う。永代を徹底的に訓練された犬だと思う。ならば静真は無力な羊だろうか。とんでもない。静真こそが人間《ヒト》だ。鋭い爪と牙《きば》を持たず、分厚い毛皮もなく、その肉体に比して不釣り合いな大きな頭部を備えたその動物は、しかし既存の動物と根本的に異なる力を有している。

連帯。調和。共感。自己と他者を共存させ、群れではなく社会を築き、高度な共同体を形成し、信義と友愛を結び、揺るぎない安全をもたらす力。相手を殺し奪うよりも、互いを守り与えることを選び、悦《よろこ》びとする善なる心が人間の獲得した最良の力だ。

それを正暉が手にすることはないと思っていた。その機会は失われ永久に訪れることはないと。しかし、そうではないかもしれない、と静真の言葉を通して考えた。

脳は失われた部位の果たす機能を全体が補完する。打ち抜かれ、砕き割られた心さえも長い時間を経て、別の何かによって補われるのだとしたら。

「静真、お前の言う通りかもしれない。百愛部の標的が永代警部補であると気づいたことを悟られてはならないが、犠牲を最小限にするための努力を怠るべきではない」

「どうするの？」

密《ひそ》かに自分たちも土師邸へ向かうべきだろうか。突入を試みるべきだろうか。

だが、それではおそらく新たに生じる犠牲を容認することになる。

永代を狙い、同時に自らの痕跡《こんせき》となる共犯者を始末していく。犯人の思惑を阻止する。

「土師亭を確保する。そいつは今、永代さんを殺害する装置として使われているはずだ」

12

土師家の邸宅は土師町一丁目一番にある。

緩やかな坂を上った先、小高く思える土地に家が建っているように見えるが、実際は周辺の土地が海抜〇《ゼロ》mを割っている。相対的に高く見えているに過ぎない。

それを差し引いても、周りと比べて家は大きい。何ら制限を受けることなく土地を意図するまま区切ったように、正四角形の敷地に正四角形の家屋が建っている。

三階建てのモダンな建築。コンクリート造の外壁は塀を挟まず、そのまま道路に面している。珍しい造りだ。富裕層の住宅は当然ながら空き巣や強盗の標的にされやすい。それを阻むために高く聳《そび》え立つ外壁で完全に囲ってしまう家も多い。だというのに、土師邸は塀はおろか生垣など道路と家屋を区切る壁がない。ただし、外壁には窓ひとつなく、正面からでは内部の様子がまったく窺《うかが》えない。

「立派な家ですね」

永代は自分でも凡庸としか言いようのない感想を口にした。

車は土師邸の前の道路に駐《と》められている。周辺も土師家の私道だ。家族や用事がある訪問者以外は車も人も通行しない。エンジンを切った車内で、運転席の須芹が子供の水を永代から受け取り、その胸に抱きかかえている。

「今から一年と少し前くらいです。私の妊娠を夫と報告に行ったら、これを期に家を建て直そうという話になって。セキュリティも万全にするため、家の外壁が塀としても機能する造りにしたそうで、何でも、ハウスインハウス構造と言うそうです」

傍目《はため》に見ても贅沢《ぜいたく》な造りの邸宅だが、外壁が見当たらないことが不思議だった。

だが、それは認識を誤っていた。ハウスインハウス構造。外壁それ自体が堅固な塀として機能し、この分厚い壁は塀として内から外を完全に遮断している。

「この構造にすれば敷地を目いっぱい住宅として使えるうえに防犯にも便利だからというんですが、私はちょっと……」

彼女は最後まで言葉を口にしながったが、永代は言わんとすることを察した。

造りが堅牢《けんろう》過ぎる。人が住む家としては面構えが物々しい。防犯の備えは無論、安全な生活を保障するためだが、過度な安全と生活の快適さは必ずしも両立しない。

「……いずれは息子の亨さんに相続されるものだからと費用は全額向こうが持って下さいましたから、こちらが何かを言うのは筋違いだとは思っているのですが」

身の丈に合わない過度な贈り物をされ、扱いに困っていることが態度に表れていた。

「凄《すご》い話だ。警察官の安月給では人生をもういっぺんやり直したって建てられない」

素直な感想だった。自分のような所轄の一般職のみならず警察庁のキャリアであってもこれほどの家を持てる人間がどれだけいることか。

「もういっぺん？」須芹が怪訝《けげん》な顔をした。「人生をもう一回やり直したいんですか？」

家から話題を変えたいのか、相手の興味が永代に向いた。長話に時間を浪費していい余裕はなかったが、この強い雨脚が幾らか弱まるまで車で待っていて欲しい、と家にいる土師夫妻から須芹宛てに連絡が入っていた。大切な孫が雨に少しでも当たったら風邪を引いてしまうかもしれないと心配しているそうだ。

何か時間稼ぎをされているかもしれない。しかし、目の前の女性は行方を晦《くら》まし、目下、百愛部との共犯関係が明確な土師亨の配偶者だ。何かを話したがっているのであれば、会話を続けるべきだった。永代は相手の問いに対する自らの答えを考えた。

「……やり直したいかと言えば、どうなんでしょう」

永代は肯定も否定も即座に口にできなかった。やり直すことが出来ないから人生とも言える。あまりに多くを失った。そのすべてが取り戻されたら俺の人生は帳尻《ちょうじり》が合うのか。

公正であるという信念のもとに成立したはずの世界が実は不均衡で、不公正で、不公平であるという真実。必ずしも悪は罰せられず、それどころか善であり報われるべき人びとが害を被る。人生の帳尻など何ひとつとして合うことはない。だとしても。

「自分が思うに人間は、生きてしまった人生をやり直すことはできない。そして後悔というのは概《おおむ》ね、自分と誰かの関係についてです。人間は、お互いにうまくやることはできても、お互いがうまくいくとは限らない」

永代は自らの考えを纏《まと》めた。誠実に答えようと決めた。

「だから、親は子供に期待を託してしまうのかもしれません。それは身勝手で傲慢《ごうまん》なことかもしれないが、自分の人生に後悔が多い親ほど子供の幸せを願わずにはいられない。少なくとも、自分は、そういう不出来な父親でした」

追うべき犯人の共犯者かもしれない相手に心の裡《うち》を晒《さら》し過ぎているだろうか。しかし取調において丸裸にされるのは逮捕された犯罪者の心情だけではない。調べる側である刑事や警察官も内面を否応《いやおう》なく暴き出されてしまう。そこには秘密を共有しあう奇妙な関係が生まれる。

「……そうですね。本当にその通りだと思います。うまくやれても、うまくいくことは本当に難しい。この子の」

彼女はそこで何かを言い掛け、言葉を呑《の》んだ。過ぎた時間としては僅《わず》かだが、待つ側にとっては長い時間の後に、土師須芹は小さく言った。

「この子の父親も過ちを犯すこともあると思います。でも、悪いひとだとは思えない」

——自白だ。

ひとは犯した罪をふいに明かす。長く刑事をやってきた永代は幾度もそうした機会に遭遇してきた。

永代は相手が発した言葉が、土師亨の犯行を認める証言として有効か否かを瞬時に考え始めている。自らの配偶者が罪を犯したことで抱える苦しみに大いに共感しながら、頭の別の部分で刑事としての判断が働き情報の価値を峻別《しゅんべつ》している。

自分のなかに恐ろしく冷たい部分があることを永代は自覚している。

ひとは過ちを犯す。犯罪に手を染めてしまった者すべてが悪人だと断ずることはできない。誰もがどちらにも転びうる危うい均衡のなかで細い綱の上を渡っている。

永代は運転席の女性に抱かれる赤ん坊のことを思う。この子供の父親は必ずしも絶対悪とは言えないだろう。どれだけ悪の側に傾いたのか分からない。

何をどこまで自らの意志で実行したのか。行為の有無が刑罰の軽重に大きく影響する。だが、それは行為主義についての話だ。適用される法律についての話だ。

残虐な怪物たちに扉を開けば、どのような犠牲がもたらされるのか想像できなかったとは言わせない。ただ無思慮である共犯者は、実行犯と比べ、適用される刑罰は軽くなるかもしれない。だが、その愚かさは許され難い悪の水準に達する。

火は、あまりにも身近過ぎる凶器ゆえに、その威力を見誤られがちだが、長い歴史のなかで最も多くの人間を殺戮《さつりく》した凶器のひとつだ。火焔《かえん》に焼き尽くされて骸《むくろ》となった人間の総数は、それこそ数知れないほど膨大だ。

放火が殺人に匹敵するほど重罪であるのは、そうした理由からだ。着火は人為的なものであろうとも火の燃え広がりを人間は制御できない。燃焼という現象は、可燃物が存在する限りどこまでも燃え広がる。計り知れない犠牲を生む。

「土師須芹さん」

永代は言葉を慎重に選び、どの行動が最も適切であるかを間断なく思考し続ける。

「自分は警察官です。警察官には被害に遭われた市民を保護し、さらなる被害を未然に防ぐためにあらゆる努力をする義務があります。あなたやあなたのお子さんを何があっても守ると約束します」

「本当ですか」恐る恐る相手は尋ねる。「何があってもこの子を守ってくれますか」

「守ります。それが警察官の仕事だ」

永代は即答する。義務と情動がピタリと重なり一致する。

「……家の中まで一緒に来てください。私たち家族を助けて下さい」

車のフロントガラスに跳ねる雨が弱まった。

車の鍵《かぎ》が解除され、そして扉が開かれた。

13

束の間、雨が和らいだ機会を見逃さず、正暉と静真は車から外に出た。

捜査車両は土師町の西――隅田川に面した首都高速向島《むこうじま》線の高架下に停まっている。

等間隔に配置された太いコンクリート柱に支えられた高架道路は、横たわった巨大な鯨の腹のような底面を見せている。

真っすぐ隅田川へ向かうと、河川敷に造成された駐車場に達する。

対岸の大堤防建造が盛んだった頃は、多くの現場関係者が車を停めるために利用していたが、大堤防の完成とともに需要は激減した。

無人の駐車場で常駐の監視員も置かれていないため、いつしか停めっぱなしでそのまま何年も放置される車両が増えていった。かといって勝手に処分することもできない。所有者と連絡が取れないせいもあったが、それ以外に燃料切れで動かない廃車同然の車を、年ごとに増す雨露を避ける寝床とする路上生活者が集まるようになったからだ。

しかし今、かれら車上生活者とでもいうべき人びとが、びっしょりと雨に濡《ぬ》れながら駐車場を逃れ、幾らか雨を凌《しの》げる首都高速道路の高架下に逃れてきている。

水が迫っているからだ。

夜の深まりとともに雨量を増し、都内を直撃した集中豪雨により、隅田川の水位が急激に上昇した。かつて大浸水をもたらした二一世紀初頭の巨大台風に匹敵する高い水位にまでは達していないものの、土師町の河川敷ではすでに水没が始まっている。

この駐車場も水没を免れない。水面がタイヤを越え、車体下部まで接している。夜が明けるまでに車の大部分が天辺《てっぺん》まで水に浸《つ》かりかねない。

川沿いに設置された警報装置のサイレンが唸《うな》っている。

だというのに、他の車と比して汚れの程度がひどくなく、まだ現役で稼働していると思《おぼ》しき車両が一台、駐車場の奥、川の間際に停められたままだった。黒い車体のバンだ。資材や人員を積む用途のため車体は前後に長い。

所有者が突然の荒天によって取りに来られなくなったのか。

正暉と静真は避難する路上生活者たちに尋ねたが、数日前に停められたきり、誰も回収に来ないらしい。かれらも所有者の手を離れているか微妙な車を寝床にはしない。

窓にはすべて視界を遮るシールドが貼られていて、内部を外から窺《うかが》い知ることはできない。念のため路上生活者たちは、周りの車を外から叩《たた》いて誰か中に残っていないか確かめてから避難したそうだが、黒いバンからは特に反応がなかった。

だから誰も残っていないはずだ。かれらはそういった。正暉と静真は協力に感謝を伝え、それから水没の始まった露天の駐車場に立ち入っていった。

「正暉」

「ああ」

「どう思う？」

「調べておくべきだと思う。犯行に使った車両ごと共犯者の土師亨を始末する。それを同時に叶《かな》えるつもりなら、土師亨は車に監禁されている可能性が高い」

それが正暉たちが下した推論だった。

「土師亭の監禁場所は車であり、同時に次の火災を起こすための発火装置も兼ねている。どういう仕組みが組み込まれているか知らないけど、永代さんの自宅であれ交番であれ、あるいは所轄警察署など永代さんゆかりのいかなる施設も標的にできる。はっきり言って、おれは百愛部たちの考え方は常軌を逸していると思う」

車自体を武器に変える手段は、簡易爆破装置《IED》である車両爆弾など、テロ攻撃の手段として海外では頻繁に用いられてきたものだ。知識だけなら誰でも得ることができる。もう少し調べれば、その仕組みを学習することもできる。だが、それを実践の手段に用いることを選んだのなら、静真の言う通り、そいつは常軌を逸していると判断されて十分だ。

「……出来るなら、爆発物処理班の耐爆スーツを手配したかったな」

「正暉、ボソリとそういうことを言うのを止めてよ。本当かもしれないと思うだろ」

「本当にそうなるかもしれない。燃焼と爆発はどちらも化学反応によって起きる」

そもそも車は燃料の爆発を伴う燃焼によってエンジンが駆動する。燃焼も爆発も危険ではあるが、人間の生活はそれを制御することで成立している。無思慮や悪意によって用いられれば、人間に危害を加える凶器にもなるということだけだ。

「静真。水位の上昇速度が速い。付近の避難誘導を頼む」

「そう言って、また危険なところからおれを遠ざけようとするんだろ」

「いや、そういうつもりでは……」

「ないとしても、ひとはそう解釈するんだ。気遣いと安全を望むものだとしても、それは今、おれにとっては過剰な心配だと思えるよ。おれは大丈夫だ。正暉とともに働ける」

静真はその場を動こうとしない。すでに靴を浸すほどの川の水は、正暉と比較してはるかに細い静真の足を取り、ふとした拍子に生じる激流に彼の身を攫《さら》うかもしれない。しかし、そうした危険に身を置いてでも正暉が職務を遂行するなら、静真にも同じだけの職務遂行を望まねばならない。互いに課された義務ゆえに。

「……そうか」

「所轄に通報をしたよ。かれらが避難誘導にすぐ駆けつけてくれる」

「対応が早いな」

「あの呉《くれ》っていう刑事さんがね、何かあったらすぐに連絡してくれって連絡先を交換してくれたんだ」

人間関係の構築という点では、正暉の能力は静真にまるで及んでいない。

「助かる」

「でしょ。それで車の扉を開けるなら手伝うよ。正暉は片腕が使えないんだから」

静真が手を出した。しかし正暉は腰に巻いた作業《ユーティリティ》ベルトの背面から左手で引き抜いた鉄鎚《てつつい》を委《ゆだ》ねることはなかった。深い紺色に血脈のような鮮やかなオレンジ色のラインが奔《はし》った鉄鎚。打撃部の反対側に真っ赤に塗られ二股《ふたまた》に分かれた爪が伸びている。

この道具は正暉が犯した殺人に用いられた道具であり、これだけは誰にも委ねることができない。たとえ静真であっても、これだけは渡せない。触れさせてはならない。

「いや、扉の開放は俺が行う。お前は俺の後ろでバックアップを頼む」

「バックアップ？」

「もし燃焼装置が起爆装置を兼ねていて爆発が生じたら、俺の身体を爆風の盾にしろ」

啞然《あぜん》とする静真の反応を待たず、正暉は扉の発破開放《ブリーチング》に用いる鉄鎚の爪をバンの運転席側の窓の隙間に捻《ね》じ込み、ぐっと力を込めた。最大で鉄扉をへし折るような威力を発揮する爪の炸薬《さくやく》量は調整されており、破壊の衝撃で窓が真っ白に罅《ひび》割れる程度だった。

微《かす》かに白い煙が上がり、扉の施錠箇所が破損し強制的に解除される。

正暉は爪を窓の隙間に引っ掛けたまま、今度は強く力を籠《こ》め、バンの運転席の扉を抉《こ》じ開けた。

「……正暉。こういうのは、もう少し慎重にやるべきじゃないのかな」

静真がこわごわと正暉の広い背中から顔を覗《のぞ》かせた。

「慎重に事を進める余裕がおれたちにはないからな。それに……これまで放火に使われていた燃料のたぐいを考えると、扉を開けたら連動して爆発するような複雑な仕組みの爆破装置を百愛部たちが設計できるとも思えなかった。奴らは極度に残虐な殺害手段を用いるが、そのための仕組みは粗雑で単純なものばかりだった」

正暉は左手に鉄鎚を握ったまま、ギプスを嵌《は》めた右手でポケットから懐中電灯を取り出そうとしたが上手《うま》くいかない。

「静真。懐中電灯で内部を照らしてくれ」

「はあ、了解」

静真は少し気を楽にしたように肩を竦《すく》め、それから細いペン型の懐中電灯を懐から取り出し、身を退けた正暉に代わって車内を照らし出した。

「運転席に人影はなし。助手席も同様……」

これだけ強引に扉を開いておいて悲鳴のひとつも聞こえないのだから誰もいない可能性が高かった。車体前部の座席は使い古されているが人間の気配はない。

しかし、懐中電灯の光を並んだシートとシートの間から荷台となる車体後部のスペースに向けた途端、静真が口を噤《つぐ》んだ。

「……いる。土師亨だ」


土師亨は四肢を拘束された状態で荷台に転がされていた。大柄な身体が十分に横たわれるだけの長さがある。左右には可燃性の燃料が満載されたポリタンクが左右二列ずつ並べられ、簡易な台代わりに板材を載せ、さらにポリタンクが並べられている。車体背部のバックドア側も同様だ。

それらはすべて配線で繋《つな》がっており、座席シートの下を伝って運転席のブレーキペダルを介して、そのままボンネット下の電装部へと繋がっている。

「前言撤回だ。車の自動操縦システムに搭載された衝突防止用の緊急ブレーキに連動したかなり複雑な仕掛けが組まれてる」

正暉が身を屈《かが》め、運転席下部の仕掛けの詳細を観察しながら呟《つぶや》いた。

「緊急ブレーキ？」

「以前、こんな事故があった。自動運転機能を搭載した車の運転手が、コンビニエンスストアの店舗前の駐車場でブレーキと間違えてアクセルを強く踏み込んでしまった。だが、車体前方を認識する機能を持つ車の自動運転ＡＩが危険を感知しブレーキを作動させ、車は店舗に突っ込まずに済んだ。人間の誤作動を機械が予測して事故を防いだ例だ」

こうした機能は現在、あらゆる車種において搭載が義務付けられている。

「この緊急ブレーキシステムが発火装置になっている。詳しい機構は分解して見ないと分からないが、おそらくこの車には不正な手段で目標地点が入力されており、そこに向かって全速力で突っ込むように設定されてる。それでも、緊急ブレーキは衝突防止のために半ば強制的に作動する」

「止めようとすると燃え上がるってこと？」

「掻《か》い摘《つま》んで言えばな」正暉は身を起こしてから頷《うなず》き返した。「で、車を突っ込ませることを前提としているなら、標的は……土師町交番だな」

正暉が断定したのは、永代の自宅があるマンションは建物の構造上、車で突っ込もうと建物を全焼させることが難しいからだ。警察署の場合も同様で、やれないことはないが、この車に積んだ燃料では巨大なビルに匹敵する澀東署を燃やすのは難しい。

規模だけでいえば、これまでの二件と比べ、車一台程度だ。小さいと言える。

だが、それだけに凝集された悪意がそのままかたちとなって表れている。

正暉は大量のポリタンクに囲まれたまま、拘束されている土師亨を見やる。

神経系に作用する薬物が用いられたのか、皺《しわ》だらけのスーツを着た土師亨は全身を弛《し》緩《かん》させている。掻いた汗だけでなく垂れ流したままになっている糞便《ふんべん》の臭いもする。この悪臭のなかで身悶《みもだ》えることなく横たわっていられるのは、そもそも感じた苦痛を訴えられるだけの身体の自由が奪われているからだ。

夢見るような目つきで、土師亨が首から上をどうにか動かして頭を持ち上げ、運転席側から覗き込む正暉と静真を見ている。

「土師亨だな」

正暉が呼びかけると、土師亨はゆるゆると首を動かす。

「誰にやられた」

反応はない。答えるべき内容が複雑で表現できないと判断する。聞き方を変える。より単純な質問に置き換える。

「この車は警察官の永代正閏を殺すためのものか」

反応がある。

「この車を用意したのは、神野象人を殺し日戸憐を狙った奴らか」

反応がある。

「この車で神野を運んだか」

反応がある。

「運転したのはお前か」

反応がない。

「答えろ。さもなければお前をこのまま放置する。発火装置は解除するが、このままだと車は川の増水で水没する。お前は溺死《できし》する」

「ちょっと正暉！」

本気で殺す気かと咎《とが》める静真の視線を、正暉は真っ向から受け止める。必要なら本気で殺す。これは脅しではなく実行する意志がある。そう相手に思わせるだけの冷酷さを発揮しなければ、たとえ自分が命の危険に晒されていながらも、罪から免れたいと欲し続ける人間から真実を引き出すことができない。

「答えろ。運転したのはお前か」

今度は反応があった。緩慢だが必死さが伝わってくる動きをしていた。

肉体的な苦痛を伴う尋問行為、つまり拷問を用いた自供は有用な証拠として採用されない。それは司法の原則だ。しかし、土師亨を裁くことは今の目的ではない。捕らえるべき悪の居所を突き止めるための情報が求められている。

「誰がお前に運転を命じた。百愛部亥良か」

反応がない。嘘ではない。百愛部という言葉を知らない反応だ。

「お前たちが殺した神野象人と一緒にもうひとり男がいたな」

質問を変える。反応がある。これまでよりも大きな反応だった。存在を知っていた何者かの名前を初めて知った人間の反応だった。

「そいつが神野を殺したのか。火をつけたのか」

反応を窺《うかが》う。土師亨は首を横に振る。小さく、ゆっくりと。違う。実行犯は別だ。百愛部ではない。だが犯人が誰か知っている。明確に識別している。

「誰が殺した」

名前を発するような複雑な表現を土師亨はできない。だが、今はそれでよかった。相手の頭の裡《うち》に犯人の姿をイメージさせることが重要だった。

「そいつがお前に協力を強制したのか」

首を縦に振る。肯定の反応。罪を軽くするため虚偽の証言をしている可能性もある。

正暉はその判断がつかない。だが、

「静真」

「……本当のことを言ってる。そういう感じがする」

静真が硬い表情で頷いた。矯正杭によって制御されながらも、静真の直感を伴う推論能力は暴力的なほどに相手の心の在りようを摑《つか》み取ってしまう。

拷問への加担。強烈なストレスに晒《さら》された被害者であり過去の二件の放火殺人の加害者でもある人間の感情に接することは、静真にとって途方もない苦痛をもたらすだろう。

長くは問えない。土師亨の体力もどこまで続くかわからない。

「お前は誰を人質に取られている。その人質はお前の家族か?」

反応がある。肯定。土師邸に呼び出された土師亨の妻と子供が交番を訪れた。心配だから一緒に警察官に来て欲しい。永代は車に同乗した。

今頃はもう土師邸に到着しているはずだ。

逃亡死刑囚の百愛部亥良は多数の放火殺人を引き起こしてきた。しかし、そのどれも自らが直接実行するのではなく、別の誰かが実行犯だった。怒りは伝染する。悪意は伝《でん》播《ぱ》する。しかし過剰共感によって凶悪な殺意を増幅させるには、その周囲に起源となる悪意の持ち主が存在していなければならない。

「お前に犯行を強制したのは、父親の土師照彦《てるひこ》か」

正暉の断定に土師亨は何も答えようとしない。初めての反応だった。

「正暉」静真が鋭く言う。土師亨の抱く感情を彼に代わって口にする。「その答えを口にすることすら恐ろしい。そのひとのやったことを考えるだけで吐き気を催すほどに怖い。警察に密告したことがバレたらどんなことをされるかわからない」

凄《すさ》まじい恐怖によって支配された共犯者であり加害者であり、暴力によって殺害されようとしていた被害者でもある人間。下されるべき裁きと受けるべき報いの前に、正暉は自分たち警察官が速やかに何をすべきか、それは疑いようもなく自明のことだった。

「土師亨。あんたとその家族を保護する。放火殺人の犯人は、俺たちが必ず逮捕する」

14

堅牢《けんろう》な造りの土師邸は、中に踏み入ると予想外に明るかった。

家の中心に大きな空洞がある。日中には外光を取り込む役割を果たす中庭だ。

家屋の一階から三階までを覆う大きく分厚いガラス壁によって四方を区切られ、天に向かって開口された正四角形の中庭を、家屋がぐるりと囲っている。

一般の建売住宅ではまず目にすることのない凝った造りだ。家のあらゆる位置から中庭を眺めることができ、砂利と敷石が置かれ、草木は丁寧に整えられている。降り続く雨がなければ、青白い月の光が注ぎ、庭の景色は各部屋の室内照明を浴びて複雑な陰影を帯びることだろう。

照明は今、一階部だけが点《つ》いている。おそらくは土師夫妻がいるリビングだ。三階建ての建築。いったいどれだけの部屋数なのか想像もつかなかった。老人の夫婦二人で暮らすには広すぎる。孫ができたから造り直したという言葉が思い出された。孫を連れた息子夫婦と二世帯住宅で暮らすことが前提になっている。それでもまだ部屋には余裕があるはずだ。どこまでも永代の知る土師町の空気とそぐわない豪邸だった。

まだしも生活感を感じさせるのは、すべてが計算ずくで設計・配置されたかのような邸宅のなかで、中庭にぽつんと置かれたやけに不恰好《かっこう》な作りの犬小屋だ。

雨曝《あまざら》しにしていることが気の毒になるような古い犬小屋だ。白い板材を張り合わせただけのような壁に赤い板材を葺《ふ》いた三角屋根がついている。日曜大工で作られたような素朴さがあり、経年劣化で白い壁は灰色にくすみ、真っ赤であっただろう屋根も褪《あ》せた朱色になっている。ただ、犬小屋は通常のものと比べてかなり大きかった。

黒く長い体毛を全身に垂らした影がうずくまっている。かなりの大型犬のようだった。愛玩《あいがん》動物として一般に飼われる小型犬ではない。狩猟犬の血統に多く見られる大型犬は当然ながら飼育の面でも手間が多い。ここで飼われる大型犬は、そうした犬種ではないようだったが、並外れて大きな犬であることは間違いなかった。

黒く長い体毛は雨に濡《ぬ》れても、烏の濡れ羽色という表現があるように青みを帯びた美しい光沢があり、たまに雨粒を振るうさまには優雅さがあった。ただ長雨が応《こた》えるのか、身体をひどく震わせている。勇猛さばかりイメージされる大型犬とは真逆の繊細な体つきをしているように思えた。

「どうされました？」

赤ん坊を抱えた須芹が、廊下の途中で立ち止まった永代を振り返る。

「いや……、犬も飼われているのかと思いましてね」

「ああ、二年前に引き取ったんだそうです。当時はかなり怪我もしていて大変だったのですが、今はだいぶ元気になりました」

「怪我をしていた？」

「前の飼い主の虐待か何かじゃないでしょうか。ひどいことをするひともいるよねって亨さんに話したこともあるんですが、あのひとは自業自得だろって言うばかりで……」

　これほどの大型犬なら下手に飼い主が虐待しようものなら、かえって傷を負わされそうなものだが、従順に躾《しつ》けられた犬は飼い主を噛《か》み殺せるだけの強靭《きょうじん》な顎《あご》と鋭い牙《きば》を持っていても、けっして飼い主を襲わない。そもそも支配関係に根差す暴力は、抵抗不能な主従関係が絶対化されたところに生じる構造的なものだ。それが人間同士であれ、人間と飼い犬であれ、信頼ではなく支配によって結ばれた歪《いびつ》な絆《きずな》は、鎖となって傷つけられるものを縛りつけ、あらゆる抵抗のすべを奪ってしまう。

　それに虐待の有無よりも、土師亨の言動が気に掛かった。愛玩動物に興味を示さない人間はいる。だとしても、虐待された飼い犬に対して「自業自得」と言うだろうか。因果関係という理屈は、人間が生み出し、人間の行動に対して適用するものだ。

　人間は通常、動物に——とりわけ飼われた愛玩動物に——対して強い庇護《ひご》愛と憐憫《れんびん》の情を抱く。まだ自立し生き残る力を持たず親や大人の助けが欠かせない幼い子供がそうであるように、飼われた動物もまた生存のため人という他者を頼らねばならない。

「……事件があろうとなかろうと、この家に住むつもりはありません。でも、私はあの飼い犬だけは連れ出してあげるべきだったと思います。ただそこにいるだけで何も悪いことなんてしていないんですから」

　その点でも、土師須芹の言葉は正しかった。人間らしい判断として。ただ、この状況で飼い犬まで連れて、この家に監禁されているかもしれない土師亨を奪還し、脱出することは可能だろうか。正直なところ、そこまで永代ひとりの手が回るとは思えなかった。

そのときだ。永代の懐で携帯端末が震えた。無線接続のインカムは自動で着信する設定になっている。

《永代警部補》声の主は正暉だ。家屋を全面的に覆う外壁のせいか通信状態がひどく悪かった。《……を確保しました》言葉の断絶とざわめくノイズ。《土師亨……保護し》

こちらからの返答がないことで正暉も通信状態を察したのか、伝達情報を圧縮して繰り返し語ってくれているようだった。

土師亨の確保。それが意味するところは、永代にとって安堵《あんど》とは言い難い。すぐ傍に立つ土師須芹の後ろ姿を見る。彼女が胸に抱えた赤子の水の顔が永代のほうを向いている。大きく開かれた眼は安心を意味するのか、警戒を意味するのかも定かではない。

《土……照彦……警戒……土師――》

そして主犯を指すと思われる名前が挙がった。家の主《あるじ》である土師照彦。彼の妻である土師遠理《えり》。そして潜伏している可能性の高い百愛部亥良。

土師須芹も夫を人質に取られているが、それゆえに共犯者として加担させられている可能性も否定できない。本当の意味でいっさいの罪の疑いがない存在がいるとすれば、それは赤ん坊である水だけだ。

永代はインカムのマイク部に指先で短く触れ、少し間を空けてからまた指先で短く触れた。このパターンを三回繰り返した。「・―・」という了解を意味するモールス信号。そして通信を切った。こちらが声を出せない警戒状況——土師邸にすでに立ち入ったことは伝わるだろうか。信じるしかない。そこから先の対処については任せるしかない。

「土師須芹さん」永代は距離を詰め、相手にだけ聞こえるごく小さな声で告げた。「夫の亨さんが保護されました。あなたたちだけでもこのまま外に逃げてください」

ここまで立ち入ることができた。本来なら令状のない一般家屋への立ち入りは違法捜査と見做《みな》される可能性がある。とはいえ、緊急性が高い現場であることは間違いない。ここから先は自分だけで対処すべきだ。かれら親子を避難させるべきだった。

「……できません」

だが、土師須芹は振り向くことなく拒否した。まさか中庭にいる飼い犬も一緒に連れていって欲しいと思っているのか。そうではない。土師水の、赤ん坊らしい身体に比して大きな頭がくるりと動く。母親と同じほうを見る。

永代もまた暗い廊下の先に点《とも》る強まった光の在処《ありか》を注視する。

「待ってたよ、須芹さん。お巡りさんと一緒なんだって。ちょうどよかった」

穏やかな照明のなかに逆光で濃く昏《くら》くなった人影が立っている。

丸々とした輪郭。背丈は土師須芹と同じくらい小柄な男性だ。

土師照彦。

彼は、永代たちを招き入れるため、リビングへと一歩、その身を退いた。

扉を入ってすぐ右にキッチンが設置され、リビングの中心には無垢《むく》材を切り出した一枚板の長テーブルとともに六脚の椅子が配されている。天井から下がる華美ではないが豪奢《ごうしゃ》なペンダントライトも相まって、高級な個人レストランのような造りだった。

永代がそのように思ったのは、広々としたリビングに対して家具のたぐいが極端に少ないせいだ。料理のためのキッチン、食事のためのテーブルと椅子、食器棚こそ揃っているが、ソファや棚、TVモニターといった生活を感じさせる家具がない。

そういった一家の団欒《だんらん》は二階でやり、一階のリビングはあくまで客を歓待するゲストルームとして使っているのかもしれない。それほど生活感がなかった。それでいて部屋そのものは暖かく快適な空調が効いていた。再び強まった外の雨音も聞こえないほどガラスは分厚いが、透明で汚れひとつなかった。

リビングダイニングは壁の一面がガラス張りになっており、中庭が直接見渡せる造りになっている。とはいえ、リビングの照明で窓ガラスに室内の景色が反射し、犬小屋も飼い犬の姿も見えづらい。小さな物音がしたので視線をやると、ちょうどキッチンから出てきた女性――土師照彦の妻である遠理がリビングの扉を閉め直していた。

夫の照彦より背は高いがとても細い。髪は白いが解《ほつ》れるところもなく整えられていた。彼女は永代に向かって深々とお辞儀をする。

「最近は物騒だから。お席へどうぞ。あのひとも久しぶりにお客さんではしゃいでいて」

控えめだが通る声で、窓際に立ちっ放しでいた永代へ着席を促した。

出来る限り、出入り口になる扉や中庭に面した窓の近くから離れたくなかったが、不審を買うわけにもいかず食卓テーブルに近づいた。行方不明になった息子について家族で対策を考える場に、息子の妻が警察官を伴っている時点で不自然さは明らかだったが、土師の家の人間たちは何も言わなかった。

一番奥の席に照彦が座し、隣が妻の遠理の席となる。対面は奥の普段なら息子の亨が座るであろう位置が空席で、その隣に須芹が水を抱いて座る。彼女は俯《うつむ》きがちで、しきりに背後の中庭を振り返っている。

永代はさりげなく一番出入り口に近い、須芹の右隣の席に座ろうとしたが、これに反応して照彦が立ち上がった。背が低くテーブルに両手をついて身を起こすため、ぴょこっと背伸びをするようで、どことなく滑稽《こっけい》な仕草に見えた。

「刑事さんに末席に座って頂くわけにもいきませんから、こちらに。息子の席にどうぞ」

そのように促されたが、永代も譲らない。

「折角のご厚意ですが、行方が分からなくなっている息子さんの件で本官はお伺いしております。このままで構いません」

と慇懃《いんぎん》に断り、頭を下げた。

「そうですか……。お寿司《すし》も用意させたんですが」

残念そうに肩を落とし、照彦は椅子に座り直した。彼の言う通り、テーブルには大きな丸い桶《おけ》に握り寿司が並べられた盛り込みが三つ並んでいる。

ひどく豪勢だった。永代からすると、こうした盛り込みは職場の宴席であっても縁がない。

それでも、華やかな装飾が施された桶に盛り込まれた鮮やかな寿司が、息子の失踪《しっそう》について協議する場に相応《ふさわ》しくないことくらいは承知している。

それとも犯行に直接関与した息子を始末できたからお祝いでもしようというのか。土師亭を警察が確保したことについて、照彦たちが気づいた様子はない。

しかし、それでいて奇妙なのは、次の放火殺人の標的が自分であるとすれば、なぜ土師亭はこの自宅とは異なる場所で発見されたのだろう。

土師亭を保護したことで、かれらの犯行を阻止できたのか。それともいまだに何らかの手段で自分は狙われ続けているのか。まだわからない。リビングを見渡す限り、可燃物は見当たらない。キッチンはIHになっており、火を直接発する機器はない。極端に家具の種類が少ないリビングにも、火種になるようなものは見当たらない。

ここが犯人たちの住む家なら、そこは当然、かれらにとっても命を脅かされることのない安全な空間であるはずだ。堅固なハウスインハウス構造の外壁で丸ごと取り囲まれた家屋は、玄関扉を閉め切ってしまえば外からの突入が困難な堅牢《けんろう》な砦《とりで》と化す。

進退窮まった土師照彦や百愛部たちが、この家に籠城《ろうじょう》する事態に陥るとは思えないが、この内部に踏み込めたことは極めて幸運であるはずだ。

「息子さん……土師亭さんの件ですが、所轄でも行方不明者届を出す方針が出ています。特に今夜からの豪雨ですから万が一の水難の危険もある」

永代は出された茶や寿司には手を触れず、あくまで職務を遂行する警察官として話を切り出した。

「何か手がかりが見つけられるかもしれません。よければ息子さんの部屋を見せていただくことはできませんか？」

「それは……」土師照彦はあからさまに狼狽《ろうばい》の態度を見せた。「すみません。お恥ずかしながら、家を建て直してから息子は、こっちの家には全然居つかないもんですから、私物も何もないんですよ」

「それでも何か分かるかもしれませんから」

なおも食い下がる永代に、土師照彦がおどおどとした様子で視線を泳がせ、手にした塗箸《ぬりばし》の先をちょろちょろと舌で舐《な》めた。見かねたように妻の遠理が口添えした。

「大変お恥ずかしい限りですが、この広い家を私たち老人二人ではひどく持て余しておりまして、一階はともかくどこも汚れ放題なのです。お察し頂けないでしょうか」

彼女が視線を中庭に面した窓越しに二階へと向けた。照明の反射で見えづらいが、ガラス壁で区切られた二階の廊下部に、みっちりと中身の詰まった大量のゴミ袋らしきものが覗《のぞ》き見えていた。いわゆる汚部屋やゴミ屋敷といった言葉が永代の脳裏に浮かんだ。

「……わかりました。それではお話を伺うだけで構いません」

これ以上、強引に出れば過度な不審を買うだろう。家宅捜索を行うなら別の理由を見つけなければならない。だが、長く時間を掛ければ、それだけこの屋敷に隠れ潜んでいる可能性の高い百愛部に逃亡の隙を与えてしまうことになる。

この荒天だ。監視カメラも視界が著しく制限される。人目につかずに行方を晦《くら》ますために今夜はあまりにも都合がいい。もし自分が百愛部なら——共感を覚えることすらおぞましい相手の思考にあえて自分を重ねれば——今日こそが逃亡の好機だ。

しかし、と永代は怒りを伴う確信を強める。これまで四人の標的を狙った。二人は殺し二人は殺し損なった。多大な犠牲を伴いながらも決行した殺人によって払った代償はとても大きい。警察にその存在を嗅《か》ぎ取られている。追手はすぐそこまで迫っている。極度のストレス。不安。興奮。激しい感情のアップダウンのなかでリスクの低い安全策を選ぶより、リスクが高く失敗すれば破滅すると分かっていても、最後の標的である永代皆規の父親——永代正閏を狙わずにはいられない。成功と失敗は同数となれば、なおのこと最後は必ず標的の殺害を成功させなければならない。

それは狂った妄執というべきだ。何ひとつ正しい選択ではない。しかし犯罪を起こす。殺人を犯す。誤った行動を犯すことについて判断基準がまったく正常ではなくなった常習的犯罪者は、誰の目にも明らかな過ちを実行せずにはいられない。

殺せるか。殺すしかない。殺してやる。怒りが怒りを呼ぶ。憎しみが憎しみを蓄える。殺意が殺意をもたらす。燃焼が始まれば、あとはもう止められない。

火だ。燃え広がる炎だ。自分でも手に負えない感情に身体が支配される。激情に突き動かされる。そのように永代は百愛部亥良の思考を想像し共感する。感情の変遷を推測する。この共感の発生はまったくの推論が及ぼすものだとは思えない。まるで火が乗り移ってくるかのように永代の頭の一部に高熱を発する火種が芽吹いたようだ。

――いる。間違いなく、いる。

永代は直接の視線を感じない。直接の殺意を感じない。だが、この家のどこかに百愛部が隠れ潜んでいる。息子の命を奪った仇《かたき》がここにいる。お前のことを必ず殺す。ここから生きては帰さないと殺意を抱いている。それを必死に隠そうとしている。しかし隠せない。もうお前をけっして逃がさない。

永代は無意識に背に手を回している。腰に巻いたベルトには左に拳銃《けんじゅう》、右に警棒。真ん中に手錠が装備されている。まるで天秤《てんびん》だ。制圧するにせよ無力化するにせよ、その裁きを下す前には手錠を嵌《は》めて捕らえなければならない。

「……とりあえず寿司でも食べましょうか。この雨のなか出前をして貰《もら》ったのにこのままじゃ食べ物が可哀そうだ」

緊張する場を和ませたいのか、本当に空気が読めていないのか、土師照彦がお預けされることを我慢できなくなった子供のように箸《はし》を手に、桶の寿司へと手を伸ばした。

好きなだけ食えばいい。どうせ、これが最後の晩餐《ばんさん》になる。長くブタ箱に押し込まれてクサい飯を食うことになる。もっとも刑務所の食事は大きく改善されているが。矯正施設にいる受刑者は曲がりなりにも罪を認めて更生に努めようと行動している。

だが、目の前の男は違う。この家のどこかに隠れ潜んでいる百愛部亥良も。どちらも犯した罪を償うこともなく、もたらされて当然の報いをひどく恐れている。

世界が公正であれという願いすらない。かれらの世界は我が身可愛さの一方に天秤が振れ切っており、犠牲となる側の被害者にもたらされる想像を絶する苦痛にわずかたりとも共感しようとしない。身勝手な怒りの共感を押しつけながら、本当に共感すべき人びとの悲しみに触れようともしない。目を向けようともしない。

見ろ。永代は心のなかで唱える。

見ろ。おのれのおぞましい本当の姿を。

見ろ。お前たち怪物の悪意で焼け焦がされ、黒く朽ちゆく骸《むくろ》となった犠牲者たちを。

「土師照彦さん」

永代は左腕を伸ばし、須芹と水の親子を庇《かば》うように前に出し、かれらに下がれと合図する。同時に右手は背中を滑って手錠のホルダーに触れている。

「あんたの息子――土師亨の拉致《らち》と監禁、殺人未遂の容疑で現行犯逮捕する。すでに彼の身柄を確保した別働の警察職員がここに向かってる。もう逃げ場はない」

「えっ」

永代に逮捕を宣告され、照彦が箸で摘《つ》まんでいたイクラの軍艦をぽろっと落とした。慌てて彼は指先で、卓上に飛び散ったイクラを拾おうとする。

気が動転しているのか、それとも永代の言葉など意に介していないのか、いずれにせよ、怒りを通り越して唖然《あぜん》とさせられる振る舞いだった。

逆上する。弁明する。容疑を否定する。何でもいい。疑いを掛けられた人間には最低限のそうするだろうという反応のパターンがある。

そのどれでもない。まるで無銭飲食がバレた客がやけくそになったように土師照彦はがつがつと寿司《すし》を喰《く》う。くちゃくちゃと咀嚼《そしやく》する。ついには寿司桶まで抱え込む始末だ。

「……お恥ずかしいです」

隣に座る老夫人の遠理が頭を下げた。

「夫はストレスが溜《た》まると過食に奔《はし》る悪癖が子供の頃からあり、どれだけご両親が注意しても直らなかったそうです。吐くほどの暴食を繰り返す。みっともないと叱られるよりストレスが溜まってまた過食に奔る。私が付き合っていた頃も、結婚をしてからもそうでした。子供が生まれてからは息子の前ではプライドからどうにか我慢できていたのですが、亨が家を出てからはこの始末です。息子の奥さんと孫がいるのに堪《こら》え性がない。ですが、警察の方にお前を逮捕するなどと言われたら仕方ないではありませんか」

淡々とした口調だが、それゆえに夫とはまた違う意味で永代はぞっとさせられた。

夫が自分の子供の殺人未遂をしたと告げられて、そんなはずはないと否定することもない。取り乱すこともない。こうした人間に永代は初めて遭遇したわけではない。だが、逮捕を告げられても動じない手合いとは、ひとえに長く犯罪に触れて、その行為が意味するところを理解しながらも忌避することを忘れてしまった、倫理の基準が失われてしまった者たちだ。それゆえに彼女もまた共犯者であることが瞭然《りょうぜん》と理解された。

「なら、容疑を認めて逮捕に応じるということでいいんだな」

永代は確認を求めた。相手が暴力的な抵抗を試みるつもりがないのなら、このまま事を荒立てずに済ませたい。

「構いません。すべてお話しします」

すっかりパニックに陥っている夫の代理人のように彼女が頷《うなず》く。

「ですが、それなら彼女も逃がさないで下さい。あちらの須芹さんも共犯です」

そして冷たい嫌悪感が漏れ出したように、彼女の細い指が永代の背後を指さす。

中庭へ繋《つな》がるガラス窓はすでに開け放たれている。ちょうど須芹と水の親子が外に足を踏み出そうとしている。

振り返る。永代と須芹の目が合う。心の裡《うち》は読めない。ひとの善悪をたちどころに看破することなどできはしない。

だから今、この場で起きている行為だけを永代は考えた。瞬時の判断基準とした。夫の犯行への協力を自供し、自分の家族を助けて欲しいと求めた土師須芹。息子の拉致監禁と殺人未遂を告知され、見るも哀れに取り乱した土師照彦。自らも夫とともに容疑を認め、そのうえで息子の妻を共犯者と指し示した土師遠理。

長く警察官の職を務めることで培われた脳の回路が答えを出す。言動は事実と一致している場合にのみ真実と認める。真実かもしれないが証拠を確認できない言動は疑うに留《とど》めて断定しない。今この場で自らの発した言動と起きている事実が一致しているのは──永代に助けを求めた土師須芹だけだ。

彼女が共犯者のひとりである可能性は否定できない。しかし今、この場にいる土師老夫妻の犯罪によって、彼女は夫を殺されかけた。

「子供をお願いします」

そして須芹が胸に抱えていた水を永代に託してきた。この場において、何があろうとも必ず罪を持つはずのない唯一の存在を。抵抗するすべを持たない子供を守る行いは、この瞬間において疑いなく正しいことだ。

自分だけでは子供を守り切れないと悟っている。囮《おとり》になるように中庭に飛び出す。永代も玄関に一番近いリビング右手の扉へ、赤ん坊の水を抱きかかえて走り出す。

「待ちやがれ裏切り者が」

野太い罵声《ばせい》を上げて中庭に飛び出していったのは老婦人の遠理だ。その細い喉《のど》からどうやって聞く者を震え上がらせずにいられない怒号が発せられるのか、まるで見当がつかなかった。解《ほっ》れひとつなかった白髪が中庭に降り注ぐ豪雨と風に煽《あお》られ、恐ろしい幽鬼のごとくに拡がった。その手には巨大な鋏《はさみ》が握られていた。一対の分厚い刃を重ね合わせたような年代物の裁《た》ち鋏だ。下手な包丁より鋭く研がれた凶器を手にしている。

思わず、永代は中庭に逃げた須芹を助けに行こうと足を止めた。それほど疑いようもない強い殺意と憎しみを遠慮は全身から発散させていた。赤ん坊の水を託された。しかし、放っておけば必ず殺されかねない状況を永代は警察官として放置できない。

だが、それより先に歩が進まない。

くちゃ、くちゃくちゃと大きな咀嚼音を立てながら、空になった寿司桶《おけ》を手にした照彦が接近してきている。

「お巡りさんも寿司食えよ。シャリが硬くなっちゃうだろ。それとも俺の寿司が食えねえのか！　うちのバカ息子みてえに！」

照彦が寿司桶を永代に投げてきた。その腕に抱かれた孫の水の存在に一切頓着《とんちゃく》していない遠慮ない投擲《とうてき》だった。永代は咄嗟《とっさ》に身体を丸め、水を庇う。赤子が顔を強張《こわば》らせる。怒号を上げる大人たちの変貌《へんぼう》ぶりに怯《おび》えている。それから息のすべてを吐き出すような大声で泣きだした。

「うるせえんだよっ」

照彦が怒鳴った。小柄な身体のどこから発せられたのかと思うような大声だった。

下手に互いの立場の優劣を考え場当たり的な対処を考えてしまうと、ただ怒鳴り散らされただけの相手に思わず萎縮《いしゅく》を余儀なくされてしまう。性根の善悪にかかわらず人を従える高い地位を築いた人間特有の支配力を宿した声だ。

だが、永代はそうした支配に抗した。警察官がその職務遂行において多大な権限が認められているのは、時にそれだけの法的かつ精神的にも強力な後ろ盾が自らの背後にあるという確信がなければ、暴力を躊躇《ちゅうちょ》なく行使してくる連中を相手にできないからだ。

永代の腕が震えている。脚が小刻みに揺れている。背筋に緊張が奔っている。数多《あまた》の凶悪な犯罪に対処しながらも、犯罪者を目の前にすると、いつも身が震える。

暴言を吐き凶器を手に脅す犯罪者を前にして、警察官は平然として見える。平然として見えるように装っている。生命の危険がつきまとう職務に就く人間はみなそうだ。

恐怖を理性によって律している。浴びせられる怒りに感情で応じることのないよう制御に努める。怒りよりも厄介な恐怖を捨てず、しかし支配されるのでもなく制御する。恐怖を忘れれば勇猛だが無謀に奔る。自らを危険に晒《さら》し、周囲の一般人にさえも危害の矛先が向くことを助長してしまう。

内側と外側からの力のせめぎ合いが、波を打つようにして手足を震わせる。怒りと恐怖を等しく抱く。そうすることで制御するのだ。自らの職務を果たすために。

永代の頭の中、脳の冷静に動く刑事の領域が状況判断を下す。保護対象者の優先順位。取り残されれば万に一つも助からない子供を守る。何よりも優先して守ってくれと母親から託された。そうすべきだった。永代は施錠されたリビングの扉に体当たりした。

鍵《かぎ》はリビングと廊下のどちらからでも施錠できるタイプだ。言い換えれば鍵を持たなければ開閉不能な扉。セキュリティというには過剰すぎる。外からの侵入を防ぐためではなく、まるで住人を家の中に閉じ込めておくための造りだ。普通ではない。

それでも扉も施錠も一般の家屋に使われる型のものだ。永代が全力で体当たりすると扉が歪《ゆが》んだ。生じた隙間に腰から引き抜いた特殊警棒を差し込み無理やり押し開ける。正暉の持つ鉄鎚《てっつい》が自分の手にあれば、もっと容易に扉を抉《こ》じ開けられただろう。

最後には踏み壊すようにして扉に前蹴《まえげ》りを叩《たた》き込んだ。扉が音を立てて蹴倒された。

キッチンから下手な包丁よりも鋭利で巨大な刃を持つ、もはや短刀と呼んだほうが相応《ふさわ》しい大ぶりのチーズナイフを手にした照彦が突っ込んでくるのと、永代が赤ん坊とともに廊下に転がるようにして飛び出したのはほぼ同時だった。

永代の背中、右の脇腹付近を強く押され、永代はバランスを崩す。チーズナイフが突き立てられていたが制服の下に防刃ベストを装着していた。切っ先は永代の皮膚を圧迫する程度で阻まれている。

かえって襲ってきた照彦の柄を握る手元が滑り、根本付近の刃部で人差し指の付け根付近を深々と切り裂いてしまった。気が動転して凶器を手にした犯人の側が自傷するケースは珍しくない。だが、照彦は自分のミスでどくどくと自分の手から溢《あふ》れ出す流血にますます血気を盛んにした。激昂《げっこう》し猿のような大声を幾度も発した。それから血を拭《ぬぐ》うこともせずに床に落ちていたチーズナイフを拾い直した。

廊下をすでに駆けて逃走している永代たちを全力で追ってくる。

永代は泣き続ける水を抱きかかえたまま玄関へ急いだ。とてつもない豪邸だ。だとしても、一般家屋である以上、玄関まで辿《たど》り着くために長い時間は要さなかった。

しかし、そこから先へ行けなかった。玄関の扉も内と外の両方に鍵穴《かぎあな》しか存在せず、素手で解錠できない仕様だ。しかも頑丈な金属製の扉だ。警棒も歯が立たない。どれだけ体当たりしてもびくともしない。

これほど堅牢《けんろう》かつ自由な開閉の困難な扉が用いられていることで、永代は確信した。この家は、外からの侵入を阻む防犯の目的でなく、施設内に捕らえた者が自由に外に出ることを一切禁じる監獄のような造りを意図して設計されている。

須芹が話していたハウスインハウス構造という言葉を思い出す。それは皆規が焼殺された東京拘置所にも用いられていた造りだ。新しく建て直された土師家の邸宅は見た目こそ豪邸だが、中身に求められている役割は一軒家のかたちをした監獄なのだ。

だとすれば——。

「いるんだな。この家に」

呟《つぶや》きが漏れた。正暉と静真ら統計外暗数犯罪調整課が追い、永代にとって息子を殺した仇《かたき》でもある逃亡死刑囚——百愛部亥良は、この家に間違いなくいる。

誰の目にも触れないように堅牢な壁を築き、同時に百愛部が勝手に外に出ることも禁じる。土師一家は単に百愛部に協力していたのではなく、百愛部を捕らえてもいた。

過去に関与した放火殺人の記録が思い出される。百愛部は多くの犯罪に加担したが、いつも実行犯グループにおいて従属的な立場にあった。それが百愛部が自分はいつも巻き込まれただけだという身勝手な供述を繰り返す根拠にもなった。

百愛部亥良は怒りを呼ぶ。周囲の人びとに犯罪を引き起こさせる。だが、その実行犯となった人間たちもまた、単に巻き込まれただけの無辜《むこ》の一般市民などではない。かれらは普通の人々として周囲の住人たちの暮らしに紛れている。社会に参加している。しかし、犯罪が起きやすくなった地域において先に起きた前例に煽動《せんどう》されるように自らも罪を犯すようになり、地域の治安悪化を引き起こすような者たちでもある。

誰もが犯罪者になり得るわけではない。しかし、その普通とされる人びとのなかには犯罪者となる者たちが必ず一定数存在している。おそらくテトラドの特性がもたらす怒りの伝播《でんぱ》には、その影響において濃淡があるはずだ。

ある種の抵抗値とも呼べるもの。しかし、それは精神の強靭《きょうじん》さといったタフなものではなく、暴力的な行為を前にして、自らが暴力で応じることを忌避してしまうような、力の行使への躊躇《ためら》いなのだ。

一般に度胸がないとされ、意気地がないとされるような人びと。殴る蹴るなんてことは行動の選択肢として思い浮かばず、ましてや行使することもない。ときに犯罪者に獲物として狩られ、おぞましい被害に遭い、生命さえ奪われてしまう。

それゆえに、多くの犯罪の被害者となってきた人びとを永代は目にしてきた。だが、そんなかれらこそが犯罪から最も縁遠く、怒りや暴力から距離を取ることができる。

一方で、その強さを持つことができず、力の行使に縋《すが》ってしまう弱い者たちが、怒りを撒《ま》き散らす呪いのような存在を引き付ける。百愛部亥良はそういう素養を持つ人間たちのもとに忍び寄ってくる。捕らえているが捕らわれてもいる関係。支配と被支配の関係が区別不能に混じり合っている。だがひとつだけ確かなことは、そうした怒りと暴力の渦に落ちた者たちが、火という凶器を手にして人間を殺してきたのだ。

……すまなかった。

永代は泣き出しそうな気分になった。声が震えてしまう。胸に抱きかかえる小さな子供を見やる。水はすでに泣き止んでいた。泣きつかれてしまったのか、疲労困憊《こんぱい》といった様子だ。この子供は今夜の出来事をどこまで覚えているだろうか。

多くを忘れてしまうだろう。ゼロ歳から三歳までの記憶のほとんどを人間は忘却するという。そもそも記憶には自分が自分であるという自我の確立が欠かせない。自分と他人を区別する「心の理論」を子供が確立するのは二歳頃とされている。言い換えれば、それ以前の子供には自分と他人の区別がない。自己を確立していないのなら、そこにはまだ意識も曖昧《あいまい》で、だからこそ自らについての明確な記憶も存在していないのかもしれない。だとしても、得た経験は反応の記録としてその身体に残る。傷痕《きずあと》のように。

この赤ん坊は、今夜ここで起きていることが何なのか理解しない。しかし、何かとても恐ろしいことに遭ったという経験は残ってしまう。

五年後、十年後、二十年後——永代は、この恐ろしい家族のもとに生まれてしまった子供が、その過去を何も知ることなく普通のひととして暮らしている未来を望む。しかし、あるときふいに何が原因なのかも分からない恐怖に襲われるかもしれない。

すでにこの子は心を傷つけられつつある。永代は赤ん坊の水をしっかりと抱き留める。どこかに逃げなければならない。しかし玄関扉は堅牢でいっさい開かない。

追手が来る。この家のあるじ——土師照彦はあちこちに自分の血を撒き散らし、奇怪な小鬼のような形相で両手に刃物を持って追ってきている。

ガラス越しに中庭の様子も垣間《かいま》見《み》える。幽鬼のように髪を振り乱した土師遠理が犬小屋から大型犬を引き摺《ず》り出し、長い体毛を裁《た》ち鋏《ばさみ》で乱暴に切り刻んでいる。あの犬も一緒に助けてくれと乞《こ》うてきた土師須芹は見つからない。どこかに隠れ逃げ延びていることを祈るしかない。託された子供に母親の死を告げるようなことはしたくない。

永代は玄関で靴を急いで履き直し、リビングとは別の部屋に通じる廊下を駆ける。その行く先には上階へ繋《つな》がる階段がある。

二階と三階が荒れ放題のままなのは、そこに立ち入られては絶対に困るものがあったからではないのか。隔離のための緩衝層としての二階、その上の三階には何がある。

これ以上、推論を続けるまでもない。

匿《かくま》われた百愛部亥良が隠れ潜むとしたら、そこしかあり得ない。

永代は上階へ向かう。脅威から逃れるため、子供を守るためといえば欺瞞《ぎまん》だ。永代は、必ずしも託された赤ん坊の水の保護を最優先していないと理解している。心の奥底では息子を殺した逃亡犯を捕らえることを何にも優先して望んでしまっている。その行動を選択している。だとすれば、自分は犯罪者とそうでない者のどちらの素質があるというのか。怒りと暴力をおのれの心で燃える火にくべていないとどうして言えるだろうか。

階段を上る。靴を玄関で履き直しておいて正解だった。廊下の床が見えないほど大量のゴミ袋が二階の廊下から階段の上段付近まで溢れ出してきていた。

二階の造りも一階と同じようだったが、ゴミ袋だらけで文字通り足の踏み場もない。袋はどれも黒い不透明のビニール袋だ。中身が透けて見えないため、不法投棄などによく使われてしまい、自治体によっては使用を認めないところもある。土師町もそのひとつだったはずだ。革靴の底がパキパキと何かを割って砕く音がする。うっかり素足で踏み抜いたらゴミ袋のなかにどんな鋭利な破片が入っているかも分からない。

新築から二年と経たないうちにゴミで溢れ返った豪邸は、廃墟《はいきょ》同然の荒《すさ》んだ雰囲気が纏《まと》わりついている。何しろひどい臭いがするのだ。生ごみの腐臭だけではない強烈な異臭が鼻の奥に突き刺さる。

この家を訪れた人間のうち誰かが、異変に気づくことはなかったのか。だが、視界の端っこに異常を感知していたとしても、そこに不用意に踏み入れれば不法侵入になる。私有地の内側はそれだけ強い権利に守られている。

誰もが思う。無闇に詮索《せんさく》して余計なトラブルを被りたくない。犯罪の気配は見えなかったことにされ、通報がなされなければ警察に認知されることもない。そして暗数が生じる。この家で二年の歳月で育《はぐく》まれていった悪意について考える。

脱獄した百愛部は、同伴していた神野の過去の因縁を伝い、土師家に辿り着いた。最初にこの家に百愛部たちを招き入れたのは土師亭かもしれない。扉が開かれ、そして恐ろしい者たちの共同生活が始まった。

ここで何が行われてきたのか。誰が悪意と怒りに染められたのか。誰がその悪意と怒りに染められた者たちの犠牲になったのか。土師夫妻と息子夫妻。孫の水が生まれたとき、この家で祝い事は開かれたのだろうか。その宴席に百愛部と神野も同席していた？あり得ない。頭がおかしくなりそうだった。多数の犠牲者を出し、死刑判決が下された確定死刑囚の顔を知らない可能性はある。だが、土師亭が神野と面識があるのなら、百愛部が何者であるかもおのずと想像がつくはずだ。

全焼した東京拘置所から直線距離で六㎞ほどしかない。永代はあの刑務所が燃えた夜、付近一帯に風によって運ばれた黒い煙の悪臭を覚えている。忘れることができない。あの焦げた臭いのなかには焼かれた皆規の死体の臭いも混じっていたのだ。

奥歯を嚙《か》む。奥に進むほどに増す悪臭を堪《こら》える。思い出さずにはいられない。息子の命を奪った刑務所火災のことを。人間の善意を利用して殺害することを是とする途方もない悪意の持ち主について、考えるほどに全身が強張《こわば》らずにはいられない。

懐に動きを感じる。赤子の水が身じろぎをしている。苦しそうに顔をくしゃっとさせている。無意識に身体に力が籠《こ》もり抱く力が強くなり過ぎていた。慌てて腕の力を緩めた。小さい身体だ。自分の息子はもう少し大きかったような気もする。

今ではもう遠い過去だ。刑事部の同僚や先輩後輩が、ひとりでは満足に育児もできない永代のために方々に手を尽くしてくれた。子供がいる者もいない者も手を貸してくれた。必要な助力を乞うことを躊躇わずに相談できる仲間だった。

皆規はすぐに永代が抱き上げることができないほど大きくなった。子供の成長はあるところまでは微々たるものなのに、あるときを境に時間が加速していくかのように急に大きくなる。背が伸びる。息子の皆規は父親の永代よりもさらに背が高くなった。

いつのまにか、自分が胸に抱いていた子供に自分が見下ろされていた。悔しいような誇らしいような複雑だが穏やかな感情を抱いた。大きく育ったことに安心した。もし自分が何かの拍子に死んでしまっても、ひとりで生きていくことができると信じられる。

そう思っていたのに、息子のほうが先に死んでしまった。まだ三〇歳だった。早すぎる。信じられなかった。子供が親より先に死ぬことはある。だが、それが自分の身に起きるなどと想像もしていなかった。

子供を失った親の人生に何が残る。他に子供がいれば話は違ったのかもしれない。共に子を失った妻がいたとしたら、喪失と痛みを分かち合う時間によって残りの人生に折り合いをつけていくこともできたのだろうか。だが、そんなものは永代にはなかった。

息子がなぜ死んだのか。事故なのか犯罪に巻き込まれたのか。犯罪なら、その殺人は誰によって行われたのか。殺人は故意であったのか、そうではなかったのか。

考えた。考え続けた。現場に立ち入ることも出来ない。閲覧できる資料も管轄が違えばおいそれと手にすることもできない。署長に就任したばかりの内藤の手を借り、幾つかの機密書類にアクセスしたこともある。すべての真実を知れるとは最初から思っていなかった。それでも納得が得たかった。息子の死は無意味なものではなく、意味あるものだったという答えを得なければ、この先どれだけ続くかもわからない、ひとりだけの人生に待ち受けている孤独に耐えられなかった。

そして皆規の死は――一度は納得を得てから時を経て今、再び、理不尽な悪意の結果によるものだと知らされた。その犯人の居所に、もう間近まで迫っているはずだ。

二階のゴミ山を縫って進んでいく。室内に反響する罵声《ばせい》が背後に聞こえているが、照彦はゴミ溜《た》めに踏み込むことを躊躇《ちゅうちょ》しているのか、追跡の勢いが明らかに弱まっている。

どうせ逃げ場はないと気づいているのか。上に逃げたところで、いつかは必ず追いつかれる。三階のバルコニーから外へ飛び降りて脱出するか。この荒天でも永代ひとりなら負傷を織り込んで飛び降りることは可能だ。しかし子供がいる。置いてはいけない。見捨てることなどできない。

逃げているようで、実際には追いつめられている。

永代の目的は逃げ延びることではない。無論、この子供も、この子供の母親も守る。そのために自分の命が犠牲になるとしたら――その実行を躊躇《ためら》うつもりもない。

だが、その前に百愛部亥良だけは見つけ出さなければならない。

息子の仇《かたき》を目の当たりにして――自分はどのような行動に出るのか。

わからない。本当にわからなかった。

ただ、その血塗られた手に手錠を掛けねばならない。裁きのための束縛を。もう再びその悪しき手で愚かな火種を運ぶことなどないよう裁きの場に連れていく。相応《ふさわ》しき罰を下す。すでに定められた死。極刑の執行を。

それが自分の為《な》すべきことだ。遺《のこ》された犠牲者の家族として。自らの生きる世界の正しさの均衡がまだしも取り戻されたと思えるためには、やれることは何だってやる。

これは警察官の義務なのか。刑事の意地なのか。遺族の執念なのか。

答えなど出ない。答えは辿《たど》り着いた場所でしか見つからない。そこに至るまでの道程をもう誰にも邪魔などさせない。あらゆる障害を排除する。

這《は》うようにしてゴミで溢《あふ》れた二階と三階を繋ぐ急な階段を上る。そして三階に達し、階段を上ってすぐのところに、出入りを塞《ふさ》ぐ扉があった。警棒を使って叩《たた》き壊した。上等な木材とガラスで作られていたが容赦なく破壊した。飛び散る破片が、抱えた子供に当たらないようにだけ配慮した。自分の手や顔に傷がつくことなど頓着《とんちゃく》しなかった。傷つけられてきた心はもう痛みを感じない。

出てこい。永代は三階に踏み入る。相変わらずゴミだらけだが雰囲気が違う。何が違うのか。人間の気配を感じる。正確には人間が生活していることで生じた痕跡《こんせき》のようなものだ。二階にはそれがなかった。完全に人の出入りが遮断されていた。だが、三階にはゴミ袋の間にわずかに空白がある。野山に敷かれる獣道のようなものだ。

歩くための隙間を縫ううちに、そこには移動を繰り返す同じ個体の痕跡が生じる。

永代はその痕跡を辿る。狩猟者が被害の発生を繰り返す害獣の居所に迫るように。

そして再び扉に出くわす。そこにもまた鍵《かぎ》が取りつけられている。しかし、把手《とって》を握ると扉が部屋に向かって抵抗なく開かれた。鍵は掛かっていなかった。だから覚悟を決める間もなく、永代は百愛部亥良の領域に足を踏み入れる。

天井に設けられた天窓で、雨粒が強い勢いで跳ね続けている。


三階のゲストルームを兼ねた屋根裏部屋もまた汚れがひどかった。だが、それは人間の生活によって生じたものだ。

排泄《はいせつ》物や廃棄物がそのままにされているのとは違う、人間という生物が生きているからこそ纏う酸臭が、そこかしこに充満していた。誰にも看取《みと》られず生を終えた孤死者の部屋に立ち入ったとき、永代は似た臭いを嗅《か》いだ。

わからない。この部屋にまだ誰かいるのか。ここにいた誰かはすでに死んでいるのか。それでも生活の痕跡はありありと残されている。フローリングの上に畳が敷かれ、その上には二組の布団が置かれていた。どちらも畳まれず敷きっぱなしで万年床になってしまったようにくたびれている。硬く強張った毛布が枕の上まで引き上げられており、その下に何が覆い隠されているのかもわからない。

視線を巡らせると、壁の一面に開きっぱなしの引き戸があり、奥に一基の洋式便器が設置されている。部屋から出ることなく用も足せる。ホテルの部屋にはこういう造りがある。しかし永代は、むしろ刑務所に収監された受刑者の居室のようだと思う。

中庭側に向けられた窓際の一角が整理されている。といっても、積まれた本によって空間が仕切られている程度だ。古い文机《ふづくえ》のような脚の短い小さな机が置かれている。

窓ガラスは曇りの入った仕様で外の景色は不明瞭《ふめいりょう》だ。

寝るための布団と本を読む程度の娯楽しか許されていない。音楽を再生する機器もなく、インターネットに接続するＰＣのたぐいもない。ますます刑務所のようだった。

そこに二組の敷布団。一方は平たく均《なら》され、もう一方は人間大に膨らんでいる。

永代は布団のなかに潜む相手が急に飛び出してこないよう十分に警戒しながら、そっと毛布を引き剝《は》がした。

強い異臭。だが、ゴミ袋が詰まって押し込められているだけだった。

誰もいない。本当に誰もいないのか？

それでも、確かにここに誰かいた。その痕跡が残されていることは間違いなかった。

再び窓際に目をやると、仕切りのように積まれた単行本の山の一番上に古びた文庫本が載っている。ボロボロになったカバーの背は茶色と水色で、表紙には暴帝ネロに仕え自害を命じられた哲学者の死を描いたルーベンスの絵画『セネカの死』が使われている。

永代は読書家ではない。捜査のために資料や文献に目を通すことはあったが、古典のたぐいを熱心に読んだこともない。それでも、この本のタイトルを知っていた。

かつて殺人を犯した神野象人を逮捕したとき、彼が身に帯びていた所持品は三つ。

家の鍵。財布。そして一冊の文庫本――セネカ著『怒りについて』。

そして神野は、刑務所から鍵と書籍を持ち出している。

それがこれだ。

「……神野」

ここに神野がいた。永代は窓際の平たく均された敷布団から毛布を剝いだ。バリバリと固く乾いた黒い塊が砕き割れ、犯罪現場で嗅ぎ慣れた血臭が猛烈に漂った。

布団の黒ずみは皮脂の汚れだけではない。夥《おびただ》しい量の血痕《けっこん》が残されていた。致死量の出血を放置されたままここに寝かされた。布団と毛布は黒くなるまで血を吸っていた。

布団を剝がすと血の沁《し》み込みは畳にまで及んでいる。それだけではなかった。毛布や布団のあちこちに焦げ跡があった。携帯用の着火具やライターなど小さな火種で炙《あぶ》られては乱暴に叩き消したような跡だ。

永代は無意識に赤ん坊の水の顔が自分のほうを向くように姿勢を変えた。見せてはならない悪意が、嗅がせてはならない悪臭が、あまりにも無造作に放置されていた。

おそらくここで神野は抵抗不能になるまで傷つけられた。刺される。血を流す。時折、傷口を火で焼いて止血する。また放血を繰り返し、はぐれた狼のような頑健な肉体も弱る。死に限りなく近い肉の塊になる。敷かれた布団が流れる血の赤を吸って黒くなるほどの長い時間を経て遂行された、想像を絶するという言葉でも生温《なまぬる》い残虐な犯行。

そして外に運び出された。廃墟《はいきょ》ビルに設置されたタイヤで組まれた処刑具に放り込まれ、燃料を浴びせられ、火をつけられて燃やされた。娘の憐の目の前で焼き殺された。普通――というのも奇妙な話だが――犯罪は露見しないように隠蔽《いんぺい》が施される。死体なら隠す、犯行現場なら血を拭《ぬぐ》う。凶器を洗浄する。犯行の痕跡を消そうとする。

そうした努力の形跡が、この現場にはまったくなかった。流された血は乾くまで放置されたままだ。おそらく床を覆うゴミの山を押しのければ凶器も見つかることだろう。

百愛部や土師照彦たちは、警察が家宅捜索を行うなど考えもしなかったのだろうか。あり得ない。土師家は土師町では有力者と言える地位にある。だが、所轄の捜査を潰《つぶ》させるほどの権力を有してなどいない。警察が疑わしいと見做《みな》せば、令状が取られ、家のなかまで捜査が及ぶ。

これは決定的な殺人の証拠だ。どうして放置していたのか。それほど気が動転していたのか。大人しく黙っていればやり過ごせると思ったのか。それならどうして憐を狙った。二件目の放火殺人を起こした。なぜ息子の亨を監禁して第三の事件を計画したのか。

自分の家で起きた殺人の現場を放置したままで問題ないという理由は何だ？

そして百愛部亥良はどこへ消えた。神野はここにいた。殺された。しかし百愛部が使っていたらしい布団を剥がしても殺害の痕跡はない。ゴミ袋が詰まっていただけだ。

百愛部亥良はこの家にいる。だが、ここ三階にはいない。なら、どこにいたのか？

そのときだった。中庭に面した曇りガラスの窓がゴッと大きな音を立てた。叩きつける雨音ではない。もっと大きく硬いものが当たった音だ。それも一度ではない。ゴッゴッと連続的に聞こえてくる。まるで何かを窓ガラスに打ちつけているかのような音だ。

永代は一度、部屋と廊下を繋《つな》ぐ扉を見る。扉を閉める。施錠のための鍵は手元にない。気休めのバリケードにもならないが床のゴミ袋を押しやって扉を開きづらくさせる。扉を閉めてから廊下側の様子を窺《うかが》ったが、照彦がすぐ傍まで迫っている気配はない。これだけのゴミ山のなかを足音を立てずに近づいてくることはできない。ゴッゴッゴッ——なおも音が聞こえてくるのは窓の外からだ。曇りガラスは外の暗闇と同化しており定かではないが、誰かがそこに立っていることが窺い知れる。

永代は、極力、足音を立てないように窓際に近づく。赤ん坊の水は永代の緊張が伝わっているのか、それとも長らく続く刺激に疲れ果てているのか、目をしきりに動かしてはいるが泣き声を上げようとはしない。

ゴッゴッゴッ——「誰だ」——永代が呼びかけた途端、音が止まった。

この曇りガラスの向こうにいる相手が追手の照彦である可能性もある。だが、永代が見る限り、その背丈は照彦ほど小柄ではない。妻の遠理とも異なる。

「もう一度言う。お前は誰だ」

先ほどよりも声を大きくした。窓ガラスの厚みで振動は減少するが、声は意味を保ったまま相手に届いたようだった。

何かを考えるような間があった。

「……ろさん」

そして、窓ガラスの向こうの影が何か言った。激しい雨音と窓ガラスの厚みに声の大部分が掻《か》き消され、何を言っているのか、男女の区別もつかない。だが、こちらの存在を認識している。永代が誰であるかを理解している。そのように感じられた。

ただひとつわかることは、握った手で窓ガラスを必死で叩《たた》く人影からは殺意ではなく、脅威から逃げ延びようとするとても強い怯《おび》えが伝わってくる。

誰だ。ここで自分の名を呼ぶ者は。自分の声を知る者は。

「下がってろ」

永代は警告を発し、再び特殊警棒を手にして、柄頭で窓ガラスを強打した。事故を起こした車のガラスを破砕するときは、硬い持ち手が破壊用工具として機能する。強化ガラスが使用されているのか、一度や二度の打撃ではびくともしない。それでも何度か連続して警棒の柄頭を打ち込むことでガラスに罅《ひび》が生じ、やがて細かく砕け、無数の粒になって砕け散った。

窓の外は中庭に面したルーフバルコニーがせり出していた。雨曝《あまざら》しになったバルコニーの奥には低い手摺《てす》りがあり、そこには緊急避難用の鉄梯子《てつばしご》が設置されている。

それを伝って、誰かが中庭から三階のバルコニーまで上ってきたのだ。

人間ひとりが通れる程度に砕かれた窓ガラスの隙間から、雨に濡《ぬ》れてバルコニーに立つ人影を見つけた。手足を床につき腹《はら》這《ば》いの姿勢になり、永代たちを見上げている。

闇の中でも見分けのつく長く黒く艶《つや》やかな髪が身体を覆っていた。しかし、その鳥の濡れ羽色のような髪の覆いはところどころが乱暴に切られていた。

そこにいたのは中庭の犬小屋で飼われていた犬だ。土師遠理によって暴力を振るわれていた真っ黒な大型犬。だが、それならどうして犬が人の声を発するのか。永代の名を呼んだのか。答えは決まっている。あの真っ黒な犬は人間だったのだ。

バルコニーで雨に打たれ、腹這いでうずくまっているのは腰はおろか足まで届くほどの長い頭髪をしたひとりの男だ。身体はとても痩《や》せていて、手足がやけに細く長い。筋肉の腱《けん》や骨が浮いた肌が見えるのは男が服を着ておらず裸であるからだ。手足の爪は長く歪《いびつ》に伸びており、そこだけ動物の爪が移植されたかのようにも見える。

そいつは土師家の誰でもない。永代はこの家に入った瞬間から、そいつのすがたをずっと目にしてきたのだ。中庭に面したガラスを隔ててすぐそこにそいつはいた。

「お前……百愛部亥良か」

雨音に掻き消されるほど小さい、掠《かす》れた声が永代の口から洩《も》れた。

それを聞き取り、這い蹲《つくば》った長髪の男が、まるで虐待の限りを尽くされたすえに捨てられた犬のような悲しい眼で永代を見返した。その眼は怒りよりも恐怖に揺れ、殺意よりも哀れみを乞《こ》うていた。長い眠りに落ちているか、あるいは長く眠ることを許されなかったかのように眼に光はなく茫洋《ぼうよう》としていて曖昧《あいまい》だった。

その眼に、意識が一時的に上昇してきたように焦点が取り戻された。

「永代……皆規さん、じゃない」

犬のように這い蹲った長い髪の男が言った。見知った相手と思って近づいたら、まったく別人だと知って驚き、途端に恐ろしくなったような声色だ。

その途端、永代は自分でも制御できない力に突き動かされ、砕き割った窓ガラスの隙間からバルコニーに出た。四つん這いで蹲ったまま、近づいてくる永代を見上げ、おろおろと後退《あとずさ》る男の顔に躊躇《ちゅうちょ》なく蹴《け》りを放った。男の細い顎先《あごさき》を靴の爪先《つまさき》で引っ掛けるような蹴りが振り抜かれ、細い男の身体がひっくり返った。白い裸身の股間《こかん》の付け根でそこだけグロテスクに赤黒い男性器が露《あら》わになった。

「お前が……っ、お前のせいで息子がっ、皆規が……っ！」

上手《うま》く息が吸えず呼吸が苦しかった。自分が泣いているのだと気づいた。ひきつけを起こしたような激しい嗚咽《おえつ》がせり上がってきた。あまりにも激しい怒りと悲しみは感情の区別がつかない。意味を失した感情を剝《む》き出しにした叫びが永代の口から轟《とどろ》いた。

冷たい雨を浴びて、すぐ傍の大人が急に獣のような声で泣き出したことに怯え、永代に抱かれた水も火がついたように泣き出した。

その壮絶な泣き声に、永代は怒りを覚えた。息子を無惨に殺した相手を前にして泣き叫ぶことも許されないのか。だが、その思考が溢《あふ》れる感情に押し流されようとしていた理性を繫ぎ止めた。この子は悲しみを咎《とが》めてなどいない。ただ怯えているだけだ。

自我の確立もままならない、これから人間になっていく小さな子供。その未完成の意識が今、その身を抱きかかえる永代と少なからず混同されているとするのなら、この泣き声は永代の悲しみでもある。涙でもある。

人間は共感神経を介して感情や思考を重ね合わせる機能を持つという。

そして共感によって伝播《でんぱ》されることで、かえって他人という鏡に映し出される自らの感情を客観視し、人間は冷静さを取り戻すことができる。それが正常な人間の心の働きだ。永代は心が暴力的な怒りに呑《の》まれかけるギリギリで踏み止《とど》まる。

「大丈夫、大丈夫だ」

赤ん坊を抱きしめる。自らの体温で覆い、冷たい雨から遠ざける。泣き声がわずかながらに弱まった。永代はその場に立ち尽くした。

その背中を、部屋の扉を蹴破《けやぶ》り、窓ガラスを押しのけてバルコニーに飛び出してきた土師照彦が、手にした短刀のようなチーズナイフで切りつけた。先ほどは斬撃《ざんげき》を防いでいた防刃ベストに綻《ほころ》びが生じており、そこを突き破って刃《やいば》が永代の身体に侵入してきた。焼けた火箸《ひばし》を押しつけられたような鮮烈な痛みが生じた。だが痛みの感覚は強くとも、切創の深さは皮膚と肉を裂いても内臓までは達していない。それでも激痛が奔《はし》った。それほど過敏に人体の危険を神経を通じ、脳が警告する。

まだ傷は浅い。だが出血は大きい。

永代は水を庇《かば》い、半身の姿勢で振り向く。永代の血がついたナイフを両手で握って頭上に掲げ、訳の分からない言葉を喚《わめ》いている照彦の丸々と太ったどてっぱらに永代は鋭い膝蹴《ひざげ》りを放った。ぐにょんとゴム毬《まり》を突いたようなほとんど筋肉の防御もない脂肪だらけの腹ごしに衝撃が照彦の内臓に突き刺さった。

ごぼっと照彦が胃の中身を吐き出した。固形物と液体の入り混じった赤褐色の汚穢《おわい》をげえげえ吐いて突っ伏した。手にしたナイフを永代は蹴飛ばし武装解除する。

急いでこの場から逃れなければならない。バルコニーの手摺り際で這い蹲っている百愛部のもとに永代は足早に迫った。

このすべての元凶にとどめを刺すためではない。手摺り部分に百愛部が上ってきた梯子があるなら、中庭に降りることもできるはずだ。

だが、中庭を見下ろして、永代は思わずうめき声を上げた。正四角形の中庭に大量の血を流した女性が横たわっている。激しく揉《も》み合ったのだろう、着衣に乱れがある須芹は雨を浴びながら身じろぎひとつしていない。

それだけではない。彼女の姿を照らすように一階部分がやけに明るかった。

全室の照明を一斉に点灯させたような眩《まばゆ》さ。火の手が上がっていた。ガラスの壁に隔てられながら燃え上がる焰《ほのお》が一階の各部屋から吹き上がっている。ちょうど最後の一室から、長く解《ほつ》れた白い髪を血でまだらに染めた土師遠理が出てきたところだった。

彼女が火をつけて回っている。扉が閉じられていた一階の各部屋に、あらかじめ可燃物が満載されていたとしか思えないほど激烈な火の拡がり方だった。

そして一階部分が中庭を取り囲む火の輪と化した途端、二階が突如として発火した。凄《すさ》まじい燃焼の拡大。そこで永代は愕然《がくぜん》となった。二階と三階に大量のゴミ袋がなぜずっと放置されていたのか。あれはゴミ屋敷だからではない。悪臭を放つゴミはこれでもかと可燃物質が蓄えられた大量の燃料促進装置だったのだ。その数は途方もない。

だから、すみやかに炎は二階を燃やし三階に達する。あっという間に頑丈な外壁によって囲まれた豪邸が、烈しい炎によって内部のすべてを焼き尽くす炉と化した。

手摺りを使って中庭に降りていくことはできない。四方を高熱の焔に取り囲まれてしまう。逃げ場はない。三階のルーフバルコニーより先に逃げ場はない。

これほど強く雨が降っているのに、身に浴びる雨は冷たいのに、屋敷を焼き尽くそうと燃え広がる炎は僅《わず》かたりとも弱められたりしない。すぐに火は目前まで迫ってくるだろう。通報はできるのか。ここは外に接している。永代は通信不能になっていた携帯端末を懐から取り出す。電波状況を確認しようと画面をオンにする。

そこに意識を奪われていた隙を突かれ、照彦に体当たりされた。小柄だが肥満体で重量がある。永代は手摺りに向かってバランスを崩す。咄嗟《とっさ》に水を庇った。手から携帯端末が零《こぼ》れ落ち、手摺りを越えて中庭に落下していった。

永代はすぐにその場を飛び退いた。体当たりをしてきた照彦は手摺りを摑《つか》んでがくがくと身体を揺らし、茫然《ぼうぜん》と自宅が燃えていくさまを見下ろしている。

「……お巡りさん、どうしよう。うちの管理物件だけじゃなく家まで燃えちゃってるよ」

首だけが動く。半開きになった眼は光がなく真っ黒に染まっているように見える。誰かを殴る。誰かを殺す。心の底からそう決めた人間は顔を顰《しか》めたり怒鳴ったりせず、かえって感情が消えたような無表情になる。

土師照彦は今、そういう顔をしている。

「……お前が招いた結果だ。刑務所火災を引き起こした確定死刑囚を匿《かくま》って、どんなことになるのか考えもしなかったのか」

「確定死刑囚？」

照彦がきょとんとなった。素なのか演技なのか、まるでわからなかった。感情が消えた顔のまま、足元に蹲《うずくま》っている全裸の百愛部を見下ろす。ところどころ千切ったように断たれた長髪をむんずと摑んで、その首を強引に引き上げる。後頭部付近の毛髪を引っ張られ、百愛部は身体をくの字に折りながら半立ちになる。

「知らないんだけど、そうなの？」

「そうです……、嘘ついてすみません……」

百愛部が細々と雨音に搔《か》き消されるような小さな声で答えた。

「だから言ったんだよ」照彦がぼそりと言った。「バカ息子のアホ嫁とか、お人よしのカミさんがどうしてもって言うから食べさせてやったらこのざまだよ。バカっこの野郎っ」

平手打ちを百愛部の顔面に浴びせた。初めてではない慣れた仕草だ。躾《しつけ》と称して振るわれる虐待の暴力。段々とエスカレートし、ついには握った拳固《げんこ》で顔面を乱打した。

「すみませんすみませんすみません」

「ごめんは一回！」

必死に謝る百愛部を照彦は乱暴に突き放し、あばらが浮くような薄い胸部に強い蹴りを見舞った。永代が照彦に放った膝蹴りよりも構えも悪く威力も低いはずだが、枯れ木のような手足をした百愛部の薄い身体が僅かながら宙に浮いた。べしゃっとバルコニーの床に叩《たた》きつけられた。その背骨の凸凹が浮き出た背中を照彦が何度も踏みつけた。

永代は水の目を手で隠しながら、目の前の光景を茫然として眺めた。

匿われていたはずの凶悪な犯罪者が、従属しているはずの共犯者によって散々に痛めつけられていた。この現場を何も事情を知らない人間が目撃すれば、誰もが恐ろしい拉《ら》致《ち》監禁の犯人と捕らえられていた被害者という構図を想像するだろう。

抵抗ひとつできない無力な存在。百愛部亥良がまさしくそのような人間だった。殴りかかることも蹴り返すこともできない。暴力による対抗という手段が選択肢としてあらかじめ存在していないかのような無抵抗ぶり。

蹴られ、長い前髪が翻る。額にぽっかりと周囲の暗闇と比べものにならないほど昏《くら》く深い穴が開いている。開口部の周囲が金属部品の接合部によって縁取られている。

同じ〈テトラド〉の静真には矯正杭《ボルト》が埋め込まれているため気づかなかったが、頭蓋《ずがい》を貫通する穴が穿《うが》たれた人間を前にして、とてつもなくおぞましい光景を目撃した気分になった。

人間の肉体において口や鼻、性器や肛門《こうもん》など体内組織と繋《つな》がっている開口部は器官として存在するが、百愛部は脳へと繋がる穴がぽっかりと開きっぱなしになっている。永代は脳科学に関する知識はほとんどない。それでも硬い頭蓋に覆われ、生涯において開頭されることが基本的にない器官として遺伝子に設計されている脳が、他と比べて頑丈で外界と直接触れ合って平気だとは思えなかった。

百愛部に対して繊細に扱うべきだという気遣いはこれっぽっちも浮かばなかった。そんな配慮をされていいようなまっとうな人間ではない。だが、土師照彦の暴力はあまりにも遠慮がなさ過ぎた。加減がない。うっかり壊れてしまっても仕方ないし、そもそもぶっ壊れて二度と動かないようになっちまえと言わんばかりに呵責《かしゃく》ない暴力を浴びせる。

「なんでこんなろくでなしのために俺が苦労しなきゃいけないいんだよ。神野の娘もぼかって叩いたのに死んでないしさあ、もう駄目。何やっても裏目に出る！」

いやいやと頭を振りながら、照彦がまた腹いせのように百愛部を蹴《け》った。その発せられた言葉に永代は頭をガツンと殴られたような衝撃を受けた。

「……じゃあ、憐の家の鍵《かぎ》を手配したのは――」

「うちが土地を貸して野見に商売やらせてやってたんだから俺だよ。仕方ないだろ他にいないいんだから。息子の亨は意気地がないから、手伝わないならお前の嫁さんぶっ殺すぞってどやしつけてどうにか荷物運搬と車の運転だけをやらせたんだ」

転がって仰向《あおむ》けにされ、だらんと剝《む》き出しになった百愛部の陰嚢《いんのう》をむんずと照彦が踏みつけた。激しい痛みに百愛部が苦しみ悶《もだ》える。黄色い胃液を口から溢《あふ》れさせる。

それを見下ろし、照彦が吐き捨てた。

「あの野郎、そんなだから生まれた子供が自分の子供じゃねえってことにも気づいてない」

「……は？」

永代は、自らの腕に抱いている赤ん坊をつい見下ろしてしまった。照彦も感情の消えた無表情で一緒に赤ん坊を見ている。

「じゃあ、誰の子だ？」

「こいつだよ」

照彦が自分の足元で黄色い胃液まじりの反吐《へど》に塗《まみ》れている百愛部を見た。

「去勢をしてない犬みたいな奴だ。前は寄り付きもしなかった息子の嫁がよ、やけにうちに顔を出すようになった。なんでだよ。それから暫《しばら》くして……初孫だ。かあちゃんは喜んでたけど俺は違うよ。あの意気地なしの親父だからわかるんだ。感じが違う。この赤ん坊は俺の血をこれっぽっちも受け継いじゃいないって」

永代は眩暈《めまい》を覚えた。大量の汚物とともに燃え上がる炎が発する悪臭すらまだマシだと思えるような、人間の悪意が発する精神の汚臭をまざまざと嗅《か》がされた気分だった。

怒りに呑《の》まれないように。必死に理性を保つための最後の堤防のようだった、その胸に抱く存在が、急にまったく別の恐ろしい物体に変貌《へんぼう》した心地。

永代は見る。保護した赤子を。背後の中庭を見る。三階分の高さ。土師邸は一般の住宅と比べて天井が高く、ルーフバルコニーから見下ろす中庭は遠く、狭い。

この子供を守らなければならない。土師須芹に託されたのだ。車の中で自分の家族を助けて下さいと自白の供述をしたこの子の母親から。しかし彼女は一度でも土師亨が子供の父親だと明言したか。こちらが勘違いしていただけで、彼女はずっと別の男のことを子供の父親として話をしていたのではないか。思い出す――〝でも、悪いひとだとは思えない〟――この子供の父親のことをどんな人間だと言った。なぜ助けを求めてきた。

「十二支の『亥』って知ってるだろ？」照彦が喚《わめ》き散らす。「あれには『水』を指す意味もあるんだよ。この町で水は忌むべきものだ。うちの家族から財産すべてを奪っていく水を子供の名前につけるなんてあの女め、大した根性してやがる！」

土師須芹はこうも言っていた。子供の名前は父親の名前から取ったと。

なら、この赤ん坊は誰の子だ。

その答えをすでに土師照彦が口にしている――すぐ目の前にいる――百愛部亥良だ。この赤ん坊はおぞましい犯罪者の血を受け継いでいる。

これまでずっと守ってきた子供。暴力への隷属を余儀なくされた母娘を何とかして助けるべきだと思った。永代の拠《よ》るべき正義が音を立てて足場を崩していく。警察官であるという信念。何を守り、何と戦うべきか。自分が愚かだったとは思わない。だが、今この瞬間、永代は自分がこの赤ん坊をなぜ自分が身を挺《てい》してまで守ったのかと、一瞬だが確かに後悔を抱いてしまった。恐ろしくおぞましい感情が心に生じて消えなくなった。

赤ん坊の水がこれまでと今においても無力であることに変わりはない。誰かがこの子を守らなければならない。だが、どうしてよりによって俺が百愛部亥良の子供を守らなければならないのだ。死んだんだ。俺の息子は死んだんだ。もう皆規の子供は永遠に生まれてくることはないんだ。なのにどうして何十何百人もひとを殺した犯罪者が自分の子供を得ているんだ。どうしてそいつの子供を俺はこの胸に抱いているんだ——心が叫ぶ。良心が砕ける。けっして捨てることはない血肉と化したはずの正義の信念さえもが木っ端微塵《みじん》に吹き飛ぶ。

「落としてみるか」

そして照彦の声がした。

「絶対に死ぬぞ。そいつ。落としちまえよ、俺もあんたもこの野良犬野郎に息子をひどい目に遭わされた。最低最悪の鬼畜の所業だ。憎くて憎くて仕方ないんだそうだろう」

ぐわんぐわんと脳に響くような大声だ。獣のような叫声。ボス猿が喚くよう。

猿の群れには王たる頂点《アルファ》と忠実な二番手《ベータ》、虐げられる最下層《オメガ》の雄個体がそれぞれ存在する。頂点の雄は群れの雌を独占する。取り巻きに分配する。最下層の個体は雌一匹にも与《あずか》れない。もしも隠れて雌に手をつけるようなことがあれば壮絶な虐待を受けるだけでなく生まれた子供までも群れの雄たちによって殺され捨てられる。

手足が痺《しび》れるようだった。これまで分泌されたことのない未知の脳内物質が生成され全身に撒《ま》き散らされるような感覚。速やかに毒が浸透し身体が麻痺《まひ》すると同時にもう一層別の神経網が張り巡らされ、その組織構造が伝達する電気信号によって身体が勝手に動き始める。思考が塗り潰《つぶ》される。赤ん坊を抱える手が恐ろしく強く握られる。奥歯を強く噛みしめる。　そして、おのれの敵を強く睨み据える。こいつをどうにかしてやる。

強烈な怒りが噴射装置《インジエクター》で燃料を吹き付けられたジェットエンジンの如く燃え上がった。

永代は赤ん坊から手を離した——自分の身体から遠ざけた。

迫りくる火から最も遠いバルコニーの端に、その小さな身体を横たえた。

そして突っ込んだ。猪突猛進する。炎に向かって。この家のあらゆるものを燃やし尽くそうとしている元凶に。悪口雑言を撒き散らす土師照彦——この男は百愛部亥良と同じだけの邪悪だ。ここで息の根を止めてやらなければならない。

とてつもない怒りが永代を正義という制御の軛《くびき》から外す。純粋に怒れる意志が敵に牙《きば》を剝く。まったく考えてもみなかった相手から攻撃を受け狼狽《ろうばい》した照彦の反応が遅れた。

永代の振るった拳《こぶし》は速い。真正面から顔面を殴りつけた。鼻の軟骨がぐしゃぐしゃに崩れ血と粘液の混じった飛沫《ひまつ》をまき散らし、土師照彦が仰向けに倒れた。

「何しやがんだてめえっ」

気絶するどころか殴られたことで怒りに火を注がれたように照彦が喚いた。馬乗りになって拳を振り下ろす永代の腹に回収していたナイフを突き立てようとする。

しかし永代は恐ろしく正確な腕捌《うでさば》きでナイフを突き出した右腕を手で弾《はじ》くと同時に、突き上げた左膝《ひだりひざ》で照彦の手首を蹴り上げ武装解除する。ナイフが弾き飛ばされる。

武器を失い無手になった照彦の右腕を両腕で抱え、そのまま全体重を掛けて肘《ひじ》をべきべきとへし折った。永代は刑事だった。とても長い間、犯罪捜査の現場に立ち続けた。過去に似たような粗暴犯に多く対処してきた。身体に習得された制圧の技術が、殺意と怒りだけは常軌を逸しているが結局はただそれだけの相手を圧倒する。

だとしても、これほどまでに苛烈《かれつ》かつ躊躇《ちゅうちょ》なく、人体を破壊したことはなかった。

永代は自分が怒りに支配されていると感じる。感じていることすべてが怒りに変換される。長い歳月を経て培われた能力。拳銃《けんじゅう》や警棒などなくとも人間を殺傷するに十分な威力を有する肉体。自分にこれほどの事態解決能力があったとは知らなかった。抑えつけていたものをすべて解放するだけで、これだけものが壊せてしまうのだ。

なら——殴る——もっと早くこうしているべきだった——殴る——犯罪を取り締まるためにあらゆる暴力の行使を忌むべきものだと誤った自分——殴る——規律を遵守することで自らが過ちを犯さず逸脱しないよう抑制する——殴る——だがそんなことでは何も解決されることはなかった。理不尽には報復せねばならない。怒りのみが正しき報いをもたらす。

息が切れる。全身が汗を掻《か》いている。血まみれの拳は皮膚が破れて血に濡《ぬ》れている。硬く握られた拳に点々と突き立っているのは土師照彦の歯の破片だ。獣の爪が生えたような自分の拳を見下ろした。さらなる打撃を振るおうとして、肌を焼く熱波を感じた。

ついに火の手がバルコニーの目前まで迫っていた。だが永代は迫る炎さえも脅威に感じない。目の前の敵しか見えていない。土師照彦。神野象人を焼殺し、日戸憐を傷つけ、そして自分もろとも家族を巻き添えに死んでいこうとするおぞましい犯罪者。その凶行の原因は、すぐ近くにいるはずの逃亡死刑囚――百愛部亥良の特質のせいだ。テトラドの過剰共感がもたらした暴走。

だが、その犯罪を実行したのはこの男だ。殺したのはこいつだ。心身喪失など考慮すべきでない。こいつは現実に人を殺しているのだ。身勝手な動機から。残虐な手口で。たとえテトラドが伝播《でんぱ》する過剰な怒りと憎悪に呑み込まれて正常な判断が出来なくなったとしても、正常な人間が過ちを犯した程度では済まされない、予《あらかじ》め異常極まりない犯罪性を抱えていた怪物だったからこそ、あれほどの猟奇的な犯行を遂行したのだ。

――生かすべきでない。

すっと血が引くように全身が冷たくなる。熱されたものに触れ続けるうちに熱さを感じられなくなるように、身体の全細胞を燃やし尽くすような灼熱《しゃくねつ》の感覚が遠のいている。

冷静になった？

違う。焦熱に灼《や》かれた皮膚が温度を感知する機能を失うように、脳が、心が、怒りの量を感知する機能を失っただけだ。メーターは振り切れている。

怒りが、憎しみが、あまりに多くを奪われて、自らの生きる世界が正しいと信じられなくなった人間の心理が帳尻《ちょうじり》を合わせるための報復を欲する。公正世界信念が天秤《てんびん》の均衡を求める。報い。すなわち死の裁きを。

永代は腰のホルスターに収められた拳銃を抜く。左に拳銃。真ん中に手錠。右に警棒。

警察官は腰に三つの装備を帯びている。多くのひとが右利きで左腰は利き手から最も遠い。それはつまり拳銃の使用は警察官にとって対処の最終手段であるということだ。

永代はそれを使う。安全装置を外し撃鉄を起こす。訓練で幾度も撃ったことはある。刑事部時代にインストラクターに師事したこともある。映画のアクション俳優のように鮮やかではなく滑らかでもない。しかし無骨に設計された歯車と歯車が噛《か》み合うように誤動作ひとつせずに拳銃を構える。標的に向ける。

日本警察に配備されているS&W M360J〝SAKURA〟の装弾数は五発。過去には威嚇のための空砲が一発目に装塡《そうてん》されていたこともあった。しかし今は違う。最初から実弾が装塡されている。

銃を構える。これ以上の抵抗を続けるなら射殺も辞さない対処をするという警告ではない。これからお前を射殺するという明確な殺意を宣告する。

そして引き金を絞る。金属と金属が嚙み合い、撃発の瞬間が到来しようとして——その寸前、バルコニーの手摺《てす》りを乗り越え、新たな人影が飛びこんできた。

「永代さん！」

黒いスーツを着ている。火を避けるために防火衣を羽織っているが緊急の突入を行ったためか、ジャケットのように羽織っているだけだ。服の端々に焼け焦げた跡がある。火のついている箇所もある。腕を振る。火が消える。夥《おびただ》しく降る雨にぐっしょりと濡れた前髪を掻き上げる。露《あら》わになった額に角のように埋め込まれた矯正杭《ボルト》。

災厄のようなテトラドの過剰共感を抑制する装置。

その存在を認識できる程度には、永代は冷静さを取り戻している。

「……静真」

遠のく怒り。それが静真のもたらす作用のたまものなのか、そうではないのかわからなかった。永代は引き金から指を離し、そのまま拳銃をポケットに仕舞った。使いどころを誤る寸前でどうにか踏みとどまった。永代は自らの制御を取り戻す。怒りではない。義務による行動選択の理性を取り戻す。

状況を把握する。中庭へ繋《つな》がる手摺りを防火衣を纏《まと》った巨軀《きょく》の男が上ってくる。正暉はその背にぐったりと力を失った女性を担いでいる。土師須芹だ。

「……生きてるのか」

よろよろと立ち上がりながら、永代は尋ねた。遠目には彼女は出血多量ですでに死んだものと思い込んでいた。

「かなり出血が多い。ですが、ガラスに阻まれていたおかげで炎の只中《ただなか》に放置されずに済んでいた。誰の目にも助かりそうにない状況で自分たちが救出した日戸憐は辛うじて生きていました。生存の可能性があるなら救助に尽くします」

「……そうだな」

正暉の鉄面皮から発せられる冷静な言葉が、永代の頭の片隅で今なお火が燻《くすぶ》っているかのような怒りの感情を冷ましていった。周囲を見渡す余裕が取り戻された。手摺りの傍でうつ伏せになったまま蹲《うずくま》る百愛部の姿があった。

さほど距離もないところに赤ん坊の水がひとりで仰向《あおむ》けになっていた。泣いている。ひどく大きな声で泣いている。しかし、百愛部は動物が未知の生き物を恐れるように様子を窺《うかが》うばかりでその手に抱いてやろうともしていない。

永代は歩いた。ゆっくりとかれらの許《もと》に近づいた。

百愛部のことを知る正暉と静真の挙動が緊張を帯びるのを感じた。息子の仇《かたき》が目の前にいるのだ。しかも、今回の一連の連続放火殺人の主犯である土師照彦の顔面を永代は見るも無残なまでに打ち砕く暴力を振るっている。照彦は半死半生の状態だ。

永代は膝《ひざ》をついた。雨に冷えた関節が鳴る音がした。身体の各部が限界を超えて今にも自壊していく気がした。だが、それで構わなかった。これでもう終わりなのだから。

「坎手、静真……、来てくれ」

永代は赤ん坊の水を抱き上げながら、二人の名を呼んだ。水は永代の胸に戻っても泣き止むことはない。それでもいい。大人の自分でさえ泣き出したい。世界の底の底に立ち尽くすような最悪の夜だ。雨は痛みも苦しみも洗い流してくれることはない。

「連続放火殺人事件の主犯、土師照彦を確保した。こいつが犯行を自白した。逮捕してくれ。あと、要救助対象の乳児が一名」

「保護した土師須芹の子供ですね」

正暉の問いに、永代はすぐに答えを返せない。しかしすぐに答えを出さねばならない。

「……そうだ。名前は水。すぐに避難させてくれ。そして――」

永代は自分の傍に蹲り、哀れみを乞《こ》う眼で見上げてくる野良犬のような男の姿を見る。叫び出したくなる心を無理やり締めつけ、声を絞った。

「……百愛部亥良がここにいる。お前たちで取り押さえてくれ。俺には出来そうもない」

火はまだ燃えている。

だとしても、これで終わったのだ。自分の――警察官としての最後の事件が。

15

間もなく所轄の応援が到着する。正暉たちは炎上する土師邸のルーフバルコニーから外壁を伝った救助活動を行った。

鉄鎚《てっつい》の炸裂杭《さくれつボルト》によって強引に抉《こ》じ開けた玄関側は火勢の回りが激しく、突入経路をそのまま避難経路として用いることはできなかった。火を逃れる唯一の場所となったルーフバルコニーにアンカーを設置し、ロープを繋いでまず静真に重体の土師須芹の移送を任せた。次いで、永代が赤ん坊の水を抱えて降り、半死半生の土師照彦については重傷者を輸送するパッケージに詰めてから下ろした。

最後に、手錠を嵌《は》め防火衣を羽織らせた百愛部を正暉が担ぎ、地上に降りた。

土師遠理の遺体は、今なお燃え盛る邸宅のなかにあり、回収は不可能だった。

最も重傷の土師須芹を救急車両が緊急搬送し、続いて連続放火殺人の主犯である土師照彦が負傷した被疑者を収容する警察病院へ搬送された。豪雨の影響で、都内各地でも救急出動の要請が相次いでいる。二台も救急車を回して貰《もら》えたのは僥倖《ぎょうこう》だった。

そして残すは百愛部の処遇となった。間もなく所轄である澀東警察署の応援がくるが、その留置場に送るわけにはいかない。過剰共感をもたらすテトラドである百愛部を不用意に、他の犯罪者と一緒にしてはならない。

正暉は、雨曝《あまざら》しの地面に蹲っている百愛部に近づく。全裸で飼われていた百愛部には防火衣を羽織らせ、そのうえから断熱機能を持つ金属フィルムのシートを巻きつけさせている。外傷の点ではこの現場において一番軽い。しかし、長期的に劣悪な環境に置かれていたことを窺わせる衰弱具合がそこかしこに見られた。

正暉は警察手帳を見せる。

「統計外暗数犯罪調整課だ。お前は百愛部亥良だな」

「……そうです」

百愛部は逃亡の素振りを見せず、むしろ縋《すが》るように這《は》ったまま頭《こうべ》を垂れた。

「助けて下さい。あのひとたちに監禁されていたんです。もうひとりは殺された……」

さめざめと泣き始めた。自分が被害者であるかのような言い草だ。

「……どういうこと？」

刑務所火災で自分を殺しかけた相手だというのに、静真が思わず戸惑いを見せた。

「いつもの手口だ。耳を貸すな。俺が処置を施す」

正暉は百愛部の言葉に耳を貸さず、近づいていく。百愛部は本当に自分が被害に遭ったと考えているのかもしれない。そのように物事を認識しているのかもしれない。だとしても、それは第三者の視点から見れば、単に犯罪者が自分にとって都合よく現実を歪《ゆが》めているだけだ。自分が傷つけられた。おぞましい暴力に晒《さら》された。抵抗することなどできなかった。それは事実かもしれない。そして犯罪に遭った被害者に対して自業自得だと行動の誤りを責め立てる行為は愚かしい過ちだ。

しかし、そうした配慮は、ただ不運から犯罪に巻き込まれた被害者である場合だ。百愛部亥良に、自らが犯してきた罪状を知らないとは言わせない。多くの事情聴取と裁判。提出された多数の記録。そのすべてを読み聞かされ、それでも自分はただ巻き込まれただけで、何の責任も負うことはできない無力な存在と主張し続けるなら、それはもう救いようがない。この社会はいかなる犯罪者であれ、更生の余地があるのなら、矯正の手を差し伸べ続ける。だが、そのすべてを施されてなお過ちを認められない存在を、正暉は、悪と名指さねばならないと思う。

悪とは何か？　それは罪を犯すものではない。人を殺すものではない。よりもっと根本的に他者の存在を考慮できず、自分のこと以外何も考えられないような極度の自己中《ナルシ》心主義《シズム》によってしか世界の在り方を捉《とら》えることができない人間だ。

矯正杭を打ち込み、過剰共感の特性を封じたところで、その前提となる人間性そのものが決定的に壊れている。この男の処遇はどうなる。東京拘置所を全焼させ、多くの死傷者を出した凶悪な犯罪者だ。そして、ひとつの町に長く記憶される火の惨劇をもたらした。生き永らえても生涯消えることのない傷を負った犯罪被害者を生み出した。ひとつの家族が決定的に崩壊した。行く土地土地で犠牲を生じさせ続ける災害のような存在。

こいつを収容可能な矯正施設など存在しない。いっそここで始末する手もある。正暉は自分の対処の選択肢に殺害が含まれていることに驚かない。

だとしても、この場で殺していいはずもない。この社会の安定を維持するための無数ともいえるルールがあり、目に見えないが誰もがその遵守に合意する法によって、正暉もまた殺人を犯しながらも、この社会で生きていくことを許されている。

殺しはしない。だからといって容赦はしない。これ以上、こいつの言い分を聞いてやるつもりもない。

正暉は鉄鎚を取り出す。黒に近い深い紺色に火の流れのような鮮やかな蛍光オレンジが奔《はし》っている。真っ赤に塗られた二股《ふたまた》の爪部分は突入時に使用したため、接合部の地色である銀色が剝《む》き出しになっている。

腰に下げたボルトの一本を抜く。矯正杭《ボルト》だ。静真に埋め込まれているものよりも一回り大きい。本当なら百愛部が静真の脚に突き刺した巨大な杭を持ってきて打ち込んでやりたかった。お前が人間を殺した凶器はこれだと突きつけることもできた。

だが、あの試験用の長大な杭は皆規が静真に処置を施した、いわば形見のようなものだ。それをこんな犯罪者のために使ってやる必要もない。

「待って、僕の話を聞いて――」

「もう十分だ」

正暉は百愛部が抵抗のために伸ばした手を払いのける。馬乗りになり、間髪を容《い》れずに手にした杭を百愛部の額の開口部に宛《あて》がい、鉄鎚を振るった。

矯正杭を打ち込まれ、百愛部が声を発するのを止めた。

そして永代が近づいてきた。左腕に赤ん坊の水を抱えている。防水仕様の断熱シートを毛布のように巻かれた赤ん坊は金糸で織られた布でくるまれているようだった。

その無垢《むく》な瞳《ひとみ》は、這い蹲《つくば》る無力な男に暴力を振るう巨軀《きょく》の男を恐れているようにも見える。人の姿をした人ではない怪物であるように。正暉はふと手を額にやる。指先が傷痕《きずあと》を探す。コツコツとピアノの鍵盤《けんばん》を弾《はじ》くように指が頭蓋《ずがい》を規則的なリズムで叩《たた》く。

一瞬、正暉の意識が過去に向かって逸《そ》れた。父を殺した過去。現場に駆けつけた警察官は自分をどんな顔で見ていただろうか。どんな眼で見下ろしていただろうか。

正確には覚えていない。だが、それは人の姿をした人でない怪物を見る者の眼だった。

怪物になった日。自分は、相手をどんな眼で見返していたのだろう。

正暉は近づく永代の足音に、過去から現在へと意識を呼び戻された。

「――坎手」

すでに永代はすぐ傍まで来ている。

永代は負傷したのか右手を制服のポケットに突っ込んだままだ。百愛部がもたらす過剰共感によって怒りの渦に呑《の》まれながら、無差別な殺傷行為に陥ることのなかった永代の強靱《きょうじん》な精神力に正暉は驚きを隠せない。

「……永代さん」

静真も近くまで来た。永代のことを一番に気遣っている。

彼は土師照彦を半死半生にまで追いやった。だが、テトラドの影響下においてその程度で済むなど奇跡に等しかった。制御不能な感情を押し止《とど》め、義務によって行動を遂行する。永代は今は落ち着いている。冷静さを取り戻している。だが、統計外暗数犯罪調整課の連携機関において診察と治療のための経過観察を行うべきだろう。

永代は百愛部を再び見る。

そして正暉に問う。

「こいつは、裁かれるのか？」

「これだけの被害をもたらしたテトラドです。研究施設へ収容、政府の管理下に置かれることになる」

正暉の答えに、永代がうなずいた。

彼が顔を上げたとき、そこに覚悟の感情が宿っていた。

「だとしたら、こいつの身柄をあんたらには渡せない」

永代は隠し持っていた拳銃《けんじゅう》を抜いた。ポケットに収められていた右手には回転式拳銃が握られている。安全装置は解除され撃鉄も起こされたままだ。

だから引き金を引けば、実弾が撃ち出される。

放たれた弾丸が、正暉の身を貫く。

真正面から銃撃を受けた正暉の身体が崩れる。

「正暉！」

突然の凶行を目の当たりにした静真が、悲痛に叫んだ。正暉に駆け寄った。

「……すまない」

正暉を庇《かば》おうと身を挺《てい》した静真の胸に、永代は次の銃弾を撃ち込んだ。

第三部　共助者

彼は言った。

「お前一人だ。お前のことを大事にしている者は他に一人も残してやらなかった」

『怒りについて』

セネカ／兼利琢也《かねとしたくや》訳

現場に到着した濹東警察署刑事部の呉が目にしたのは、燃え落ちる屋敷の前で倒れ伏す二人の警察官だった。

正暉と静真。どちらも被弾していた。前者は腹部に、後者は胸部に。

出血はひどく二人とも満足に身動きが取れないなか、小柄な静真が巨軀の正暉に覆い被《かぶ》さっていた。互いに抜け出していく血と体温を少しでも補い合い、さらなる銃撃から互いを庇おうとしているようでもあった。

被弾はそれぞれ一発ずつ。排莢《はいきょう》された空薬莢が見つかっていないことから、使用された拳銃は回転式拳銃ないしは、排莢ケースを取りつけた自動式拳銃が疑われた。

脱獄した百愛部亥良が拳銃を隠し持っていたのか。粗悪なコピー拳銃が密売市場には出回っている。暴力団の影響が長らく続いていた浅草であれば古い型なら入手は不可能ではない。しかし、こうした疑いは間もなく否定されることになった。

緊急の手術を必要とするため、濹東警察署にほど近い運河沿いの地域病院に運び込まれた二人の身体から摘出された弾は38スペシャル弾。すぐに使用拳銃が特定された。

S&W M360J。通称〝SAKURA〟と呼ばれる回転式拳銃。言うまでもなく日本警察に調達されている制式拳銃だ。

そして現場にいた警察官が一名——永代正閏警部補が行方不明になっている。

それが意味するところは、もはや疑いようがなかった。

永代が正暉と静真を撃った。逃亡犯の百愛部と土師家の孫である水を連れて行方を晦《くら》ました。現場から大型車一台が消えており、逃走に使われたものと推定された。

だが、永代の公開指名手配に踏み切るのは状況が悪すぎた。夜から雨脚を強めた豪雨により土師町を始め、隅田川東岸の浸水警戒地帯の全域に広域避難指示が出されていた。濹東警察署は人員の大半を動員し、住人避難を実行している真っ最中だった。その状況で拳銃発砲と殺人未遂を犯した現役警察官が逃亡している事実を公表し、混乱を助長させることはできなかった。止む無く車種とナンバーを公表し、その行方を追った。

永代による発砲があってから間もなく、土師町と近隣自治体を繋《つな》ぐ運河に架けられた橋の監視装置が、永代が運転しているとされる車両の影を辛うじて捉《とら》えていた。浅草側の大堤防に設置された監視装置には同車両が確認されなかったことから、永代は隅田川を渡ってはいない。

しかし、それ以降の所在は杳《よう》として摑《つか》めなかった。

1

午前四時。空気が最も冷たくなる時刻に、正暉は目を覚ました。

空調が効いた病室内でも忍び寄る冷気を肌で感じる。

窓を叩《たた》く雨の音はなお強い。半開きになったブラインド越しに川の水面《みなも》から生える奇妙な灯《あか》りの群れが見える。増水で川傍の遊歩道が沈み、街灯の天辺《てっぺん》だけが姿を覗《のぞ》かせているのだ。辺り一帯は暗い。水面は黒い。降り続く雨がすべてを押し流していく。

正暉は常夜灯のみの薄暗い室内に視界を慣れさせる。自分の身体に接続されたチューブやケーブルの行方を辿《たど》り、点滅する医療機器を見つける。表示されるバイタルの数字は安定しているようだった。

身体を大きく動かすと隣のベッドに静真が横たわっていた。記憶にある最後の光景は、腹部を撃たれた正暉を静真が庇い、永代が構えた銃口の前に立ったところだ。血の跳ね方からして胸部を撃たれていた。当たり所によっては一撃でも致命傷になる。だが、それは腹部を撃たれた正暉も同じことだ。そして静真のバイタルも数値は安定している。

共に死線を免れたのか。命に別状はないという表現が正暉の頭に浮かんだ。無傷に近いような印象を与えるが、そんなことはない。むしろ、負傷は極めて深刻だが、どうにか死なずに済んだということを示す婉曲《えんきょく》表現だ。

正暉は腹に、静真は胸に。どちらも当たり所がよかったから死なずに済んだだけだ。

正暉は病院衣の裾を捲《まく》って負傷の度合いを確認しようとした。局部麻酔が効いて苦痛を感じにくい。身体の一部がぽっかりと削り取られてしまったようだった。特に薄暗い室内では見づらい負傷箇所が、暗闇に呑《の》み込まれてしまったような錯覚さえ生じる。

そこに肉体が存在していることを示すように、ふいに光が差し込んできた。包帯が巻かれた腹部には薄く赤い血が滲《にじ》んでいる。綴《と》じられた傷口がそこにあると分かる。

正暉は首を動かし、光の差すほうを見た。まだ夜は明けていない。人工の光だ。開かれた扉から差し込んでくる廊下の照明。

「よっ」

「……坤《こん》課長」

扉の枠に手を掛け、半開きにした扉から顔を覗かせているのは坤だ。いつも通り、地味な色のスーツを着ており、胸元のチーフだけが一輪の花のように鮮やかなオレンジだ。

薄《う》っすらと笑みを湛《たた》えた顔。いついかなるときも纏《まと》った雰囲気が変わらない。生活感がまるで感じられず、いつもどこからともなく現れる。

「撃たれたと聞いたが、思ったより傷は浅いじゃない」

口調は軽い。だが、事態が解決されたとは到底思えなかった。課長の坤が来た。なら事態はまだ進行中だ。それも度合いとしては極めて深刻であることは間違いない。

「……正暉はお腹、おれも胸に銃弾を喰《く》らってるんですよ。傷が浅いはないでしょ」

隣のベッドで静真が身を起こしていた。薄い胸板を覆う包帯が生々しい白さを際立たせている。左胸部、やや肩よりの位置に赤い花が咲いたように血が滲んでいるが、すでに身体を動かすことは可能なようだ。とはいえ、身体が左肩を庇《かば》う動きをしている。

坤は正暉と静真の身体を、各所の部品チェックをするように流し見する。

「でも急所は外れてる。骨も折れてない。両手両足も被弾してない。幸運だねぇ君たち」

その言葉に、自分たちの受けた負傷が想定していたよりは軽く済んだことを察した。

とはいえ、一般的に見れば、このまましばらく入院生活を余儀なくされる重傷であることに変わりはない。それが銃という武器の威力の凄《すさ》まじさだった。相手の行動力を一方的に奪う。そこで負わせる傷の度合いは、並の凶器とは比べものにならない。

だからこそ、銃で狙った相手を一撃で殺さないことも難しい。銃で狙った通りに負傷させるのは極めて困難だ。並外れた集中力と技量が必要になる。

「わざとですよ。永代警部補は優秀な警察官で、刑事だった。何十年にわたって射撃訓練を積んでいる。狙った箇所を撃ち、けっして外さない」

よって、正暉たちの負傷が浅かったのは幸運などではない。

永代は激情に駆られ、感情から正暉たちを撃ったのではなかった。冷静に撃った。

だが、その事実が意味することは最悪の結論になる。

「射撃能力にも秀でた優秀な警察官ほど敵に回すと怖い者もないね。どう？　かれらに支援頼む？　都内なら〈サンクチュアリ分隊〉も一時間以内で急行できる」

坤の提案を聞き終わる前に、正暉は身体を折るようにして病床から身を起こそうとする。腹部に力を込めると、これまで感じていなかった痛みが腹部を貫くように奔《はし》った。どちらの負傷が重いか比べるものではないが、正暉のほうが身体の動きを制限される度合いが大きい。ますます永代の思惑を察してしまう。

静真は矯正杭《ボルト》に感情を制御されるために、武力的な対処ができない。統計外暗数犯罪調整課において調査第一班の事態鎮圧能力は、正暉に一点集中している。それが大きく封じられた。骨折した右腕はギプスを嵌《は》めているために動きが鈍い。さらに体軸の基本になる腹部に開けられたばかりの銃創がある。戦力は激減しているといっていい。

「……あいつらの助けは要らない」

かといって、坤の提案を呑むつもりはなかった。〈サンクチュアリ分隊〉は、統計外暗数犯罪調整課の第二班を構成するセクションの通称だ。正暉たちのような通常の警察機構と連携した調査業務には従事せず、有事に投入される即応部隊としての性質が強い。

「第二班って実力行使が前提の部隊でしょ」静真が口を尖《とが》らせる。「おれたちと方針が違います」

「そう？　テトラドに対処するならあっちのほうが安全なんだけどな。それに君が配属されるまでは、正暉もそこの一員だった」

元々、統計外暗数犯罪調整課は、過剰共感存在であるテトラドを含め、通常の装備・人員では対処できない犯罪事案に投入される警察内でも武闘派組織としての側面が特に強い部局だった。軍事組織と警察組織の中間……だが、そうしたセクションが投入された後に展開される状況には、犠牲と流血が避けられない。

「だから分かります。あちらが出張れば必ず人死にが出ます」

おそらく百愛部は殺害される。テトラドの過剰共感によって怒りの感情を伝播《でんぱ》させられ、一種の感染状態に陥っていると見做《みな》される永代も殺害目標にカウントされる。それどころか、赤ん坊の水も処置の対象になる。実力行使を前提とするかれらは強度の高い防疫対処を遂行する。平等かつ公正に。例外なく。

「一応言っとくけど、君らがその人死ににカウントされるところだったんだよ？」

坤がわざとらしく大きなため息をついた。統計外暗数犯罪調整課の課長である彼には、当然ながら指揮権があり、現場の正暉や静真が拒否したところで、彼が投入すべきと判断すれば実力部隊はすぐに動き出す。

かれらの存在をわざわざ口にした。なら、現時点で部隊投入はない。しかし正暉たちが失敗を犯せば、これをバックアップする最終的なオプションが為《な》されることになる。

「おれたちが死んでも、人間としてカウントしてもらえるんですね」

静真が力ない笑みをこぼした。嫌みのようだが、非難の意図はない。人間として扱われること。かつての静真にとって、それが当たり前ではなかったことが察せられた。

「当然じゃない。うちはそういう部署だって最初に言ったでしょ」

二年前の刑務所火災の後、正暉に救出された静真は今もそうであったように病床で目覚め、そこで初めて自らの身の振り方について選択する機会が与えられた。

あの頃の静真は、「どうしたらいいですか？」という質問を正暉や坤ら、統計外暗数犯罪調整課の関係者に繰り返し尋ねた。人間の言葉を解するが、自由な意思決定という概念を持ち合わせていなかった。

何かを指示する。やり方を教えればきちんとそれができる。しかし、自由にしていいと言われると、途端に何もできなくなってしまう。

特に未来に関する概念を理解するには、長い時間と忍耐が必要だった。自分は何をし

たいのか。どうなりたいのか。漠然とした夢を語るだけでもいい。ただ、それだけのこ
とも、あの頃の静真にはできなかった。想像ができないようだった。
更生施設における生活において静真は社会生活の行動規範や適切な言動、行動選択に
ついて大いに学習していた。しかし、それは今この瞬間において、その都度正しいとさ
れる行動を選んでいるだけだった。
いまこの瞬間、目の前の出来事より先の未来は、かつての静真には存在していなかっ
た。経験という過去の蓄積はあっても、まだ目にしていない未来というものについて考
えが及んでいなかった。
今は昔ほどではない。静真は未来という概念を獲得しつつある。今より先の世界にい
る未来の自分について。あるいはいつか自分のいなくなった世界の未来について。
静真は皆規の死を目の当たりにして、他者の喪失という概念を獲得した。
死の先にある世界と残される存在。自らの生き方について。
静真が統計外暗数犯罪調整課への配属を望んだのは、未来が悲しみで満たされないこ
と、犯罪によって失われる命の数を一つでも減らすことを欲したからだ。その選択で、
常人より多くの死に直面することになると警告されても、犯罪と向き合う道を選んだ。
自由意志とは何か？　それは自由に行動を選ぶことだけでなく、その選択によって生
じる結果を自らの責任として引き受けることによって成立する。
「百愛部亥良と土師水を連れ去った永代警部補の行方だが、路上監視カメラの記録によ

れば、車両で北の方角へ逃亡した。隅田川は越えていない。大堤防より外側は各地で広域避難指示が出ている。ひとのいなくなった浸水予測地帯に逃れたと見るべきだろう」

永代らしい行動だ。百愛部との決着をつけるにせよ、一般人に巻き添えが出にくい場所を選んでいる。だが、そこで正暉の裡《うち》に疑問が生じた。

「なぜ、土師家の子供まで？」

「百愛部亥良の子供だからだよ」

坤が事も無げな口調で答えた。一瞬、時が停まったような沈黙が生じた。

「坤課長、それは場を和ますための冗談ですか？」

「正暉くん、俺は時と場所を選んで言葉を使い分けられる人間だよ。土師水の父親は百愛部亥良だ。搬送先の救命病院で意識を取り戻した土師須芹が証言した」

「そのことを永代さんは……」

「知っている、と考えるべきだろうね。そうでなければ一緒に連れ去る理由がない。永代警部補が百愛部に対して苛烈な殺意を抱いていることは明白だ。彼は善良かつ模範的な警察官だった。しかし今、過剰共感に侵され正常な判断力を失っている」

坤は直接的な言及を避けたが、赤子の水にまで危害が及ぶことを懸念している。

「おれたちで永代さんを止めます」

「これは俺たちの担当事案です。土師水を保護、百愛部亥良も確保し、最後まで職務をまっとうします」

　正暉と静真は起き上がり、病室の壁に掛けられていた替えのスーツを難儀しながらも着用する。綺麗にクリーニングされている。シャツからジャケット、ズボンや靴に至るまでそれぞれの身体にぴったりとフィットした。

　正暉の横で静真は黙々とシャツのボタンを留めた。もう掛け違えることはなかった。

「必要な装備を用意してもらえますか」

「もちろん。銃もあるけどいる？」

　坤がごく自然な動作で懐に手を入れ、自動式拳銃《けんじゅう》を取り出した。ＳＩＧ　Ｐ２２５だ。永代が所持するＭ３６０Ｊより装弾数も多く、耐久性に優れ激しい雨の続く劣悪な環境でも確実に動作する。銃器で武装した相手を制圧するためには備えておくべき装備だ。

「必要ありません。いつもの装備だけで」

「だろうね。君の鉄鎚《てっつい》と矯正杭は手配済みだ。あと、すでに百愛部亥良には矯正杭が打ち込まれているはずだが、永代正閏警部補の逸脱行為を見るに、杭一本では特性を抑えられなくなっている可能性もある。刑務所火災のときに使用された重度制圧用の大型杭も準備させよう」

「皆規がおれに処置を施したアレですか？」

「うん、それ」

　あの獣の骨のようでもあり角でもあるようなもの。人間の大腿骨《だいたいこつ》ほどもある。携行しにくく、取り回しにも難があるが、それだけの効力を発する機構が組み込まれている。

「頼みます。――あと」

「何だい？」

正暉の装備はこれで十分だった。だが、あともうひとつの備えが必要になる。

「解放の許可を。静真の拘束を解除する必要に迫られるかもしれない」

坤の視線が静真の額に注がれた。拘束の解除とは文字通り、静真の矯正杭によって封じられているテトラドとしての特性を解放することだ。

さすがの坤も二つ返事では頷《うなず》かなかった。しかし、幾ばくかの思案の後、承諾した。

「……はあ、仕方ないか。発生するいかなる被害や犠牲についてもこっちで責任は取る。ただし必ずテトラドが起こす全事態を収束させ、制圧すること。いいね？」

「感謝します、坤課長」

「ありがとうございます、賢雄さん」

正暉と静真が頭を下げた。坤はひらひらと手を振った。つねに絶やすことのないうっすらとした笑みを浮かべたまま、坤が鋭い口調で告げた。

「急ぎなよ。すでに所轄が待機してる。かれらが仲間の怒りに呑《の》まれぬよう、君らが防波堤の役割を果たせ」

2

静真は正暉とともに、病院二階の運河に面した食堂に移った。

普段は入院患者だけでなく、かれらを見舞いに来る訪問客も隅田川を目にしながら食事が摂《と》れる食堂だ。天井まで渡されたガラス壁を建物の外壁を伝ってきた雨水が途切れることなく流れ続けている。

そこが今、臨時の捜査本部になっている。といっても、規模はとても小さい。張り紙も出されていない。当直の病院職員や避難してきた近隣住人がうっかり立ち入ることがないように、食堂の出入り口が施錠されているだけだ。

食堂のテーブルは濹東警察署の人員によって配置が変更されている。壁の一面がプロジェクターを投影するスクリーンになっており、その手前に長机が二つ並び、署長の内藤が着席している。

正暉と静真が入室すると、彼女は近くに立っていた刑事の呉に目配せした。

彼は頷き、食堂内に待機していた残りの警察官たちに退室を促した。かれらはみな防水の雨具を着込んでおり、これから再び避難誘導に戻っていく。

かれらが去った後には雨水の痕跡《こんせき》だけが残された。

「これで全員ですか？」

「全員です」

正暉が尋ねると、内藤が起立するとともに頷いた。彼女も普段の制服ではなく、緊急対策時の活動服に着替えている。横で秘書のように付き添う県の恰好《かっこう》も同様だ。スーツ姿の静真と正暉はひどく場違いな恰好をしているような気もする。

しかし実際のところ、自分たちは場違いな存在なのだ。付近住人の緊急避難誘導にすべての人員を投入すべきタイミングで、同じ警察官が犯した暴走を止めるために所轄から人員をどれだけ出せるのか。正暉と静真――二人の外部協力者に頼るしかない。

「全員、着席してください」

内藤が告げ、全員が椅子に座った。壁にプロジェクターが付近の地図を表示する。

一面が赤や青色に染まっている。とても不気味な印象を与える色彩だった。

「現在、広域避難指示が発令された豪雨の影響で、我われ濹東警察署の管轄エリアでも各自治体による避難が実施されています。濹東警察署の稼働率は一〇〇パーセント近い。当直勤務だけでなく非番、週休の職員も招集し、各所での対処に追われている」

「対処、というと避難誘導や救急対応でしょうか」

「いえ、そちらは救急救命がやはり限界まで稼働し対応しています。私たち濹東警察は、各地の避難所から通報されている多数のトラブルを受け、その対応に大半の人員が割かれている状況です」

「トラブルですか」

「命が脅かされるほどの災害に際し、避難先では過大なストレスに晒《さら》されます。トラブルも起きやすくなる。ですが、その発生頻度が従来と比べて遥《はる》かに多い。大堤防のせいで自分たちの町が沈みそうになっている。壁の向こうの連中は私たちを犠牲にして安全を確保している。かつてないほどの怒りを誰もが口にしています。自らの窮状を訴えるだけでなく、攻撃の矛先をいたるところに向けています。激しい口論や衝突が多発している。避難所にいることに危険を感じ、浸水している外に出ようとする避難者を制止しなければならないような混乱が起きている」

「テトラドの影響です」

内藤の説明を聞き、正暉が即答した。他に考えようがない。

静真は無意識に額の矯正杭《ボルト》を指先で触れていた。ぐりぐりといじくり回すような仕草だ。それで杭が動いたり外れたりすることはない。むしろ、指先で強く押し込むようだった。そうすることで過剰共感の特性が抑制されることを願っているかのように。

「脳のミラーニューロン系……共感神経系がもたらす感情の過剰共感によって、怒りの感情が伝播《でんぱ》されている。これは感染するように広まる」

「こんなときに冗談は止めて欲しい」

呉が苛立《いらだ》った。過剰共感存在《テトラド》について、所轄では署長の内藤にしか情報が開示されていない。そこでいきなり突拍子もない犯罪発生のメカニズムを告げられたら混乱するものだ。

「あなたがそう言うのなら、本当にテトラドはこうした影響を及ぼすのですね。逃亡中の確定死刑囚、百愛部亥良には周囲の人間の怒りを呼び覚ます特異な性質があると、資料を読んだだけではピンとこなかった。ですが、今は現実がそれを証明している」

すでにテトラドに関する情報が共有されていた内藤の反応は冷静だ。彼女の落ち着いた口調に、呉も憤然とした態度を鎮めた。あるいは自分が抱いた怒りが、自分自身ではない何かによって増幅されたかもしれないと怖れを感じたのかもしれない。

「……状況としては二年前の刑務所火災と極めて近い」

正暉が言った。その視線が静真を向いた。説明を引き継いだ。

「テトラドの特性は過剰共感です。いわば感情の増幅器。その過剰に増幅される感情の発生源となる別の人間が周囲にいることで、その特性が発揮されます」

「つまり？」

「今はまだ局所的に過ぎませんが、大規模な過剰共感の拡散が発生している。前回の刑務所火災は、外部と隔てられた施設であるがゆえに騒擾《そうじょう》の規模は最小限に留まった」

「最小限……千人近い受刑者が暴徒と化し、何百人もの死傷者が出たというのに？」

「このまま放っておけば口論程度のトラブルでは済まず傷害に至り、そして死傷を伴う大規模騒擾に発展すると考えられます」

人間がいなければ鏡は何も映さない。テトラドが過剰に共感する相手の存在が、その感情の性質がもたらす影響を大きく変える。怒りは怒りを呼ぶ。怒りは憎しみを、憎しみは敵意を、敵意は殺意に至り、他者を害するほどの巨大な暴力を発生させる。

「対処方法は？」

内藤が冷静に尋ねた。努めて理性を保とうとする意志が感じられた。自分たちも怒りに呑まれるのではないかという恐れを、自らが警察官であるという強固な職務意識によって自制している。

「話を聞く限り、それは感染症のようなもので私たちも影響を免れないように思います」

だとしても、その義務による自制すらもテトラドがもたらす過剰共感の伝播に必ずしも抗《あらが》えないことを理解している。すでに信頼する同僚がひとり、激烈な怒りに呑まれて職務を逸脱してしまっている。

「……視覚を制限すること。ミラーニューロン系は視覚と強く連動しています。刑務所火災の際の経験に照らし合わせれば、人間同士の直接的な接触を出来る限り避ける。遠隔操作を用いたドローンの使用やヘルメット着用でも一定の効果はあると考えられています」

静真が告げた対処法は、対症療法とすら呼べない程度のものだ。そして実際、視覚を制限したところで過剰共感を完全に抑制することはできない。絶叫が重なれば人びとは熱狂に浮かされる。接触も連帯を生む。

テトラドがもたらす感情の伝播は、人間が人類という種であることを定義する機能の致命的な誤作動のようなものだ。自分が相手の情動を想像する。相手に自分の情動を想像させる。互いに目に見えず、耳に聞こえず、触れることもできないが、同じ種類の感情を抱いているという想像を共同で行い、互いの心の鏡に映し合う。

「出来る限りの対策を講じます。私たち警察官の職務は、治安を維持し市民の安全、そして生命を守ることです。一般人に被害が出るようなことがあってはならない。ましてや同僚同士で殺し合いになるような事態は絶対に避けねばなりません」

内藤の冷静さは、静真から見ても驚くほどだ。正暉のようなある種の機能の欠損を抱えているわけではない。組織の長として、多くの人間を指揮下に置く——特にそれが警察組織であるならば、一程度の強度を持つ武力の手綱を握っているに等しい。現場のコントロールが利かなくなることに等しく、自らが感情に呑《の》まれて暴走することがどれほど危ういことであるかを理解し、強力な自制に努めている。あるいは、それができるだけの能力があるから、警察署長の役職を任ぜられたのかもしれない。

「ですが」と内藤が言葉を継いだ。まだ肝心なことを話していないと言外に告げるように冷静なまま口調が鋭さを帯びた。「先ほど、あなたがたはテトラドは感情の増幅器だと言った。過剰に増幅される感情の発生源となる別の人間が周囲にいることで、その特性がはじめて発揮されると」

「仰《おつしや》る通りです」

正暉が静真に代わり頷《うなず》いた。

「つまり、この非常事態を引き起こしている元凶——感情の発生源は、失踪《しつそう》した永代正閏警部補であるということですね」

「そういうことになります。土師町での連続的な失火が起きていたのは、百愛部亥良を匿《かくま》っていた土師照彦の怒りを伝播したことが原因と考えられます。ですが、言い換えれば、連続放火殺人を実行した土師照彦たちの怒りでさえもその程度だった。現在、百愛部は特性を抑制する矯正杭を打ち込まれています。それでもなお、これだけ広範に感情の伝播が起きているということは、永代さんの怒りがそれほど強く深いものであることのあかしと言えます」

「なら、この事態を鎮圧する具体的な手段というものは、先ほど教えて下さった方法だけではないのではありませんか」

「署長！」

呉が階級を無視して激した。内藤の言わんとするところを優秀な刑事である彼も速やかに察していた。内藤は目の動きだけで呉を制した。穏やかだが揺らぐところがない。しかし作動すれば決定的な作用が起きる。撃鉄が起こされるさまが想像された。

「この非常事態において、濹東警察署の対応能力には現実的な限界がある。おそらく事態の特殊性ゆえに人員派遣を要請しても拒否されるでしょう。

ゆえに、早急に事態の元凶となる根を断つ。永代正閏警部補が怒りの感情を抱くことができない状態に無力化する。それが、この場における最善の、そして最優先に為《な》すべき対処であると、私は濹東警察署の署長として考えます」

その言葉が何を意味するのか――永代の暴走に殺害も辞さぬ対処で応じるということ。

「この対処方針について所轄は私と呉刑事のみが知るものとします。他言は無用です。統計外暗数犯罪調整課のお二人に事態対処を一任することを、ここに通達します」

冷厳とした態度で告げ、内藤が席を立った。

「よろしく頼みます」

正暉たちに敬礼し、乱れることのない足取りで去っていった。

3

携帯端末が鳴った。古い型番で私用で使っているものだ。

警察の職に自らを埋没させるあまり、私用の携帯は殆《ほとん》ど使う機会がなくなった。息子が死んでからは、滅多に開くことさえなくなった。

そんな自分に残された警察組織という最後の場所からも背を向けた。

携帯が鳴る。着信音が静かな車内に響く。その硬質な機械の音が車体を叩《たた》く雨音に掻《か》き消されるまで、永代はじっと待った。やがて着信が止んだ。

間を置かず、再び着信音が鳴った。今度は待たなかった。

永代は着信に応じる。長く使われてきたために画面は罅《ひび》だらけだ。

番号をまともに視認できない。しかしもう、この番号を知っており、掛けてくる人間はほとんどこの世にいない。だから、相手が誰かすぐに予測できる。

「内藤か」

返答はない。その沈黙が肯定を意味していた。スピーカー越しの不鮮明な音声に小さな息遣いだけが聞こえる。

「俺の家族だけが知っている番号だ。どうやって知った？」

『……入院している日戸憐さんの病室にお邪魔しています』

内藤が声を発した。かすかに衣擦《きぬず》れのようなノイズが聞き取れる。内藤がベッドのシーツに手を這《は》わせているようだった。

『彼女の携帯電話には、緊急連絡先としてあなたの番号が登録されていると思った。その通りでした』

「意識のない人間の私物を許可なく漁《あさ》るのは窃盗に当たる。捜査に必要でも違法だ」

『拉致《らち》と殺人未遂の現行犯である永代さんに言われたくありませんね』

「……それもそうだな」

内藤の返しに、永代は思わず苦笑を浮かべてしまう。そうだ。自分は今、警察官として最も犯してはならない過ちに手を染めた。もう警察官を名乗ることなどできない。

「用件を言え。昔話をしたいわけじゃないだろう」

『永代さんの怒りには、私も心から共感します。ですがこんな行動に出てしまったら裁けるものも裁けなくなる。あなたの行為は、裁かれるべき犯罪者に利する結果を招く』

「俺たちは警察組織の末端だ。だからといって意志を持たない装置じゃない。感情を持つ人間だ」

『犯罪者は感情に基づき行動する。警察官は義務に基づき行動する。あなたが昔、そう言った』

「そうだな」

『なら――』

「これは義務による報復だ。怒りに駆られて復讐《ふくしゅう》するつもりはない」

『永代さんは言葉を言い換えているだけに過ぎません。義務からの報復なんて有りはしない。その怒りが正しくとも、行いは罪として罰せられる』

「そうだ。犯された罪は罰せられなければならない。俺たちは世界が公正であると信じている……いや、信じたかったからこそ、警察官になろうと思ったんじゃないのか？」

沈黙があった。永代の言葉が内藤の心に突き刺さったようだった。だが、他人を刺す言葉はもっと深く自分自身を突き刺す。血を流す深い傷を負わせる。

「俺は、ずっと現場で踏ん張った。息子もそうだった。なのに、どうして俺たちは、なぜこうも奪われるだけなんだ」

『あなたはその理不尽に耐えた。誰もがそれを知っています』

「耐えたんじゃない。ただ何も知らなかっただけだ。皆規は刑務所火災で職務をまっとうして殉職した。その死は事故だった。そう聞かされていた。だが、真実はどうだった。

皆規は殺された。犯人は刑務所火災で何十何百もの犠牲を出しながら行方を晦《くら》ました。内藤、お前たちはどこまでそれを知っていた？」

『……永代さん。我々がどうして〈刑務所火災〉調査に消極的だったのか理由を考えたことはないんですか』

「他にもっと優先すべきことがあった。所轄統合の大事な時期だった」

『違う。警察が捜査に二の足を踏むのは、その犯行に警察関係者が絡んでいるときです』

「お前も、内務監査部の連中のようなことを言うんだな」

『かれらを所轄が受け入れるときは、署長が内密に協働する規則です』

「そうだったな」

『〈小菅暴動〉の発生直後、警視庁と警察庁、法務省は合同調査本部を発足させたそうです。東京拘置所が全焼する火災が起き、確定死刑囚の逃亡者が出るなんて前代未聞の不祥事です。だから当然、その原因は徹底的に究明されなければならなかった』

末端の永代からは縁遠い上層部で、どんなやり取りが為《な》されたのか想像もできない。

『ですが、その途中である問題が浮上した。刑務所火災の初期出火のタイミングで、刑務所内の防犯カメラの映像に、職員の不審な行動が記録されていました。その映像は火災で焼失したことにされていたが……実際には機密資料として密《ひそ》かに保管されていた』

内藤が言葉を切った。永代がここから先の話を聞かずに済むように、あえて間を空けたようにも思えた。しかし永代は携帯端末のスピーカーから耳を離せなかった。

『映像に映っていたのは、刑務官の永代皆規。あなたの息子さんが、刑務所火災の被害を爆発的に拡大させた百愛部亥良の矯正杭《ティマーボルト》を、解除していた』

不鮮明なノイズの乗った音声でも聞き間違えることはない。

「……嘘だ。そんなのは絶対に嘘だ」

だとしても、認められない。

認めてはならない事実がある。

『我々も何らかの偽情報だと疑った。……生成AIを用いたフェイク映像は政治の分野から違法ポルノまで幅広く作り出されている。外部からのハッキングによる監視映像の改変も考慮し、慎重に調査を続けてきました。ですが、彼が行為に及んだことは否定し難かった』

「あいつが、そんなことをするはずがない。皆規は被害者だ。百愛部が皆規を殺した。今度の連続放火殺人では、あいつの縁者ばかりが狙われた。だったらなぜ、皆規は自ら百愛部に殺されるような真似をした」

『私にも分かりません。ですが、永代皆規が百愛部亥良の矯正杭を取り外したことは事実です。内務監査当時、それが何を意味しているのか、私たちは誰も理解できなかった。ですが、統計外暗数犯罪調整課によってテトラドの存在を教えられたことで、彼の行為が意味するところが明らかになった』

「坎手たちは……、こんな話は一度もしていなかった」

かれらも嘘を吐いていたのか。部外者の自分に情報を伏せていたのか？　いや――。

『警察内部でも情報の規制が行われていたようです。かれらは暗数化した犯罪の観測を目的としている。その対象は犯罪者による犯罪だけではない』

「内部闘争なんて興味はない。大事なことは事の真偽だ。皆規の汚名を雪《そそ》ぐことだ。内藤、どうしてあのとき、俺に本当のことを話してくれなかった」

『……話せるわけ、ないじゃないですか』

「俺を刑事部から外して閉鎖予定の交番勤務に移したのは、その疑いのせいか？　身内が刑務所火災の共犯者なら署内には置いておけないと」

『違う。あなたは、とても優秀な刑事だから、機密情報にアクセスできる環境にいたらいつか必ず真実を知ってしまう。あなたを……守るためだった』

「お前の沈黙で守られるのは俺じゃない。お前という警察組織それ自体だ」

『知るべきではない真実もあるんです』

「それを決めるのは、真実を知るべき側の人間だ」

言葉を交わすほどに心が遠のいていく。

怒りは胸に湧いてこない。ただ、とても冷たい。

「話は終わりか？」

これで終わりたいと永代は自ら告げていた。話せば話すほど、断絶ばかりが深まる。

『……あなたは捜査関係者を撃った』

内藤がそっと言った。おそらくこれももうひとつの本題だった。

「死んだか？」

『撃った張本人のあなたが一番分かっているはずです。死んでいない』

「だろうな。俺も無用な殺生はしたくない。あいつらは、とてもいい奴らだった」

『かれらがあなたを追っています。逃げられない。お願いです。極端な行動だけは止めて下さい。百愛部の身柄を渡し、子供を保護させてください。自首してください』

自分が撃った正暉と静真が、追ってきている。信じられない頑健さだ。殺す気はなかった。だが、すぐには動けない重傷を負わせたはずだった。それだけの傷を実際に負いながら、あの二人は逃亡する犯罪者を血を吐きながら追ってくる。

それは永代の知る、本物の警察官だった。

「身柄を渡してどうなる。警察署に連行して尋問し、百愛部亥良の口を割らせて真実を吐かせるなんて真似もできやしない。俺は刑事の職を奪われた。そして俺は警察官であることも捨てた。テトラドが存在する限り、また俺のように掛け替えのない存在を奪われる者が生まれる。誰かが義務を果たさなければならない。百愛部亥良は俺が殺す」

言った。

殺意を認めた。

自分が決定的に変質する感覚に襲われた。

『こんなことになってしまっても、あなたは、私たちを刑事に育ててくれた恩師です。

こんな目に遭わせたくありません。生きて下さい。息子さんの分まで』

「……これ以上生き永らえてどうする。俺はもう生きる目的がないんだ」

永代は電話を切った。おそらく携帯端末のGPS情報が追跡されている。

だが、今さら場所を特定されたところで、事を済ますために必要な時間は残り僅《わず》かだ。

永代が奪った車両は、鉄橋の中ほどに停車している。

永代は開けた車の窓から携帯端末を投げ捨てる。水に浸《つ》かり出した地面を跳ね、そして豪雨によって増水した川の濁流へ呑《の》み込まれる。二度と浮き上がってはこない。

永代は後部座席を振り返る。頭に矯正杭を打ち込まれ、微睡《まどろ》むように弛緩《しかん》した百愛部が横たわっている。まともに受け答えが出来る状態ではない。

助手席に目を移す。疲れ果てた赤子が眠りに落ちている。この子供に罪はあるのか。

車が走り出す。豪雨は霧のように視界を覆い尽くす。

それでも目的地までの道程を永代が誤ることはなかった。

4

東京都千代田《ちよだ》区富士見《ふじみ》にある統計外暗数犯罪調整課が専有する病院は、都心部にあるため豪雨の影響を受けにくい。

通話の切れた病室では、雨音は遠く静かだ。

沈黙、二人分の息遣いが僅かに聞こえる。

「……さっきの会話。どうして私にも聞かせたんですか」

憐は質問を口にした。今、自分が身を起こしているベッドの横に立つ内藤に。

これまでの通話内容を聞かされていた。彼女が憐に求めたのだ。永代の私用携帯の番号を尋ねるとともに、その通話に憐も立ち会って欲しいと。

「どうしてだと思いますか？」

「質問に質問で答えないで下さい。ここは取調室じゃない。私は被疑者でもない」

「……これで止められるとは最初から思っていなかった。でも、声を掛けずにはいられなかった。だから多分、これは罪悪感。私は、あなたに許されたがっている」

憐は、内藤が相手になると自然と口調が険しくなる。彼女は職務遂行のために部下や周囲に隠している部分を、憐の前では隠そうともしない。警察官の職務と関係ない外の人間。同僚に知られると不利なことを話しても安全な相手。そんなふうに扱われて嬉《うれ》しいと思うほど、自分は彼女と親しくはない。

「真実を知り、それを隠してきたのは、それが組織を、仲間を守ることができると信じてきたからでした。けれど、そのせいで永代さんは報復を選んでしまった」

「皆規さんが刑務所火災を手助けしたって、本当なんですか」

「どこまでが真実なのか分からない。行為だけに着目すれば、施設内での同時多発的な火災の発生に、永代皆規刑務官は関与したといえます」

ですが、と内藤は言葉を切った。

「テトラドと呼ばれる特殊な存在によって、彼が心神喪失の状態にあったとすれば、それを罪と見做《みな》すことは難しい。現行法の解釈でも、心神喪失者は罰しないという記述はあります。しかし、それはその人の心理構造に何らかの異常があることを前提にしている。自分ではない誰かの影響。しかもそれは脳の構造上は抵抗不能であり、強制的なものであるとするなら、何を罪とするのか。どこまでが犯した罪といえるのか――」

「……おおよその事情は、坤という統計外暗数犯罪調整課の課長から聞きました」

　憐が意識を取り戻したのは、今から二時間ほど前のことだ。日付の変わる刻限。最初に顔を見せたのが、坤だった。これから負傷した部下たちの見舞いに行くと言った彼は、花籠《はなかご》を憐の病室のベッド脇に勝手に置き、事の次第を説明した。永代が被疑者を拉致《らち》する凶行に至ったなんて信じられないという想いと、あのひとならそうするだろうという想いが矛盾なく憐の心の裡《うち》で同居していた。

　息子を殺された。その報いのために行動する。
無念からの復讐《ふくしゅう》ではない。義務のための報復。
彼は、そうするだろう。あのひとの怒りは歳月の経過とともに鎮まることがない。変わることがない。変わることができない。そういうひとだ。自分もそうだった。どう目を背けても、二年前に起きた永代皆規の死を忘れることはできない。熾《おこ》る怒りの火は消えることがない。目の前に仇《かたき》がいる。どうするか？　復讐するしかない。

「私たちが正義とするもの、裁きとするもの、法によって罰するすべのない存在がいる。そして私は、永代さんの選択を黙認したいという警察官にあるまじき考えさえ抱いてしまっている」

そういう想いを抱く人間が自分だけではない。それを知って連帯意識を抱くかといえば違う。自らの根本を成り立たせているような誰かに共感されて欲しくない感情もある。

「百愛部を殺させる気ですか」

殺されていい、と憐は思う。怒りを帯びる頭の僅かに冷静な部分が百愛部亥良という犯罪者の特質、犯してきた行状を吟味していた。いずれにせよ情状酌量の余地はない。

「最も簡単な危機の解決はそれです。過剰共感《テトラド》存在を排除すること。怒りに駆られた永代さんが彼を殺害すれば、それで事態は収められる。ですが、そんな選択肢は選べない」

憐と内藤の考えは一致している。もし自分に殺人の道具が握られていたら、自分の手で激情に駆られて百愛部亥良を殺すことを躊躇《ためら》わない。殺すだろう。

憐は感情から、内藤は義務から、百愛部亥良は殺されていいと判断している。ただし、その殺害を永代に担わせるとしたら話は別だ。

死刑執行が復讐の代行装置でないように、永代に百愛部を殺させてしまえば、それは彼の復讐心を利用することになる。家族を殺された被害者を道具として使うことになる。

それは正義の名を借りた、もっとも恥ずべき行為だ。

「なら、永代さんを捕まえて下さい」

「できるなら、そうしたい。ですが、所轄の人員を捜索に出すことはできません」

「なぜ？」

「刑務所火災によって近しい人間を亡くしている警察官は、澀東警察署内だけでも数多くいる。百愛部は永代さんの怒りに過剰共感し、伝播《でんぱ》させる。かれらも同じく復讐者と化す。犯罪者を取り締まるために十分な戦闘訓練を受け、銃器を含む火器の使用にも習熟し、怒りによって連帯した極めて危険で制御不能な武装集団を生み出すことになる」

「……だとしても、あなたは目の前で起きる犯罪を黙認することができないひとだ」

「孤立してるだけですよ。だから、本当の意味で相談できる相手もいない」

力なく薄い笑みを浮かべる内藤の頬を、憐は引っ叩《ぱた》いてしまいたくなる。だが、長い眠りから覚めたばかりの身体は自分のものと思えないほど鈍重で、疲労がひどい。怒りは湧く。しかし暴力を行使するだけの体力は取り戻されていない。

それに暴力への忌避が、これまでになく高まっていた。この突発的な怒りが、身体を突き動かす衝動が必ずしも自分のものでないかもしれないと知ったからだろうか。

別の誰かから伝播された感情。自分のものではない怒り。人間は行動するための理由づけとして感情を欲する。あるいは行動しないためにも感情を利用する。

だが、事態が生じてしまえば、誰かが必ず行動を起こす。自分は何もしない。誰かが何かをするに任せる。その結果、取り返しのつかない事態が起きる。そして責任を放棄した事柄に、今度は無責任な感情を抱くようになる。そんなふうに疎外されることをよしとするような諦《あきら》めを受け入れることなどできはしなかった。

「永代さんは、あなたの電話に出た」

「それは、日戸さんの番号だったから」

「違う。あなただからです。永代さんをまだ辛うじて繋《つな》ぎ止めている正義が、警察という組織から失われたとしても、あなたには残されていると信じている。だから、自分が過ちを犯しても後を託せると考えた。でも、それは間違っている。正しくない結果を享受すれば、もうそこに正義はない。私たちは、永代さんに殺させてはならない」

憐は悔しさを覚えた。自分には、ここで感情を沸き立たせる以外にできることがなかった。何も力を手にしていない。それが、喪失を理由に自由から逃亡してきた報いだ。

だが、このひとは違う。永代に復讐と報復を実行するだけの力があるように、その暴走を止め得る外部制御装置となる力を内藤は手にしている。永代は現場に留《とど》まった。内藤は昇進を続けた。どうしてか。おそらく互いが互いを補完し、制御し合うためだった。

内藤は顔を上げる。好き勝手なことを言うはるか年下の女を凝《じ》っと見た。

鋭利な眼をしていた。穏やかな態度をけっして崩すことのない彼女が本当の顔を見せたように思えた。

「……あなたには、警察官採用試験を受けて欲しかった」

やがて内藤が言った。心から残念だったと告げるようだ。

「やらなかったことについて話をしても、何にもなりません」

「そうですね」

内藤は頷《うなず》いた。椅子から腰を上げた。小柄な彼女と憐は視線を同じくする。

「日戸さん。永代さんの行き先に、どこか思い当たるところはありますか。あるならその場所を、ないならないとすぐに答えて下さい」

「あのひとは、私が生きてきた時間よりも長く犯罪者と向き合ってきた。逃走経路を熟知した人間が、復讐を遂げる目的地にどこを選ぶのか、想像もつかない。でも」

憐は答える。

「永代さんはこの町の警察官だった。刑事だった。私や内藤さん、所轄の方たち、あのひとをよく知る人間なら、彼がどこを絶対に選ばないのかについては予測できる。先ほど、人員を捜索に出せないといいましたが、出せるだけ出してください。人海戦術で候補を全部潰《つぶ》すしかない。そうすれば最後に、事を遂げようとしている場所だけが残ります。私たちは、そこに行かなければならない」

「……活動服を支給します。すぐに準備して下さい。我々も統計外暗数犯罪調整課の二人と情報を共有しつつ、独自に永代正閏警部補の確保に向かいます」

「それなら」と憐はベッド脇のテーブルに置かれた花籠を手で除《の》けた。そこに携帯型の通信装置が一式、準備されている。すでに作動中を示す赤い光が灯《とも》っている。「さっき言った、かれらの上司がここに来たときにそれを置いていきました。必要なときは二人を使って欲しいと」

「なるほど。根回しがいい」内藤が苦い顔をした。「であれば、永代さんとの通話を含め、これまでの会話はすべて統計外暗数犯罪調整課の二人にも共有済みということですね」

内藤は通信装置に手をやり、待機状態にする。

「他の誰にも聞かれないつもりだったから、本音で話したつもりでしたが」

「私もです。だから、これから先、お互いに抱えた秘密はなしで事に臨みましょう」

5

錆《さ》びた観覧車が豪雨と強風に煽《あお》られ、鐘のように揺れている。

隅田川を遡上《そじょう》した先に、廃園になった小さな遊園地がある。

濹田遊園。一〇年ほど前に、恒常的な降雨量の増加と河川の水位上昇の予測から水没を免れない浸水地帯と認定され、利用者も乏しかったため廃業を余儀なくされた。

当初は、代替地に移設されるはずだった遊具の数々も、結局は隅田川大堤防の建設に予算も人員も独占され、移設計画は立ち消えになった。後には解体されることなく放置された施設の残骸《ざんがい》が野晒《のざら》しにされた。

今の東京には、こうした場所が幾つもある。消えていくと名指された土地から人が離れていく。人の絶えた土地には悪魔のような連中が忍び込んでくる。

自分たちのように。

「このままっすぐ歩け」

永代は拳銃《けんじゅう》を手にしたまま、先を進ませる百愛部の背中に告げた。彼はその胸に水《すい》を抱いている。雨音でも掻《か》き消せない泣き声でさえ、すべてを押し流すような激しい川のうねりに呑《の》み込まれ、永代と百愛部にしか聞こえない。

誰も、異変に気づき駆けつけたりしない。

広域避難指示が出ている。すでに付近の住人は退去している。

目を凝らせば、隅田川の下流に黒煙のような暗雲と夥《おびただ》しい雨のなか巨人の眼のような赤い輝きを数えきれないほど見つける。超高層ビルの最上階付近に設置される航空機に対する航空障害灯だ。

その下に多くの人間が暮らしている。誰かを殺したり、殺されたりするような異常な状況とは無縁の人びとが。大多数というより、ほとんどすべての人間が犯罪に遭うことはなく、恐れを抱くことなく日々を生きている。

そういう社会を守り、維持することを永代は望んできた。警察官として刑事として。だが、こうして今、自分がそうではない側に属することになったとき、物の見方がガラリと変わった。大多数の人間が犯罪について考えることなく安心して暮らしていける──あるべき社会。しかし今は、それを正しいとは思えなくなっていた。

深く暗い穴の底に落ちたとき、誰もそれを見ていなければ、脱出のための手段を放り込んでくれることはない。刑事である自分は、ひとがその穴に落ちるところを普通のひとより多く見てきた。刑務官となった皆規は、その穴に普通のひとより多く手を差し伸べてきた。

そして穴の底に引きずり込まれた。帰ってくることはなかった。自分は今、その穴へと自ら身を投げた。落ちても落ちても底に当たらない。

犯罪は一度でも為《な》せば際限がない。よくそうした標語が書かれた。その通りだ。犯罪を遂行すれば、次々に別の犯罪が累積されていく。逮捕され、裁きを受けて刑罰が確定されない限り、罪は重ねられるばかりだ。落ち行く穴に終わりはない。

あるいは、自らで終わりをつけるしかなかった。

永代は手にした拳銃の回転式弾倉に指先をやる。

残りは三発。殺して、殺して、自分も殺す。ちょうど三発だ。

逃亡のために二発を撃った。必要のためだ。後の数は考えもしなかった。だが、結果的に三発が残ってしまった。

この場にいる全員の命を失わせるだけの銃弾が。

偶然だ。運命とは思わない。だからこそ、呪いのようだと思った。殺すか。殺さないか。二つに一つではない。誰を殺すのか。殺さないのか。判断の要素が加わる。思考は複雑になる。答えはすでに出ている。だとしても、まだ考え続けている。

「止まれ」

永代は百愛部に命じた。そのまま何も言わなければ、氾濫《はんらん》する川まで歩いていくだろうか。自ら命を絶つだろうか。そうかもしれない。矯正杭《ボルト》を打ち込まれた百愛部亥良は、静真と異なり、満足な受け答えもできない、出来損ないの人造人間のようだった。

その胸に抱きかかえた子供が泣いていても無反応だ。視線を向ける。困惑する。だが、あやそうとしたりしない。ただ見ているだけだ。もしかすると怖がっているのかもしれなかった。どうしていいのか分からない。分からないから何もしない。

永代は観覧車の電源装置を作動させる。電気系統はまだ生きていた。ガンガンガンと金属が軋《きし》む音が連続し、ゆっくりと観覧車が回転を始めた。

煌《きら》びやかなイルミネーションはすでに壊れている。暗闇にゴンドラが回る。

ゴンドラが乗降位置まで降りてくる。百愛部は乗降口に立ち尽くしたままだ。

「誰かを殺したいと思ったことはあるか？」

「ありません」

百愛部がゆっくりと首だけ振り向いた。はらはらと涙を流していた。

「そんな恐ろしいこと、一度も考えたこともありません」

「だが、お前の行く先で大勢の人間が死んだ。焼き殺された」

「仕方なかったんです。僕の周りではみんなおかしくなる。僕は危険なんです。僕に近づいてはいけないんです。最初はみんな、僕を可愛がるんです。捨て犬を拾ったみたいに。でも、段々とおかしくなって僕を殴ったり監禁したりした。火をつけたり殺したりするようになった。だからわかります。あなたは今、僕のせいでおかしくなっているんです。こんなことは止めて下さい。僕みたいなクズのために人生を踏み外すようなことをしないで下さい」

　この男は今、嘘を吐いているのだろうか。命乞《いのちご》いのための演技をしているのだろうか。どちらも違う。そんな器用な真似はできはしない。矯正杭がもたらす働きがどのようなものか、詳しいメカニズムはわからない。

　だが、それが矯正のための器具である以上、あくまで普通の人間へ近づける作用をもたらす。百愛部亥良は過剰共感の特性を抑えられ、本来よりも常人に近づいている。

　人間は他者を気遣う。本心であれ演技であれ、それが社会参加の最低条件だ。そしてその行為には自分の立場についての客観的な視点が欠かせない。

　自分は何者で、何を言うべきで、言うべきでないのか。自己を省みること。言い換えれば、自分の行いについて客観的に判断する基準を持っていなければならない。

「……俺も分かるよ。お前みたいな奴を何度も見てきた。一見すると、思っていたよりまともに見える。だからきっと、お前を拾ってきた連中も、気まぐれな善行のつもりでお前を助けてやろうと思ったはずだ。だが、はっきり言うがお前はまともじゃない。まともなことを口にしているだけで、お前自身の中にまともな部分がないんだ」

　永代は常習的な犯罪者と接したとき、何かが違う、と感じることがある。

　発する言葉は同じだ。しかし意味するところが異なる。同じ犯罪者でも、罪を償うつもりのある人間とは話をするほどに理解が深まる。罰を免れたいだけの人間とは話すほど、その違和が明確になる。話が通じない。物事の捉《とら》え方が根本的に異なっている。

「だから、お前と接するうちに誰もがおかしくなっていくんだ。ひとつひとつは小さなズレだ。普通、お互いが違いに気づいて調整を繰り返す。だが、お前にはその調整機構がない。自分が普通ではないという自覚はある。だが、それだけだ。何もしない。共感だけで協調がない。なのに、過剰共感という特性があるために、みながお前のほうに引き摺《ず》られてしまう。そして決定的に認識がズレた集団ができあがってしまう」

「じゃあ、どうすればよかったんですか……」

百愛部は項垂《うなだ》れる。心から傷ついているかのように、その雨に濡《ぬ》れた姿は同情を誘う。

「お前はどこかで逃げることを止めるべきだった」

おかしな奴らに拾われてしまったら、そいつらから離れるべきだった。逃げてきた道を戻るべきだった。逃げ出さなければ助からないこともある。だが、自分が何から逃げているのかも知らないまま、ただ逃走し続けるだけでは、人間は自分が自分であるために欠かせない自由から遠のくばかりで、最後には深く昏《くら》い場所に辿《たど》り着いてしまう。

支配と隷従、殺人と暴力を基準とする世界に。今まさにそうであるように。

「生きるだけで精いっぱいだったんです」

「そうかもしれない。だが、世の中の人間はみんなそうなんだ。生きるだけで精いっぱいで、それでも自分が間違っているかもしれないと思いながら、正しくあろうと自問自答を繰り返している。自分の犯したかもしれない過ちから逃げずに向きあっている。お前はもう逃げられない。逃げることを俺が許さない」

「お願いします。殺さないで下さい」

「なら、逃げるな。すべてを話して、それから死ね」

永代は銃口を百愛部の背中に押しつける。

やってきた観覧車のゴンドラに押し込む。

その身を軋ませる巨大な鉄の輪に運ばれ、永代たちはゆっくりと地上を離れていく。


永代と百愛部はゴンドラの中で正対して座っている。

百愛部は水を抱いている。相変わらず、手に余る荷物を押しつけられたかのように、赤子を見下ろし、それからまた永代の様子を窺《うかが》う。その繰り返しだ。

永代は腰を軽く曲げた前傾姿勢で、手に握った拳銃に視線を落としたままだ。百愛部が不意を衝《つ》いて襲ってきたところで、拳銃を奪われる可能性など万に一つもなかった。

体格が違う。技量が違う。経験が違う。何ひとつ百愛部が勝るところはない。あるとすれば、殺した人間の数くらいだ。だからといって、人間を殺した数で人間は強くなったりしない。ただそれは犯した罪の数に過ぎない。

「この拳銃の装弾数は五発。うち二発はすでに撃ってある」

永代はシリンダーをスイングアウトする。

空になった薬莢《やっきょう》を二つ抜く。

「残りは三発。だが、さらに二発減らして一発だけにする」

永代は未使用の実包二発を抜いてポケットに入れた。これで五つの穴に装塡《そうてん》された実包は一発だけになった。シリンダーを元に戻し、指先でガチガチと回転させた。そのまま装塡された銃弾の位置を見ず、撃鉄を起こす。引き金が通常よりも引かれた状態で固定される。S＆W M３６０Jはダブルアクションなので、必ずしも撃鉄を起こす必要はない。だが、今は意図を説明するために必要だった。

「……観覧車が一周するたびに引き金を引く。それまでに、刑務所火災が起きたときの状況を話せるだけ話せ。詳細に、具体的に、何も包み隠すことなく」

「お願いです。止めて下さい」

おもむろにがちっと引き金を引いた。やけに軽い感触だった。不発だ。銃弾はシリンダーの二つ前の位置。永代は目を向けず、手だけ伸ばしてシリンダーを無言で回した。

銃口は、永代のこめかみに突きつけられていた。

今度はその銃口が、百愛部に向けられた。二人の間に生じた緊張を感じ取ったのか、水が首を動かし、百愛部と永代を交互に見る。

永代は、努めてその眼を見ないようにした。この至近距離だ。まず狙った標的は絶対に外さない。

「話さないなら弾丸が出るまで引き金を引く。ここで終わりにする」

「……わかりました」

百愛部がしきりに頷《うなず》いた。それから顔を上げた。

百愛部は長い前髪を上げ、頭部を露出させた。

「なら、この矯正杭《ボルト》を抜いて下さい」

侵襲型矯正外骨格——静真と同じく角が生えるように杭が埋まっている。頭蓋骨《ずがいこつ》を貫通する開口部に嵌《は》まった矯正杭だけが、正暉が打ち込んで間もないために真新しい。それと比べて、額に移植された接続部は劣化が酷《ひど》かった。錆《さ》びている部分もあり、そこに接触している皮膚に赤みや爛《ただ》れなどの炎症反応が起きている。

「これが過剰共感を抑制する一方で、感覚の鈍麻、経験記憶の欠落……脳機能にも広範な影響を及ぼし、言語系にも制限を掛けている」

「何の制限だ」

「過剰共感存在であるテトラドに関する研究は、どれも高度な機密情報です。それを誰にも話せないようにしている。お願いします。僕の意志では矯正杭はけっして抜けないんです。誰か他人の力が要る」

「こいつを抜けば、お前の過剰共感特性はより強まる。お前は俺の怒りをもっと増幅する。俺は話も聞かず、その場でお前を殺すかもしれない」

「あなたはもう十分に怒り、僕を憎んでいる。だとすれば、より怒りを増し、凶暴になるとしても、今と同じことではありませんか。どうせ最後には僕を殺すんですよね」

「……そうだな」

「あなたが言ったように、僕はもう逃げてはいけないんだと思います。知りたいことはすべて話します。それに、逃げるな、とひとから言われたのは、これまでの人生で二回だけでした。いつも、死ねとか殺すとか、そんなことしか言われなかった」

「逃げるな、と最初は誰に言われた？」

「皆規さん……永代刑務官。あなたの息子さんです。とても僕に優しくしてくれた。とても苦しいかもしれない。だとしても逃げ出してはいけない、と……、あれ、でも、どこであのひとは僕にそう言ってくれたんだろう？」

永代は右手で拳銃《けんじゅう》を構えたまま、左手を百愛部の額に向かって伸ばした。ちょうど話を遮るように。これ以上、必要でない限り、百愛部の口から皆規の名前が出てきて欲しくなかった。息子の遺影に泥を塗りたくられるような不快感が湧き上がってくる。

同時に、内藤の言葉が思い出された。百愛部亥良が引き起こした刑務所火災の直前、百愛部の額から矯正杭《ボルト》を取り外す皆規の姿が記録映像には残っていた。

「刑務所火災でお前の額から矯正杭を抜いたのは、俺の息子か？」

「杭が抜ければ話せます。今このままでは矯正杭のせいで何も話せない。記憶はあるんです。でも、それに触れられない。中身を取り出せない。確かに覚えてるんです。永代刑務官は僕に優しくしてくれて、僕が一番だって言ってくれて――」

話をするほどに、どんどん子供じみた話し方になっていた。これは矯正杭のせいなのか。それとも元から百愛部はこうなのか。静真とは違う。だがそれは生来の気質だけでなく、どんな人間とコミュニケーションを築いてきたかによる。

同じテトラドである静真を、より人間らしく感じるとしたら、彼が人間らしくあるようにと気を配り続けてきた人間たちが、周囲にきっとつねにいたのだ。

巨大な体軀《たいく》。感情に乏しい表情。凶視と呼ぶべき禍々《まがまが》しい目つきをした正暉の顔がふいに浮かぶ。正暉はお世辞にもコミュニケーション能力に秀でているとは言い難かった。負傷による脳機能の欠損。実の父親をその手で殺《あや》めた過去。だとしても、彼が傍に立つ静真は人間性を獲得した。それは坎手正暉という人間の善性を何よりも証明している。

永代は赤ん坊の水を見る。無垢《むく》な人間は善にも悪にも染まる。正確には、生きていく環境において当たり前とされているルールを学習し身につけていく。他者と分け合うか。他者から奪い取るか。それぞれの状況で生きていくために必要な判断基準は全く違う。

生まれながらの悪人はいない。生まれながらの善人もいない。無垢であることは善であることを意味しない。どちらにもなり得る。

生まれながらの悪などない。子供に罪はない。だが、犯された罪のことなどまるで無視するかのように、その血が引き継がれ、形質を遺伝した存在が育っていく。子供に罪はない。だが、そこで成長の喜びを、愛情に触れる機会を、多くの人間から奪った人間の側が享受する。許せることではない。子供に罪はない。その格差は耐え難い。

土師水。この子供が百愛部亥良の血を引くなら、その特性は引き継がれるのか。過剰共感の特性は遺伝するのか。この赤ん坊も放っておけば、いずれは百愛部と同じような惨禍をあちこちで引き起こすのか。起き得る被害を未然に防ごうとすることは悪だろうか。恐ろしい考えが心の裡《うち》に生じ、それがいつの間にか頭のなかに蔓延《はびこ》っていく。

やがて観覧車が一周したとき、永代は銃口をどちらに向けているのか。自分でもわからない。どちらを殺しても悪になる。だが、悪そのものになった自分を、自らの手で終わらせることだけは間違いない。悪は存在を許されない。消し去らねばならない。

永代たちを乗せた観覧車は、ちょうど天頂の位置に達している。

経年劣化と埃《ほこり》などの汚れの付着によって、展望用の窓は擦りガラスのように外の景色を映さない。大きく観覧車が揺れた。雨と風はとても強く止むことがない。

「妙な動きはするな」

「しません」

永代は拳銃を腰だめに構えたまま、前に突き出された百愛部の額に手を近づける。

矯正杭は特殊な材質が使われているのか、硬質な金属というより、生物の骨や角に触れたときの感触に似ていた。それは人の手によって追加された器具であり、人間ならざる人間を制御するために増設された外部器官でもあった。

矯正杭を打ち込まれた人間は、当然ながら、これを自分の手で外すことが出来なくなる。矯正される側が好き勝手に取り外しできてしまってはならないからだ。これは一種の安全装置だ。

過剰共感存在《テトラド》は、その力が発揮されれば巨大な被害をもたらす。犯罪を誘発する存在など危険で仕方がない。だが、それは警察から見た捉《とら》え方だ。ある地域にテトラドを放り込み、意図的に悪感情を増幅させ、同士討ちや内乱を起こさせることもできる。あるいは特定の集団に意図的に同じ感情を共有させ、これを増幅させる使い方もできる。過剰な共感をもたらすメカニズムを解析し、制御可能になるとは、つまり意図した効果を発揮させられるということでもある。矯正杭の機構が外部からであれば取り外し可能であるというのは、そういうことだ。

永代は矯正杭に触れる。正暉はこれを専用の鉄鎚《てっつい》のようなデバイスで打ち込んでいた。金槌《かなづち》に対する釘抜《くぎぬ》きのように専用の道具が必要なのではないか。

指先に力を込めて矯正杭を動かすと、その嵌まり具合にある程度の緩みがあった。二年もの間、放置されていた接合部の側に不具合が生じているようだった。

ある程度までは慎重な手つきで杭を引き抜こうとした。だが、途中で引っかかった。出血が生じている。接合部の穴から溢《あふ》れ出してくる。

脳の側に損傷が生じているかもしれない。危惧《きぐ》が生じた。すぐに思い直した。どうしてこの犯罪者を気遣う必要があるだろうか。

杭を抜こうとするほどに、百愛部の命を惜しむ気持ちが薄れていった。憎い仇《かたき》だ。多少の苦痛は伴わなければならない。楽に死なせてやってはいけない。

血に塗《まみ》れた杭を摑《つか》む指先が滑《ぬめ》りを帯びた。二本の指先を合わせて釘抜きのように曲げ、矯正杭の細くなった部分に引っ掛けた。最後は肉を引き千切るように強引に引き抜いた。

血だらけの矯正杭が百愛部の額から抜けた。永代は矯正杭を放り捨てる。金属と金属がぶつかる音。血が観覧車の床に飛び散った。

矯正杭を強引に抜かれた百愛部は頭を垂れて沈黙している。開口部から垂れた血が、抱きかかえられた水の顔にかかりそうになる。

目の前に滴ってくる赤いものが何かもわからず、水はあんぐりと口を開ける。

そこに永代が手をやった。その血に触れさせてはならないと思った。

その伸ばした手を、ふいに百愛部が摑んだ。

俊敏な動きだった。永代は右手の引き金に掛けた指先に力を込めた。

百愛部を遮るものがない。反撃を警戒した。

しかし、襲ってくることはなかった。永代の腕を摑むその手が、生き延びるために何かに縋《すが》ろうとする者の手であることに気づいた。


「……確定死刑囚になるってことが、どれだけ恐ろしいか知ってますか」

百愛部がふいに言った。堰《せき》を切ったように喋《しゃべ》り出した。

「自分が手を下したことは一度もない。いつも巻き込まれただけで得したこともない。いつも奪われた。殴られた。犯された。やったのはあいつらなのに、その場にいたからっていつも僕のせいにされた。気づいたら死刑判決を受けていた。他の誰も死刑は言い渡されてない。火をつけた奴も殺した奴も、何十年も刑務所に入れと言い渡された。でも、死刑は僕ひとりだけだった」

　決壊した堤防から大量の濁った水が吐き出されていくようだった。

「毎晩、眠りに就く前に明日こそ本当に死刑が執行されるんじゃないかと思い始めると恐ろしくて、眠れなかった。ただただ目を瞑《つぶ》り続けて、ようやく薄《う》っすら気絶するように眠りに落ちるとすぐ朝の点呼がやってきます。いつもと同じ通常の手順。それで今日はまだ死なずに済んだと気づく。毎日、その繰り返しです。それを毎日毎日、何年も。死刑執行がいつ行われるのか、死刑囚にも刑務所の職員にも分からない。命令はもっと遠いどこかで発せられ、あるとき指示が下ってくる。裁判所で死刑を宣告されてもすぐに執行されることは殆《ほとん》どない。何年か後もあれば、十何年後だってあり得る」

　百愛部は、その長い監獄に囚《とら》われた時間を地獄だったと表現する。だが、それと同じだけの時間、死刑囚が執行されるまでずっと、被害者の遺族たちは地獄の苦しみの只中《ただなか》に置かれ続ける。

「ひょっとすると、これから先、何十年もこんな地獄が続くのか？　そう思った矢先でした。僕を収容した施設ではなぜか争い事と失火が絶えなくなるから、原因を調査すると言われて、地方から東京拘置所に移されました。過剰な共感特性をもたらす脳のメカニズムを解明する。そのための実験対象に選ばれた。心の底から嬉《うれ》しかった。自分は何かの実験台にされるわけだから、そのデータを取られている間は死刑が執行されることはない。それだけじゃない。生まれて初めて世の中の役に立つことができる。嬉しかった。何でもやろうと心から思いました。恐怖が消えた。また眠れるようになった」

それは更生の意志があったと見做《みな》すべきだっただろうか。永代は一片たりともそうは思わない。百愛部にとって社会の役に立ちたいと願うのは、苦しみから逃れることができるからだ。だが、その苦しみは科された罰だ。背負わねばならない罪だ。

「でも、テトラドは僕だけじゃなかった。もうひとりいた」

百愛部が顔を上げる。恐ろしく澄んだ瞳《ひとみ》だ。一点の曇りもないが、光もない。

「テトラドの性質には、〈入力〉と〈出力〉の二種類がありました……。〈共感する〉と〈共感させる〉は、同じ人間の共感神経系《ミラーニューロン》の作用ですが、生じる結果は異なります。僕は〈共感させる〉に長《た》け、もうひとりは〈共感する〉に長けていた——」

静真の白く小さな額に生える杭が思い出された。

百愛部の言葉は、永代のなかで腑《ふ》に落ちた。静真は他者への感情移入をし過ぎる傾向があった。対して、百愛部はその所業どおり、他者に対する関心と理解に乏しいが、多くの人間が百愛部亥良という存在と関わりを持とうとする。

厭《いや》な気分になる。自分もそうだということか。復讐《ふくしゅう》と報復のために、自らすべてを擲《なげう》った。だが百愛部は今もただひたすら、生存圏となる逃げ場所を常に探し求めている。

神野が引き摺《ず》られ、土師一家が引き込まれていったように、自分も引きつけられている。死地に追い込んでいるつもりで、実は逃走の手段に使われているのではないか。

共感させること。利益の誘導。支配。無意識の行動操作。

だとしても、百愛部を害そうとする永代の殺意だけは、その生存に寄与しない。

「共感することに長けたそいつはまだ子供で、三歳からずっと東京拘置所に収監されていた。何も犯罪を犯していないのに。けど、僕にとっては、そいつに前科がないことが問題だった。研究に値する同じ特殊な体質を持っている人間が二人いる。一方は死に値する刑罰を科されていて、もう一方はそうではない」

百愛部は静真への嫉妬《しっと》を露《あら》わにした。研究にはバックアップが必要だから、普通に考えたら処分されたりしない。百愛部は刑務所で育てられ続けた子供の苦しみや孤独について想像を巡らせたことはなかったのだろうか。

「一度でも不安になったらもう止まらなかった。恐怖がまた戻ってきた。また眠れなくなった。薬で眠らせてくれと言っても、脳機能に影響を及ぼす薬物を不必要に与えられないと断られました。怖い。眠れない。毎朝、束の間の眠りから目覚める。殺されずに済んだと安心する。でもまた明日は？　恐怖は際限がなかった。刑務官の先生はよく相談を聞いてくれました。差別をしなかったのはあのひとだけでした。子供のテトラドのほうをみんなが憐《あわ》れむんです。でも、僕は違う。命の危険を伴うリスクの高い実験の場合は、こいつのほうを優先したほうがいいんじゃないですか、と公然と言う職員もいた。でも仕方ないです。僕は確定死刑囚だから。でも、皆規さん……あのひとだけは違いました。僕は本気で世の中のために役に立ちたいと言ったら、とても難しい道だけど、望みを捨てることがないなら支援の手はけっして惜しまないと約束してくれた」

　自分の息子が、これまで聞いたことがないほど褒めちぎられている。なのに、これっぽっちも嬉しくなかった。さっさとその口を閉じろと怒鳴りつけたくなった。褒める。褒める。褒める。だが、その賛辞を口にする人間は、善きことと悪いことの区別がついていない。結局は生かしてくれるかどうかの価値判断しか持っていない。

　百愛部の賞賛は怪物の褒め言葉だ。怪物が、自分が喰《く》った人間の味がどれだけ旨《うま》かったかと語っているだけだ。

「でも、皆規さんだって僕よりも、あの子供のテトラドを明らかに贔屓《ひいき》していた。どちらか一方を処分することになったら、結局、あの子供を選ぶ。でも、僕は皆規さんを殺そうなんて思ったことはありません。本当です。死んでくれたほうがいいと思ったのは——、あの子供のテトラドひとりだけです。僕より先にあいつが死ねば、僕のことは誰も殺せなくなる。生きるためにはそれしかもう方法はなかった」

　たとえ百愛部が殺人を犯したとしても、残るテトラドがひとりだけなら、百愛部を殺すことはできなくなる。現存する、唯一の研究対象になるからだ。

　生存を確保するために競合する他者を排除する。その理屈は通る。

　だが理解不能な思考だ。百愛部は〈共感させる〉ことに長けている？

　まったく首肯できない。単にこの怪物は、共感神経系に対する作用の度合いが壊れているだけだ。つねに全開で開きっぱなしの壊れた蛇口。流れる水が錆《さび》だらけだろうが血で汚れていようが関係ない。垂れ流す。押し流す。呑《の》み込む。引き摺り込む。

こいつには単に伝播《でんぱ》の機能しかない。

「お前は、静真の死を望んで刑務所火災を起こしたのか」

「違います。確かにあいつが死んでくれたら僕が助かるとは思いました。でも、願っただけです。僕は捕らわれた囚人です。建物を全焼させる火災なんて計画できない」

だが、刑務所火災は起きた。過剰共感。感情の伝播。数え切れないほどの受刑者たちが、百愛部の怒りに呑まれた。身勝手な欲求に動員された。

殺す。奪う。火をつける。

小さな火。無数の火種。ひとつでは失火にしかならない火が一斉に点《とも》され、結びつき、巨大なすべてを焼く赫怒《かくど》の炎になる。

その炎が静真を焼き殺そうとした。皆規を焼き殺した。

犯人は自白する。殺しを望んだだけで、本当に殺すつもりはなかった。

だが、その結果、何百人もの死傷者が出た。罪ある者。罪なき者。すべてを炎が供物のごとく喰らい尽くした。

「お前は静真を負傷させ、火災現場に放置した」

「火の手が回って必死でした。火災が起きたのはきっと自分のせいにされる。それを理由に今度こそ処分される。殺すしかない。生きるためには。仕方ない。だから――」

「誤魔化すな。お前は静真に何をした」

「……刺しました」

「何で刺した？」

「矯正杭《ティマーボルト》です。大型の試作品でした。より高い侵襲性を発揮し、脳の共感神経系の置き換え《オーバーライド》を行うためのものだった」

「置き換え？」

「人格の抹消と再構築です。テトラドの過剰共感を発揮する脳《ハード》の機能は残しながら、それを動かす意識や自我《ソフト》はまっさらにする。特性の異なるテトラドを普通の人間に近づける矯正治療の研究は、高いリスクとコストが掛かる割に、出来上がるのはただの人間で得るものがない。だから、テトラドの過剰共感特性を外部から調節でき、純粋に有用な道具に置き換える研究に、あるとき施設の決定がシフトしたんです。僕たちはヒトになるための矯正ではなく、ヒトからモノへ改造される対象になった」

　矯正からの転換。どういった政治意図が働いたのか分からなかった。矯正支援は受刑者の社会復帰のため、司法制度の仕組みにおいて欠かしてはならない段階として設定されている。犯罪者が普通の市民として更生する。そこにはマイナスからの回復がある。

　しかし、普通の人間ではないテトラドはどうなのか？　その特性を消し去るよりも有用な使い道があるのではないか。おぞましいことだが、そうだと判断する意思決定をした者たちがいる。それは末端に過ぎない永代には想像もつかない。

　おそらく、現場の刑務官である皆規もそうだった。

「だから、皆規さんは僕を守ってくれたんです。肉体は残る。脳も残る。でも、心は消される。いちど殺される。僕は確定死刑囚でした。テトラドのヒトからモノへの改修実験に、死ぬことを命じられている僕が選ばれるのは当たり前ですよね。みんな賛成してました。でも、あのひとだけは違った。僕という人間が殺されることを止めようとしてくれた。だから、僕の頭に差し込まれ、脳の中身を書き換えていくあの巨大で恐ろしい杭を、苦しみのたうち回りながら泣き叫ぶ僕から抜いてくれたんです。皆規さんは僕を助けるつもりだった。でも、矯正杭が失われたことで、僕の過剰共感の特性が無制限に解放された。怒りが火を呼んだ。炎がすべてを燃やしてしまった」

「炎が燃やしたんじゃない。お前が死なせたんだ」

「殺してません！　もうひとりのテトラドだって、僕は刺しただけだ。やっぱり……怖くて殺せなかった」

「いや、殺したんだ。お前は、たくさんの人間を」

　永代は右手に銃を構えたまま、左手に持った矯正杭を、百愛部の右目に突き立てた。眼球を貫く柔らかな感触。視神経を突き破ったところで眼底骨に杭の先が達した。

　百愛部は片方の視界をいきなり奪われるとともに、途方もない激痛に声にならない悲鳴を上げた。はっはっはっと荒い呼吸を繰り返し、どっと脂汗を掻《か》いた。

　矯正杭から手を離し、永代は百愛部を見据えた。これほど冷たい怒りもなかった。自分がいっさいの感情を排し、理性に基づき、正しい義務からの行動を選んでいるように思える。だが、正しくなどない。義務からの報復ではない。怒りだ。無念からの復讐だ。

死者は何も望まない。自分を殺した相手に怒ることすらできない。もうどこにもいない。殺された。奪われた。残された。なら、やるしかない。

「ここで死ね。殺してやる」

「嫌だ！　死にたくない！」

割れるような大声で百愛部が叫んだ。抱えていた赤ん坊の水を投げつけてきた。力の加減などまるでない、近くにあったものをそのまま投げたような躊躇《ためら》いのなさ。

永代は、一瞬、宙を舞った水に意識を奪われた。咄嗟《とっさ》に左手を伸ばし、その小さくやわらかい身体をキャッチした。鉄骨に水が頭から激突するのを防いだ。

この赤ん坊は怪物の子供だ。だが、見捨てることはできなかった。

その隙が仇《あだ》になった。百愛部が永代に突っ込んできた。右目に突き刺さった矯正杭を無理やり引き抜き、赤い血と透明な漿液《しょうえき》が混じった淡紅色の体液が撒《ま》き散らされる。その手に握った矯正杭を猛然と振るい、今度は拳銃《けんじゅう》を握る永代の右腕に突き刺した。

永代は咄嗟に引き金を引いた。不発。撃鉄が空を叩く虚《うつ》ろな音。百愛部は杭を永代の右腕に突き刺したままぐいっと捩《ねじ》った。凄《すさ》まじい激痛が永代を襲った。右手から拳銃を取り落としてしまう。それを百愛部が急いで奪い取った。

片目の視界が機能せず、十分な構えも取れない。両手を突き出した構えで永代を射殺しようとする。カチカチと二度連続引き金を引いた。すべて不発だった。

一瞬、永代と百愛部が睨《にら》み合った。M３６０Ｊの銃口にすべての意識が注がれていた。

装弾数は五発。不発は四回。なら、次は実弾が来る。

そのときだ。

とてつもなく大きな轟音《ごうおん》とともにゴンドラが激しく揺れた。暴風雨がもたらす突風か。違う。窓ガラスが爆発物のようなもので粉々に吹き飛ばされ、ガラスの飛沫《ひまつ》がゴンドラ内部に大量の雨と同時に激しく吹き込んだ。

視界が遮られる。百愛部は反射的に窓を撃った。

どすっとくぐもった音とともに分厚い防弾ベストを着た巨軀《きょく》の影が銃弾を受け止めた。継《つ》ぎ接《は》ぎだらけの怪物のような大男――正暉が鉄鎚《てっつい》を手にゴンドラに突入してきた。

6

防弾ベストが弾丸を受け止めてなお、鋭い衝撃が正暉の肉体に突き刺さった。

同じM360Jの38スペシャル弾を撃ち込まれた腹部に苦痛が生じる。動作に支障が出るために、病院を出発して以降は追加の麻酔を打っていない。

痛みは脳が生じさせる。その痛みを発した部位に危険が及んでいることを示すための警告だ。まともに戦える身体ではない。右腕もギプスを嵌《は》めたままだ。

左手に鉄鎚。二股《ふたまた》の爪に仕込まれた炸薬《さくやく》を炸裂《さくれつ》させ、窓を粉砕した鉄鎚は冷たい空気のなかで白い煙を上げている。その煙の線が大きく揺らぐ。正暉は鉄鎚を打ち上げる。

百愛部の顎《あご》を捉《とら》えた。互いの体格差は大きい。強烈なインパクトが百愛部の痩身《そうしん》を大きく仰《の》け反《ぞ》らせた。正暉の驚異的な空間把握能力は、永代の腕に突き刺さった杭の存在を認める。矯正杭が抜かれている。最悪の状況が起きている。すぐに対処しなければならない。

正暉は予《あらかじ》め口に咥《くわ》えていた矯正杭をギプスを嵌めた右手に落とす。指先の動きで逆手に構える。百愛部が顔を前に戻した瞬間、その額に矯正杭を打ち込む狙いを定める。

「坎手、邪魔をするな」

だが、すぐ傍で猛獣が発したような怒声を浴びせられた。同時に肩を突き出した永代のタックルを正暉は喰《く》らった。互いに背が高く体格もいい。正暉の姿勢が崩れる。それでも矯正杭を打ち込もうと不安定な体勢のまま、杭を打つ動作を維持しようとする。

その顔に百愛部が逆手に持った拳銃を振り下ろしてきた。全弾を使い果たした拳銃の銃身をグリップし、銃把の部分を打突部に利用する。カスタムメイドではないので銃把の底にスパイクが備わっているわけではない。それでも正暉の顔面を殴打するには十分な重量と威力がある。

咄嗟に正暉は顔を僅《わず》かに背け、顔面で最も硬い部位である額でこれを受け止めた。頭《ず》蓋骨《がいこつ》を打ち抜いた父親の金槌《かなづち》。あれと比べたら威力は大したことはない。正暉の実父は現在の正暉すらも凌駕《りょうが》するほど巨大で、狂暴で、人喰《ひとく》い熊のように腕力が強かった。

背丈の差。体格の差。積み上げられた筋力の差。同じことをもし永代にやられていたら正暉は死んでいた。だが、百愛部の痩身ではダメージが辛うじて軽減される。

衝撃で視界が揺さぶられる。鼻の奥で金属が炸裂したような独特な臭い。それは主に負傷による内出血で噴き出す血に含まれる鉄分のせいだ。命を脅かす警告の臭い。

だが、命に対する警告は、正暉にとって恐怖の対象とならず動作に支障を及ぼすところがない。共感欠損は他人の命に対する気遣いをなくす。それは同じ人間である自分自身にも適用される。機械的な反射速度で正暉は矯正杭を構えて鉄鎚を振るっている。

鈍く重い金属音が鳴る。矯正杭は百愛部の額を捉えられていない。だが、拳銃を弾《はじ》き飛ばしていた。百愛部は完全な無手になる。正暉は鉄槌を手の中で回して、二股の爪の部分が前に来るように持ち直す。百愛部の片目の視界はすでに塞《ふさ》がれている。もう一方の視界を潰《つぶ》してしまえば、百愛部の行動の自由は極度に制限される。視線の消滅が過剰共感の伝播《でんぱ》をどれほど減衰させるか定かではない。それでも幾らかマシになる。

しかし、正暉の鉄鎚は空振りに終わった。百愛部は背中に回していた左手で、手探りでゴンドラの扉の閂《かんぬき》を解除していた。開いた扉から躊躇なく飛び降りていた。

観覧車のゴンドラの位置は天頂を過ぎ、時計盤でいえば二時と三時の間くらいだ。まだ地上まではある程度の高さがある。だが、即死する高度でもない。

正暉は開いた扉に駆け寄る。豪雨が全身を叩《たた》く。眼下の地上で、全身を泥まみれにした百愛部がふらふらと立ち上がっている。負傷は浅い。逃亡を図る。闇に姿を消す。

「坎手」

　再び、背後から声が掛かる。永代は右腕の矯正杭を抜き捨てる。そして百愛部の手から弾き飛ばされた拳銃を回収する。ポケットから抜き出した二発の銃弾を素早く込め直し、正暉に向けて構える。

「永代警部補」

「階級つきで呼んで欲しくない。それに俺はもう警察官じゃない」

「あなたは被害者です」

「いや、加害者だ。犯罪者だ」

　撃鉄を起こす。トリガーがより引かれた位置で固定される。ブレを抑え精密な射撃をするための機能だが、それだけ僅かな力によって弾丸が撃ち出される。

　永代は銃口を、おのれの胸に抱えた赤ん坊の頭部に向ける。

　赤ん坊の水は、黒い鉄の塊が何であるかも分からず、小さな手を伸ばそうとすらする。

「もうすぐ観覧車が地上に戻る。このまま俺を見逃して欲しい。逃亡した百愛部は俺が追う。あらゆる手段を尽くして、俺が奴を始末する。行かせてくれ」

「できません。自分たちは、あらゆる手を尽くして、過剰共感がもたらす犯罪被害を食い止めることが職務です。そこにはあなたの暴走を止めることも含まれる」

　正暉は交渉による説得を選ばない。選んでいる余裕はない。腰の作業ベルトに装着したブリーチング用の杭《ボルト》を鉄鎚を握った左手の指先で摑《つか》み、そのまま床に落とす。自由落下の軌道にある杭のヘッドを鉄鎚で打つ。先端部がゴンドラの床に接し、炸裂が生じる。

床の金属板を打ち抜くほどの破壊力は有さない。だが、ゴンドラがこれまでになく激しく揺れた。永代が体勢を崩す。彼は人質にした水を庇《かば》おうと銃口を僅かに逸《そ》らした。

その隙を、彼の怒りに呑《の》まれながらも残る人間性を、正暉は見逃さない。

ギプスを嵌めた右腕を猛然と振るう。永代の顔面を殴りつける。癒合しているがまだ完全に硬化したわけではない右腕の骨が大きく歪《ゆが》む。頓着《とんちゃく》しない。その右手で赤ん坊の水を摑む。永代から奪い取る。

そのまま百愛部がそうしたように、開いた扉から身を投げた。地上衝突までの時間は数秒もない。正暉は巨大な身体を丸める。もっとも脆《もろ》い赤ん坊を衝撃から覆う殻となる。

背中から、もろに地面に衝突する。背面をしたたかに打った。これで脊椎《せきつい》が損傷していたら立って動くことも出来なくなる。幸い、全身に打撲のような鈍い痛みが奔《はし》るが、どうにか手足は動かせる。保護した水の安否を確認する。目に見える負傷はない。

その瞳《ひとみ》は百愛部のようでもある。静真のようでもある。しかし、過剰共感存在であるからといって、外見において普通の人間と差異があるわけではない。いかなる者の血を引くのか、外から見る限りでは特定などできはしない。

「坎手警部補」

声がした。内藤が近づいてきた。彼女に、正暉は抱えていた赤ん坊を渡す。

「……人質を確保しました。お願いします」

「この子供が百愛部亥良の……」

「母親の土師須芹の証言通りなら。いずれにせよ、すぐにこの場を離れて下さい」

「了解しました。後は頼みます」

内藤が踵《きびす》を返して走り出した。この瀝田遊園の入り口に警察車両が停まっている。刑事部の呉の運転。正暉は内藤とともに、こちらの車両で別行動の静真たちより先行した。

正暉は地面に突き立つ観覧車の支柱へと近づいた。右腕に嵌めたギプスを容赦なく叩きつけた。大小の白い欠片《かけら》に割れ砕け、久しぶりに素肌の自分の腕を見た。前腕部に幾らか不自然な歪みがあるように見える。拳《こぶし》を握っては開く動作を繰り返す。握力が十分に発揮できていない。それでも先ほどより自由に手が使える。

耳に手をやり、通信機を操作する。別班で行動する静真に連絡を飛ばす。

「土師家の孫は保護した。百愛部は逃走。矯正杭が抜かれてる」

『了解』静真が答える。『永代さんは？』

「会話が出来る程度には理性を保っているが……、正常とはいえない。俺が止める。お前は矯正杭を抜き、入力系の解放で、百愛部の過剰共感の伝播を鎮めてくれ」

そう言った直後だ。ドスンと大きな音を立てて、永代が地面に降りてくる。

正暉は振り返る。永代と睨《にら》み合いになる。

その姿を見るだけでは、怒りに呑まれた暴徒には見えない。最初に会ったときと同じ実直な、謹厳な態度で職務に臨む警察官そのものだった。

だが、その眼だけが違う。異様な光を帯びている。憤怒《ふんぬ》に眼が血走っているような分かりやすい変化ではない。むしろ眼にいかなる感情も宿さない。それは人間が苛烈《かれつ》な暴力を発揮するときに見せる顔だった。正暉は鏡で自分の顔を見るようだと思った。

「そこをどけ、坎手」

「いえ、ここを通すわけにはいかない」

「百愛部亥良が逃げた。大堤防を越えた都心部に入れば途方もない被害が出る」

「だから、人口密集地帯から遠ざかり、浸水地域で人の絶えたここを選んだんですか？」

「……昔、皆規と車でこの近くまで来た。中洲《なかす》地帯を北上していくと、ここで川が一度途切れる。水門で荒川と隅田川が分かれている。最悪、どちらかの川を使って逃げることもできると考えた。そっちは？　どうやってここを突き止めた」

「墨東警察署の内藤署長や刑事部の同僚だった刑事たち……、あなたをよく知る人々が、永代さんが警察の追手を逃れるとき、絶対に選ばない逃走先を列挙していった。あとは人海戦術で片っ端から潰しました」

　百愛部の居場所に近づくほどに、怒りに呑まれていく警察の人員たちが出た。自分がおかしくなったと自覚した時点で申告し、自らの手に手錠を掛け、自主的に拘束されて隔離に応じた。それによって地域の避難誘導やトラブル対処に空いた穴を、統計外暗数犯罪調整課が各省庁へのパイプを使って呼び寄せた補充人員で埋めていった。

「最終的にここを突き止めたのは、日戸さんです」

「憐が？」永代の態度に僅かな揺らぎが生じた。「目を覚ましたのか」

「内藤署長とともに、事態の対処に協力しています」

「だとすれば、なおさら百愛部を見逃す訳にはいかない。ヤツは殺されなきゃならない。俺が義務を果たす。その後で俺を逮捕しろ。その罪を裁け。だから今はそこをどけ」

「義務というなら、自分は、ここであなたを止めなければなりません。百愛部は必ず俺たちが捕らえます。怒りを鎮めて下さい。今のあなたは普通ではなくなっている。あなたは怒りを増幅させられている。過剰な怒りに呑まれている」

「そうだ。これは怒りだ。俺の身の丈を超えた怒りだ。だが、それが増幅されたものであるとしても、確かに俺の裡《うち》から生み出された本当の怒りだ」

永代は、雨に濡《ぬ》れた自分の拳を見る。幾つもの破片が突き刺さった生々しい傷痕がある。土師照彦を撲殺寸前まで追い込んだときの負傷だ。

「分かるだろう。俺はもう怒りを捨て去ることはできない。百愛部を殺し、俺自身も殺す。それを許さないというなら、俺を殺せ。土師の邸宅に行くときに言ったはずだ」

「『俺がもし手に負えなくなったら殺せ』。本気ですか」

永代が頷《うなず》く。おのれの目的にとって障害となる相手をすべて実力で排除する覚悟を決めている。その過程で自分が殺されてしまって構わないとも思っている。自らを殺人の道具として使い捨てることに躊躇《ためら》いがない。それが怒りの行き着く先だ。憎き敵をあらゆる手段をもって殺害する。だが、その怒りが自分自身さえも破壊し尽くしてしまう。

「お前なら、俺を殺せる」

「……俺は、人を殺せます」

父を殺《あや》めたとき、自分は人を殺せる人間だと気づいた。そのための技術も身につけた。

必要であるなら、義務であるなら躊躇わず人間を殺せる。

「ですが、殺せてしまうから殺さない。それが、俺が生きていくために課した義務だ」

正暉は、雨に濡れて眼に掛かる前髪を手で押し上げる。額に刻まれた大きな傷痕《きずあと》に指を這《は》わせる。一定のリズムを刻むように、指先でその古い傷を叩《たた》く。

子供の頃の傷。父親に鉄杭を頭に打ち込まれた傷。二〇世紀、脳機能に由来する不全を抱えた人間を〝健常〟に変えるために行われた野蛮な脳外科処置に「ロボトミー」というのがあった。すぐに暴れる患者もロボトミーを受けた後はおとなしくなった。

自分の場合は、臆病《おくびょう》な子供が寡黙な子供になった。感情で乱されることはなくなった。その代わり、必要と見做《みな》した行為の倫理的判断の基準が失われた。倫理性を問うテストでは極めて悪い結果を出し続けた。他者の排除。殺人への忌避のなさ。社会性の欠如。

人間が人間であることを成り立たせる、共感神経系の回路を破壊され、復旧不可能になった。正暉の脳外科手術を担当し、後に引き取り養子にした育ての父親には、君は連続殺人を犯すような脳の構造をしている、そのことを念頭に置いて生きるようにしなければならないよ、と言われた。ひどい話だとは思わなかった。冷たいとも感じない。事実、自分はそのような人間になったのだ。だからこそ、自己と社会の双方によって制御される生き方を選んだ。正暉は司法に携わる職に就きたいとずっと願ってきた。そうすれば、万が一の過ちをもしも犯すようになったとしても、速やかに社会は自分を捕らえ、裁き、処理する。生じる犠牲は最小限に留《とど》まる。

そんな壊れた人間であるはずの自分が今、殺人を止める側に回っている。

不思議な気分だった。永代の言う通り、百愛部亥良は一刻も早く殺されるべきだと思う。それほどに社会という共同体を蝕《むしば》む毒であり、生かしておくコストに比べ、得られる有益性は乏しい。さらには百愛部自身が、自らの有害さについてまったく頓着していない。生きるために逃げ延びる。その先でまた被害が生じる。そこまで想像が及ばない。そのような存在を悪と呼ばずに、何を悪と定義すべきだろうか。

正暉は、少し悲しいと思う。いや、悲しい、というのとはまた少し違う。寂しい。孤独だ。そういう感覚のほうが強い。永代の怒りに呑《の》まれ、自ら隔離された瀝東警察署の職員たちのように、自分も家族を殺された永代の、その無念に共感し、怒りと悲しみを共有できる人間らしい人間でありたかった。しかし、正暉はそうではない。だが、おかげでテトラドの支配に抗《あらが》える。永代を呑み込んだ怒りと憎悪の洪水に呑まれずにいる。

壁は内と外、双方から傷を負わせられる。ゆえに壁は、人より高く地に聳《そび》える。

「あなたは、人間が為《な》す悪を憎み、犯罪が失わせた犠牲に怒る。けれど罪を犯した者を殺すと叫ぶ人間ではなかった」

「お前の言う通りだ。俺は変わってしまった。後には戻れなくなってしまった」

「変わってなどいない。あなたは、まだ正義を失わずにいる人間のひとりだ」

正暉は鉄鎚《てっつい》を構える。永代は特殊警棒を構える。

殺させないために、殺してしまう。結局、自分はそれしか選べないのか。

7

静真が乗車したのは、管区機動隊から貸与された大型輸送車両だ。正面以外、すべての窓を金属の網によって覆われており、堅牢《けんろう》な耐久性を有する。

車両は今、中洲地帯の西側、隅田川に架かる橋の袂《たもと》で二車線道路を塞《ふさ》ぐかたちで停車している。車両による橋への強行突破を防ぐためだ。

北端に澷田遊園を置く中洲地帯は、それぞれ荒川と隅田川に渡された鉄橋によって、東西の土地と繋《つな》がっている。荒川に架かる橋は、すでに川の増水で水没している。逃走した百愛部が人口密集地帯への侵入を図るとすれば、隅田川の渡河一択となる。

だが、こちらの橋も遠からず水没が近かった。夜明けが迫る刻限になろうとも、雨脚が弱まることはなかった。気温の低下が著しい。吐く息が白い。

呼吸のたびに、静真の胸部にぎゅっと締めつけられるような鋭い痛みが奔った。永代が放った銃弾に撃たれた箇所だ。局所麻酔が切れている。だが矯正杭《ボルト》を解除することを見越して、脳機能に僅《わず》かでも作用する薬物の投与を避けている。

人間の脳は外から好きに弄《いじ》ることはできない。だとしても、間接的だが脳への関与は可能にする技術——磁気を用いたMRI解析、光の照射による光反射を応用したオプトジェネティクスなど——非侵襲性の脳機能に作用する技術は日進月歩で進みつつある。

矯正杭の正式名称は、侵襲型矯正外骨格。

言ってしまえば、一九五〇年代に盛んに行われた開頭手術による電極移植実験のような直接的に脳へ関与する技術《テクノロジー》を起源とする。

こうした実験は、たとえ凶悪な犯罪者の矯正や脳機能障害に対する治療を目的としていたとしても、非人道的な人体実験であるとして一度は衰退していった。

だが、二〇世紀末から二一世紀に掛けての脳科学の進展によって、脳に対する外科的技術の関与が再び期待されるようになった。脳へのチップの移植実験にテックベンチャーが多くの投資を集め、ラットから猿、猿から人間、たくさんの頭蓋《ずがい》が開かれた。

それが何を意味するのか。人間は技術進歩とともに侵してはならないと定めた禁忌《タブー》の領域を後退させてきた。自由に操作・制御可能な領域を拡大させる欲望に果てはない。

矯正杭もそのひとつだ。この社会は、過剰共感によって凶悪犯罪を続発させる〈テトラド〉という特殊な人間を矯正し、普通の人間と共存させることを目指してきた。

それがいつの間にか、いまだ人間が手にしたことのなかった過剰共感という特性のメカニズムを役に立つ技術として制御する手段の獲得が目指されるようになった。

百愛部亥良という二人目のテトラドが見つかり、その方向性が生まれた。

静真は、三歳のときにテトラドとしての特性を発現した。

朧《おぼろ》げな記憶。真っ白なバースデーケーキ。真っ赤な苺《いちご》。揺らめく蠟燭《ろうそく》の火。

この記憶は何を意味するのだろう。何があったのだろう。静真は記憶を忘却している。成長とともに脳が記憶を消し去ってしまったのか。それとも矯正杭が封じたのか。

刑務所火災の現場で、静真は大型の矯正杭を皆規によって差し込まれた。あのとき、炎に焼かれ、大量の煙を吸い込んだ静真は意識を失っていた。

事態鎮静・重度制圧用の大型矯正杭。あれは通常の矯正杭と異なり、過剰共感特性を抑制するだけでなく、より広範な脳の機能に影響を及ぼす。静真という人間を成り立たせている意識や記憶、そうしたものを書き換えてしまう。消し去ってしまう。

そうした機能を有するものだと皆規が言っていた。そう、彼はあの大型矯正杭の使用を拒んでいた。研究機関の方針転換に反対していた。

あの大型矯正杭は、百愛部亥良という過剰共感の〈出力〉に長《た》けたテトラドが見つかったことで開発されるようになった。そのとき、静真は〈入力〉に長けるテトラドであると定義されるようになった。

テトラドが二人揃ったとき、そこに差異が生まれた。異なる長所と短所の発見。能力の違いが、過剰共感特性は操作し制御できるのではないかという発想を生んだ。

百愛部のような凶悪な犯罪者は、その悪行を為した記憶や自我を持ち続けたいと欲するだろうか。それは百愛部自身にとって、社会にとって果たして有益なことだろうか。

消されたほうがいい。葬られたほうがいい悪というものがあるのではないか。

心身二元論を始めとして、肉体という器に注がれた魂。意識を肉体とは別のものと区別する発想を、長らく人間は抱き続けてきた。

脳を含む肉体を交換不能なハードウェアと見做し、意識を交換可能なソフトウェアと見做す。では、悪を為してしまった意識、悪に育ってしまった意識が、誰にとっても不要であるものを保存し続けることは、人間の幸福に繋がると言えるのか。

苦痛を強いる記憶。犠牲をもたらした自我。人間の悪は実体を持たない。しかし、実体なき魂なるものを消し去ろうとも、初期化され漂白された人間の実体としての肉体は残る。なら、それだけを残せばいいのではないか。

それは正義に適《かな》うかもしれない。しかし悪を消すために、善を手放す行為でもある。

皆規は、そのような主張をした。百愛部亥良に対する彼の態度は、周囲の研究者や刑務官たちからも、これだけは不可解だと首を傾げられることが多かった。

永代刑務官は際立って善良な人間だが、その優しさが度を過ぎる余り、百愛部亥良のような凶悪な死刑囚までも更生の対象にすべきだと思ってしまっているのではないか。

百愛部は確定死刑囚だ。他の罰を科された受刑者たちとは違う。死刑囚に待ち受けているのは、その死だ。社会に向けて扉が再び開かれることはない。死刑囚に開かれている扉の先には、絞首刑のための刑場が待ち受けているだけだ。

百愛部の研究が終わり、矯正が済み、普通の人間となったあかつきには、停止されていた死刑が執行される。皆規が望む人間としての配慮を百愛部に与えたとしても、その先に生が約束されることはない。恩赦はない。

そういうことではないのだ。静真のテトラドとしての特性は〈入力〉――「共感する」能力に長けている。その力は他人への過度な感情移入をもたらしてしまうことがある。しかし、だからこそ、静真は永代皆規という本当に善きひとの感情に、その精神に長く強く触れ続けた。

悪を消すために、善を手放してはならない――。

その想いが何を意味するのか、正確なところを静真は理解できなかった。炎のなかで永遠の別れを遂げるまで。静真は子供だった。本が読めなかった。何が書かれているのか、さっぱりわからないのだ。話をしている誰かの感情や秘めた心の裡《うち》を推し測ることはできる。間違うことはない。だが、本はわからなかった。文字が書いてある。文章が記されている。だが、その無限のような連なりの背後にある、書かれていないことで語られていることを理解することができなかった。

本が読めたのなら、皆規が守り続けてきた感情と思考を、自分の感情と言葉として我がこととして理解し、周囲の人々に伝えることができただろうか。

百愛部亥良のような死による罰がその先にあるしかないとしても、人間であることを止めさせない。正義に適うかもしれないが、悪を消すために、善を手放す行為を拒み続けること。

善と悪の違いは分かる。では、正義と善は何が違うのか。

悪を消すために善を手放す行為は、正義であるかもしれない。

しかし、その正義は善ではない。

言い換えれば、その正義は悪ではないのか。

答えはない。答えを知る皆規は死んでしまった。永遠にいなくなってしまった。

だとすれば探すしかない。自分だけで。誰かに共感し答えるのではなく。自分自身で。

「――聞いた通りです。百愛部亥良の矯正杭が抜かれました。過剰共感の伝播《でんぱ》による被害はよりいっそう拡大を余儀なくされる」

静真は前髪を掻《か》き上げ、白い額に生えた角のような矯正杭を覗《のぞ》かせる。

隣に立つ憐が、それを目にして身を震わせた。外気の寒さのためか。恐れのためか。

彼女は漚東警察署から支給された活動服を着ている。警察官だと言われたら疑うことなく信じられるほど違和感がない。昏睡《こんすい》から目覚めて間もない瞳《ひとみ》には強い力があった。

「百愛部が、大堤防を越えて人口密集地に侵入したらどうなりますか？」

「人口が増えるほど犯罪は増加する。犯罪統計の第一原則です。そして怒りを持たない人間はいない。永代さんを無力化しても、百愛部は怒りの感情を増幅させる相手を次々に見出《みいだ》してしまい終わりがない。止めるしかないです。ここでおれたちが」

「その、矯正杭を取り除く作業、私が担当しても大丈夫なんですか？」

「万が一、おれが手に負えなくなったときのために拘束はして貰《もら》いました」

待機する静真は異様な恰好《かっこう》をしていた。目隠しの布が両眼をきつく覆っている。身体の前で両手を手錠で拘束している。まるで荒れ狂う川に人身御供として捧《ささ》げられる生贄《いけにえ》のようだ。

そして事実、呪いを受ける器の役割を果たすことになる。

「私は、自分の身の安全については気にしてません。ただ、その杭《くい》はとてもデリケートなものなんですよね。あのひと……坎手警部補以外が触れてもいいのかと思いまして」

「……ああ、それなら大丈夫です。こう見えて頑丈なんですよ、意外と」

強いて軽口を叩《たた》いてみせた。矯正杭の取り扱いは属人化されておらず、誰が杭を取り外そうとも適切な器具が揃っていればミスを犯すことはない。それだけ制御可能な技術として調整が済んでいるが、静真は矯正杭を抜くか否か、自分の意志では選べない。

自らの特性を行使することの判断を、完全に周囲の他者に委《ゆだ》ねている。誰彼構わず好きに外せるわけではない。所定の手続きを踏まなければならない。今のところ、静真は自分が属する統計外暗数犯罪調整課が誤った判断を下すことはないと信じられている。

「矯正杭を抜いた後は、そのまま退避してくれて大丈夫ですから」

一般の人間は過剰共感による感情の伝播を免れない。静真はこれから百愛部亥良が撒《ま》き散らしている怒りの感情を一手に引き受けることになる。静真は〈入力〉に優れるが、かといって感情の伝播がまったくないわけではない。

近くにいる人間を無差別に巻き込んでしまう恐れがある。

「……そうもいきません。私はこのまま残ります」

「正暉が永代さんに対処している。逃走している百愛部は、必ずおれのところに来る」

「であれば、なおさら誰かがあなたに付き添うべきだ。百愛部亥良の接近を許したら、身動きが取れないあなたには抵抗するすべがない」

　憐が警棒を抜いた。拳銃《けんじゅう》の貸与こそないが、自己防衛の装備が貸し出されている。

「誰かがあなたを守らなければならない。過剰共感の呪いを引き受けるあなたの背後には、何万人もの普通のひとたちがいる。かれらを守る堤防が瓦解《がかい》しないように保守する人員が必要です。私があなたを守ります」

　敢然とした態度だ。その横顔に、静真は正暉と同じもの、皆規と同じものを見る。

「日戸さん、あなたにおれを委ねてもいいですか？」

　静真は技術を介し、人間と人間でないものの間で揺れている。杭が抜ける。天秤《てんびん》が人間でないものの側に傾く。そのとき均衡を保つために、自分でない誰かの共助がいる。

「……よしてください。あなたの護衛を口実にして、私は百愛部亥良を殺す機会を得ようとしているだけかもしれない」

「大丈夫。今のあなたには燃えるような怒りを感じない」

「負傷のせいかもしれません。頭を強く殴られたから。何か機能を失ったのかも」

「ううん」静真は首を横に振った。「目隠しをされているから余計に分かります。あなたの心は、前は手を翳《かざ》すと焼かれてしまうように熱かった。でも今は、この凍えそうな冷たさのなかで安心をくれる、荒野で焚《た》かれる火のような温かさを感じます」

静真は暗闇に閉ざされた視界で、憐のほうを過たずに向く。見えずとも感じられる。その存在が。今も彼女の心が燃えている。それは延焼した誰かの怒りではない。彼女だけの、日戸憐という人間の、傷つけられ奪われてもなお手放されなかった生の輝きだ。

「日戸さんは、善と悪って何だと思いますか？」

そんな彼女に尋ねたくなった。答えの出ない問い。自らで出さなければならない問い。だとしても、その答えに至るための誰かの辿《たど》った道を知りたかった。

「正義とは、善と悪のどちらなんでしょう？」

突拍子もない質問に憐が当惑するかと思ったが、そうではなかった。その質問は彼女にとっても長く答えの出ない問いとして格闘し続けてきたものだった。迸《ほとばし》る言葉を抑えるような小さな息遣いが聞こえた。やがて大きく息が吸われ、答えが発せられた。

「悪は多分、人間の普通の状態で、善は努力しなければ手に入らない。そして正義は、善にも悪にも属さない。それは状態ではなく行為を指すものだから」

そう答える彼女の顔は、どんなものだろう。力強くはない。かといって、力んでもいない。躊躇《ためら》われる言葉。眉根《まゆね》を詰め、口が歪《ゆが》み、本当にこれで正しいのかという自問自答を止められず、それでも、どうにか掘り出された言葉を、彼女は伝えてくれた。

正義は、状態ではなく行為を指す――。

その言葉の意味を心の奥に刻んだ。正義とは、用いられる道具のことだ。だから善にも悪にも、どちらにも属してしまうことがある。

天秤とともに剣を携える正義の女神《ユースティティア》の姿が頭に浮かんだ。裁きに従い剣が振るわれることは正義だ。だとすれば、その天秤で量られているのは罪と罰。

善と悪を問うているわけではない。善と悪は、その女神の心の裡《うち》で量られている。

「やっぱり、あなたは皆規のことをよく知っているひとだ」

だから、いかなる罪人であっても、心を失わせてはならないのだ。

正義は行為であるから身体に属する。善と悪は状態であるから心に属する。

善と悪の状態を持たなければ、それは本当に道具になってしまう。善にも用いられるが、悪にも用いられてしまう。そのような悲しい存在を生み出してはならなかった。

「他人に強いることなかれ。たとえそれが善きへ繋《つな》がるにせよ、悪しきへ繋がるにせよ」

「何ですか、それ？」

「昔、本当にとても小さかったとき、会ってすぐの頃に皆規に言われたんです。『何をしたらいいですか？』っていうのが、おれの昔の口癖で。でも、何かをすることを自分で考えることから始めよう。皆規はそう言った。いつか、この施設を出てたくさんの人たちと一緒に暮らすようになったとき、どう生きたいのかを最初に考えようって」

静真の口元が、僅《わず》かに綻《ほころ》んだ。思い出される大切な存在との過去が心に安心をもたらしてくれていた。

「あのひとは、きっと、そういうことが言えるひとだったと思います」

憐が頷《うなず》く声が聞こえた。その微《かす》かな笑みを静真は想像した。同じようなことを、皆規はきっと小さな頃の憐にも言ったのだろうと思った。

「お願いします。皆規がおれの命を守る盾になってくれた。だから、おれは誰かの命を守る壁の役割を果たします」

憐が頷く気配がした。目に見えぬその表情を想像するまでもなかった。

「――侵襲型矯正外骨格・矯正杭の拘束を解除します」

憐が告げた。その手に正暉が握る鉄鎚《てっつい》と似た形状の矯正杭着脱機が握られている。

その先端が静真の額に近づけられる。極小の操作アームが伸びる。先端部ドライバーが回転し額に埋め込まれた接合部のネジを緩める。拘束解除の第一段階が済む。釘抜《くぎぬ》きの形をした着脱機の爪が、静真の頭蓋《ずがい》を貫く矯正杭を引っ掛ける。杭が抜けていく。

痛みはない。かわりに意識のある一点に底知れない深く昏《くら》い穴が空く感覚が生じる。

矯正杭が、その穴を埋めていた。周囲から他人から、容赦なく流れ込んでくる感情の洪水を堰《せ》き止めていた防壁が失われる。

その感情は赤黒く輝いていた。人体が流す血ではなく、地面から吹き上げられる溶岩のように、触れるだけで感情が燃やし尽くされ、煮え滾《たぎ》る怒りに呑《の》み込まれてしまう。

だが、その源にあるのは、よく知る人間の感情だった。

家族を奪われた人間の怒りだった。悲しみだった。その無念の赫怒《かくど》は失われてよいものではなかった。認められるべきものだった。ただ、それが制御されることなく増幅されていた。怒りの熱量だけが高められ、その発端にある悲しみが放っておかれていた。

過剰共感存在《テトラド》は特定の感情を増幅する。伝播する。百愛部亥良は怒りの火を媒介してしまう。なら、悲しみを水に変えて、感情の均衡を取り戻さなければならなかった。

目隠しをつけた静真の両眼から涙が流れた。止めることができなくなった。

「……大丈夫ですか？」

心配して憐が近づいてくるのを感じた。

「大丈夫じゃ……ないです。すぐにおれの足を手錠で拘束してください。輸送車両のなかに押し込んで鍵《かぎ》を掛けて」

「でも」

「早く！」

静真は鋭く言った。すでに全身の痙攣《けいれん》が始まっていた。熱い。抑えきれない感情に身体が揺さぶられている。肌を打つ雨の一粒一粒が火の粉のように感じられた。憐が素早く静真の両足首を手錠で拘束する。大型輸送車両の車内に運び込まれる。肌を焼く火の粉が遠のく。だが、代わりに身体の裡《うち》から炎が噴き出し、全身を焼き尽くしていく。

自分が灼熱《しゃくねつ》を撒き散らす火種と化したようだった。この怒りは伝播された感情だ。自分のものではない。けれど、大切な誰かの感情。怒りに呑まれるな。悲しみに呑まれるな。怒りの火を癒《いや》す悲しみの水になれ。

両手両足を拘束された静真の矮軀《わいく》が寝かされた車両の床のうえでのたうち回る。設置された座席に幾度も激突する。銃弾で撃たれた傷が強く痛む。全身に打撲の痕《あと》が刻まれていく。痛い。熱い。悲しい。冷たい。獣のように静真は叫ぶ。だとしても、まだ生きている。扉を閉じた大型輸送車両のすぐ傍で、自分の様子を確認し続けている憐の存在を感じ取る。皆規がいた。正暉がいた。憐がいた。

そうだ。自分は善きひとが傍にいてくれるなら、怪物ではなく、ほんの少しだけ人間に近づける。

過剰共感の範囲が拡がっていく。やがてぶつかり合う二つの人間の存在を知覚する。炎と水が、怒りと理性が、感情を燃やし、感情を消し、永代と正暉が殺し合っている。

そしてかれらから遠のくように、溶岩溜《だ》まりのようなぐらぐらと煮え立つおぞましい輝きを放つ感情の持ち主が静真のもとへと迫っていた。

百愛部亥良が来る。

だから、静真はここで自らの対峙《たいじ》すべき悪を待ち受ける。

8

正暉は間合いを詰める。至近距離での格闘を維持し続ける。

永代は左手に特殊警棒を構えながら、右手に拳銃《けんじゅう》を手にしている。距離を取るべきだろうか。逆だ。間合いが離れれば正暉には対抗のすべがなくなる。

正暉の装備は鉄鎚と杭。どちらも極至近距離でなければ威力を発揮できない。永代は射撃の名手でもある。正暉の急所を狙える余裕を与えてしまえば正確に撃ち抜かれる。残弾数は二発。一発目で動きを封じられる。そこにとどめの二発目が来る。

防弾ベストを着用しても、全身をカバーすることはできない。致命傷を防ぐために胴体を守ることはできる。だが腕や脚は剝《む》き出しのままだ。

かえって距離を詰めたほうが、銃口の向く先を制限できる。胴体を撃たれる分には防弾ベストで減衰してなお激烈な衝撃が突き刺さるが、致命傷をどうにか避けられる。

永代も正暉の策を読んでいる。だから特殊警棒を振るうのではなく、その先端を使った突きを繰り出してくる。伸縮式警棒の細身の造りとは裏腹に、硬質な先端部で刺突されるとかなりの威力になる。永代は制圧のための装備の使い方を熟知している。

正暉が銃撃を警戒し距離を詰めすぎると、すかさずカウンターで特殊警棒の先端を突き出してくる。正暉が撃たれた腹部の傷を正確に狙ってくる。そこは塞《ふさ》がれてはいるものの、正暉の肉体にとっての急所となる。正暉も庇《かば》わざるを得ない。

鉄鎚が迎撃に用いられる。その隙を永代は逃さない。すかさず拳銃の銃口が正暉の顔面を向く。撃ってくる。そう思わせ、正暉の姿勢を崩すことを狙ったフェイントだ。

撃ってこない。正暉は銃口の黒々とした空洞の奥を視《み》通せるような至近距離で、むしろ、いっそう距離を詰めた。額が銃口に接するほどに。ここで不用意に距離を取れば、それこそ意識が逸《そ》れた身体各部の急所いずれかを即座に撃たれる。そして次の一撃で確実に頭を撃ち抜かれている。正暉ならそうする。正暉が考えることは永代も実践する。

残弾数は二発しかない。不用意に撃てない。一発ずつに明確な役割がある。正暉が逆の立場であってもそうする。もし外したとき、残り一発しかないプレッシャーはいざというときの判断を鈍らせる。けっして外すまいと気負うほど銃弾は当たらなくなる。

拳銃が弾丸切れになれば、永代の戦力は大幅に減衰する。近接装備に限れば正暉の鉄鎚と杭が組み合わされれば、特殊警棒だけを相手にするなら一気に押し切れる。

だからこそ、永代は絶対的な威力を有する拳銃を温存する。だが、いつでも使いどころが来れば即座に使う素振りを見せてくる。

銃口に激突せんばかりに距離を詰めてくる正暉に、永代が拳銃を手にした右手を引いた。左半身の構えになり、今度は特殊警棒を鞭《むち》のような俊敏な動作で振るい、正暉の顎《がっ》骨《こつ》を打撃しようとする。

正暉はこれを右手に握る矯正杭で受け止める。しかし打撃力が強い。負傷で握力の弱っている右手から矯正杭が弾《はじ》かれる。右手が痺《しび》れる。そこに永代が警棒を手の内で回転させ、柄頭の部分で、正暉の右手の甲を打突してくる。骨が砕かれたような激痛が奔《はし》った。正暉はあえて苦痛を寄こしてくる拳《こぶし》を握りしめたまま堪《こら》えた。これで拳を開いてしまったら、次はまた拳を握り込めるかもわからない。

二本の指だけを僅かに開き、腰の作業ベストに吊《つ》るしてある次の杭を挟んで抜き取った。そのまま腕を振り上げる動作を利用し、杭を宙に放った。

永代は目晦《くら》ましのための囮《おとり》だと考える。この機に生じた正暉との距離を、自らさらにもう一歩後退することによって開き、確実な銃撃のための間合いを手にしようとする。

だが、正暉が鉄鎚を振るう速度はそれより速い。正暉は眼を瞑《つぶ》ったまま、正確無比に空間を把握する。自ら宙に放った杭の頭を正確に打撃する。

その瞬間、閉じられた扉を破壊する強行突入《ブリーチング》のため炸裂杭《さくれつボルト》に仕込まれた炸薬が点火する。杭が粉々に弾け飛ぶ凄《すさ》まじい爆裂が生じた。

銃撃と聞き間違えるような耳を聾《ろう》する轟音《ごうおん》が響き、生じる炸裂の閃光《せんこう》が、精密射撃を遂行するため、その眼を開いていた永代の視界を直撃する。

閃光手榴弾《しゅりゅうだん》ほどの威力は発揮できないが、それでも僅かの間、永代の視界を奪うことができる。時間にして一秒余でしかない。だが、それだけの隙があれば、正暉は相手を無慈悲に打撃できる。情け容赦なく制圧することができる。

正暉は鉄鎚を振るい前傾姿勢になった上半身を、その圧倒的な筋力によって即座に引き戻す。仰《の》け反《ぞ》るような勢いだ。その勢いを利用して左手首を捻《ひね》り、俊敏な鞭を振るうが如き鉄鎚の裏打ちで、永代が拳銃を構える右手を狙う。

永代も気配で正暉の狙いを察しているが、特殊警棒の迎撃が間に合わない。鉄鎚の先端が拳銃を握る右手の指を砕き割らんと肉薄する。

その瞬間、轟音が鳴った。永代がＭ３６０Ｊのトリガーを引き、貴重な一発を撃っていた。銃撃の反動で永代の右手が跳ねた。あえて力を緩めていた。当然、狙いは逸れて正暉に当たらない。しかし代わりに鉄鎚《てっつい》の打撃も永代の右手を捉《とら》え損なった。空振り。

正暉は横に、永代は縦に、どちらも体勢を大きく崩している。

だが、炸裂杭を放って右手に何も持たない正暉と違い、永代は左手に警棒を握っている。背後に向かって仰け反る永代が特殊警棒の切っ先を、鉄鎚を振りぬいたことでがら空きになった正暉の喉笛《のどぶえ》に突き込んでくる。

避《よ》け切れない。

正暉は瞠目《どうもく》する他なかった。自分の読みが外れることがあることが信じられなかった。違う。読まれたのではない。永代が窮地に瀕《ひん》して発揮した反射的な対応力が勝ったのだ。首に銛《もり》を撃たれたような激しい衝撃。正暉は辛うじて首を丸めることで、特殊警棒の刺突が喉《のど》の骨を砕くことを避けたが、喉に負ったダメージは大きい。

血の混じった泡が口から噴き出る。呼吸ができない。歯を食い縛り、足を一歩、後ろにやることで背中から倒れるのを防いだ。

しかし、その一歩分だけ後ろに退いていた。

その間合いは、致命的な距離を彼我にもたらす。

「坎手、これで終わりだ」

永代の声が聞こえた。すでに視界が回復されている。あらゆる感情を消し去ったかのような無表情。それこそが殺人を実行する暴力装置と化した人間の顔だった。

Ｍ３６０Ｊはダブルアクションだ。一発を撃てば、すぐに二発目が撃てる。

照準は、正暉の額に向けられている。

一瞬、正暉の前に立つ永代の姿が巨大な熊のごとき威容へと変貌《へんぼう》して見えた。錯覚だ。

過去の追想。明確な死の訪れを理解し、正暉の脳が死に瀕した幼い頃の情景を映し出す。

正暉は穿《うが》たれた傷痕《きずあと》の残る額を指先で触れ、一定のリズムで刻む癖がある。

どうしてそんなことをするようになったのか。お前は正しいリズムが刻めないのかと父親に叱責《しっせき》されたからだ。幼い正暉は実父の指導で音楽をなぜか習わされた。ピアノを弾かされたが上手《うま》く指が動かない。ピアノの鍵盤《けんばん》は、幼い頃、小さかった正暉の手には大き過ぎた。鍵盤から鍵盤への運指が届かない。それに正暉には悪い癖があった。両手を交差して音の連続を表現すれば効率的なのに、いつも片手だけでむりやり音を繋《つな》ごうとしてしまう。その場は乗り切れる。だが、その後に手数が足りなくなるから、正しいリズムが維持できなくなる。

お前は俺と違って正しい人間になるんだ。きちんとしたことを身につけろ。暴力の塊のような父親に罵《ののし》られた。正暉を何度も殴りつけたその拳は開かれると、信じられないほど美しい旋律を表現した。正暉は父親を心の底から恐れていた。だが、その手から生み出される美しさのゆえに、このひとの心の底には愛があるのだと信じて疑わなかった。

そして父親は、あるとき仕事の現場で指を切断する事故に遭った。縫合が済んで損失は免れたが、その指先はのたくる芋虫のように醜い動きをするしかなかった。その日の夜のことだ。父親が正暉を散々に殴り続けたすえに、手にした仕事道具のなかから鉄鎚を抜き取り、その硬質なヘッドを正暉の頭に振り下ろした。ガンガンガン、と打ち下ろされる鉄鎚の打撃は、正暉に想像を絶する苦痛と恐怖をもたらした。だが、その一定のリズムは正暉の知る、父親が奏でる一片の美しい旋律と同じものだった。

終止符を打つように最後の打撃が、正暉のまだ薄さの残る子供の頭蓋《ずがい》を打ち砕いた。

脳組織の一部を滅茶苦茶《めちゃくちゃ》にした。美しいと感じた旋律の美しさを感じられなくなった。

父が生み出し与えるもの。それはただの暴力だった。命を脅かす悪意だと知った。

我が子を殺したと思った父親が鉄鎚を放り捨てて、正暉を抱き起こそうとした。正暉は床に転がる鉄鎚を密《ひそ》かに握り、思いきり振り上げた。生き延びるために殺害した。

そして今、殺した分だけの報いが、正暉に返ってくるときが来た。

「よかった。あなたが殺す相手が、俺のような殺人者であって──」

思わず、頬が緩んだ。嬉《うれ》しいのか？　そうではない。だが、安堵《あんど》が心の裡《うち》に拡がっている。

永代が放つ最後の一発が自分を殺すなら、それで弾丸切れになる。永代から殺人の手段がすべて消えるわけではない。だとしても、銃を無力化するのは大きな成果だ。

自分程度の命を犠牲にすることで、誰かが死ぬ可能性を大きく減衰させることができる。十分とはいえない。だが、けっして無意味な死ではない。

「ふざけるな！」

だが、これまでにない怒声が響いた。必殺の間合い、必中の機会、あらゆる殺人の条件を得て拳銃《けんじゅう》を構えた永代が、その引き金を引くことなく、吠《ほ》えていた。

「何がおかしい。殺される間際にどうして笑ってる……お前も俺を憐《あわ》れむのか！」

嘲弄《ちょうろう》の意図はない。どう説明すればいい。自分は永代に殺されたがっているのか？

いや――そうではない。そんなことはない。殺されたいなどとは一度も思ったことはない。殺されて構わないのなら、死んでも別に平気なら、どうして俺はあのとき鉄鎚をその手に握ったのか。眼前で顔を涙でくしゃくしゃにしながら息子を殺してしまったことに狼狽《ろうばい》する父親の顔面に鉄鎚を叩《たた》きつけたのか。顔面が潰《つぶ》れ、骨という骨が砕かれ、赤い肉と黒い血と、灰色の脳の残骸《ざんがい》が一緒くたに混じった汚泥に向かって、いつまでも延々と鉄鎚を振るい続けたのか。死にたくない。殺されたくない。生き残りたい。必死だった。自分が生き残るためには、自分を殺そうとした父親を殺《あや》めるしかなかった。

生きるために殺してしまったこと。その罪は罰せられなければならないと思った。人を殺した。人に殺されても文句はいえない。それでも死ぬために生きているわけではなかった。殺してしまったから、死なせてしまったから、死なせないために生きている。自分が生きている限り、死なせない。殺させてはならない。

「憐れむことが……、できたなら」

他者を憐れむことは人間の基礎的な情動のひとつとされる。人間が群れを超え、社会を作り上げるために欠かすことのできない力。他者の情動をわがものとして想像し、連帯し、共感する能力。それを正暉は失った。欠損した。

機能の点において、正暉は永代に憐憫《れんびん》の情を抱けない。その怒りと悲しみに共感することができない。

「だが、あなたを、憐れむべきと思ったこともない」

だとしても、理解に努めることはできる。自分とすべての他者の間に聳《そび》える壁は空より高く、正暉を、人類が持ちえる当然の能力を持つことがない孤独な存在として永遠に隔て続ける。だが、その分厚く破ることのできない壁の向こうに誰かがいることを正暉は想像できる。怒りに身を焼かれる者。悲しみに押し流される者。喜びを抱ける者。愛を為《な》せる者。

それが人間だ。悪を為してしまっても、善であろうと苦闘を続けられる存在だ。

「俺は、あなたをとても人間らしいと思う」

皆規に静真を託された。燃え盛る炎の只中《ただなか》で。自らの命が終わりゆくことよりも、誰かの命を繋ぐことだけを願い、行動した。正暉の知る最も善である人間の行いを見た。

そのようにして命を終えた人間の死を、これほどまでに悲しみ、その死をもたらした相手に対して怒りを抱ける永代正闓という人間を、正暉は人間そのものだと思う。

「あなたの怒りは正しい」

正暉は永代の復讐《ふくしゅう》を肯定する。報復を正しいと認めざるを得ない。

「ですが、殺させない」

「なぜだ！」

「静真です」

託された存在の名を口にした。彼が人間となっていく道を示せと言われた。出来るはずがないと思った。自分は人間とかけ離れた怪物なのだから。

だとしても、正暉と静真は共助者《パートナー》だった。互いを補うことによって、ともに社会で自らが生きるための理解と手段を得ることを目指してきた。

「あいつはもっと人間を知っていかなければならない」

まだ矯正杭という枷《かせ》を嵌《は》められなければ、人間の社会で生きることが許されない。だが、いつか、その枷を解かれるときが来るだろう。過剰共感の特性を完全に制御できるようになるかもしれないし、あるいは人間の側が特異な存在に適応するかもしれない。

「俺たちは、人間と共生することを欲する。俺たちは、あなたのような人間のいる社会で生きていきたいと心から願う」

人類は、ただそれだけでは定義が広すぎる。人間の社会。それはどこだ。社会のどこに人間がいる。人間を知る。もっと多く、もっと深く、もっと近しく。

「静真か」

永代は拳銃を構えた手から力を抜くことはない。

だが、会話の猶予は取り戻されている。矯正杭の解放によって、静真の力が百愛部の感情の伝播《でんぱ》に拮抗《きっこう》しつつある。しかし、それだけではない。永代自身に発されることを求める言葉がある。怒りには悲しみが伴う。不均衡に強められた激烈な感情に、静謐《せいひつ》な感情が均衡を取り戻していく。

「あいつは、お前が自分の命に換えても守りたいと、生かしたいと願う存在か」

「はい」

即答した。考えるまでもなかった。

「……皆規が、俺にとってそうだった。出来るなら、代わりに俺が死んでやりたかった」

「ですが、生きています。あなたは」

「苦しいんだ。まだ俺だけが生きていることが」

「だとしても、生きて下さい」

「何のために？」

「あなたが死を欲する者のためではなく、あなたが生きることを欲するひとたちのために」

その人間の数がどれほどに上るのか、正暉には想像もつかない。この場所に至るために力を尽くした人々の数が、永代正閏という警察官の、人間としての善を認めていた。

かれらは永代の怒りを知る。その悲しみが癒《いや》されることを望む。

その彷徨《さまよ》う魂が、孤独な末路を辿《たど》らぬことを欲する。

「なら、お前が生きろ。俺は怒りに灼《や》かれ過ぎた」

永代がふいに右手に構えた拳銃の銃口を自らに向けた。正暉は身を起こし彼に飛びつこうとする。制止の言葉を発する暇もなかった。

銃声が響く。

血飛沫《ちしぶき》が真っ赤な火の粉のように飛び散る。

倒れ伏す永代と正暉の傍に、内藤が立っている。

永代に覆い被《かぶ》さっていた正暉が体を起こす。獲物を貪《むさぼ》っていた熊が、のっそりと身を持ち上げるかのようだった。

「……殺したんですか」

内藤を見るその眼は、ひどく静かだ。

悲しみを感じることはない。そのはずだ。だとすれば、この感覚は何だ。孤独とよく似た感覚。だが、そのまだ儚《はかな》く曖昧《あいまい》な感情に正暉は明確な名前を与えることができない。

「……死んではいません。直前で銃弾は逸《そ》れた」

正暉は掌《てのひら》に大穴の空いた右手を眺める。自らの頭部を撃とうとした永代の拳銃の銃口に、正暉は咄嗟《とっさ》に手を被せた。比較的、威力の弱いM360Jの銃弾であっても、肉一枚で銃撃を完全に防ぐことはできない。

放たれた銃弾は正暉の右手を突き破り、永代のこめかみから額にかけての肉を大きく抉《えぐ》った。獣の爪で引き裂かれたような深い傷痕が残った。だが、弾丸は頭蓋骨《ずがいこつ》を削るに留《とど》まり、脳を吹き飛ばすまでには至らなかった。

その直後、正暉は大穴が空き、血の噴き出すおのれの右手で永代の頭部を摑んだ。二人の血が混じり滑った。正暉は永代の足を払って地面に組み敷いた。全身の力で圧《の》し掛かり、その自由を封じた。

鉄鎚《てっつい》を握った左手で矯正杭を作業ベルトから抜き放ち、穿《うが》たれた右手の銃創を矯正杭を打ち込むガイドに用い、鉄鎚を振るった。矯正杭が永代の頭蓋《ずがい》を侵徹し、過剰共感によって暴走状態にある共感神経系の領域に達し、その暴走状態を鎮めた。

永代は今、全身麻酔に近い虚脱状態にある。矯正杭が侵襲した脳に対して作用を働かせ、その制御が根付くまでの間、対象の活動を抑制する電気信号が発せられている。それが永代を強制的な眠りに就かせている。

身じろぎひとつせず、額から夥《おびただ》しい量の血を流して地に伏す永代の姿は、死体とほとんど変わるところがない。そこで、再度の銃声を聞いた内藤が駆けつけてきた。

「子供は……」

「土師水は呉刑事が保護しています。すでにこの場を離れ、近隣の救急病院へ向かった」

内藤は答えながら、永代の手に握られたままの拳銃を慎重に抜き取った。すでに弾丸は切れていたが、内藤は用心するようにバレルをスイングしてすべての薬莢《やっきょう》を取り除いて空にした。撃鉄横のネジを専用の器具で締め、けっして撃てないように措置を施した。

「永代さんは、自殺を試みたんですか……」

内藤が尋ねた。彼女は銃声を聞いている。しかし決定的な瞬間は目撃していない。その真実を知るのは正暉だけだ。正暉は永代の額を奔《はし》る生々しい銃創を見やる。おのれの右手に空いた大穴を見る。

あの瞬間、永代が拳銃《けんじゅう》を自らに向けていた。その引き金を引いた。百愛部の過剰共感の伝播によって拡散される怒りを止めるには、その源と化した自分自身を排除するしかないと判断したのかもしれない。生きろと望んだ正暉の言葉を拒否し、自らの死を望んで引き金を引いたのかもしれない。その心の裡《うち》を、正暉は把握することができない。

「永代さんは死ぬつもりはなかったように思います。義務からの行動を遂行しようとしていた。自分と彼は揉《も》み合いになりました。二発目は誤射のような偶発的な事態です。銃拳銃を奪い取ろうとして自分は右手を撃たれ、その射線上にあった永代さんの頭部に銃弾が接触した。幸いにも弾丸は逸れました。互いに重傷を負っていますが、命に別状はない。自分は職務に則《のっと》り、矯正杭による制圧を実行しました」

正暉は顔色一つ変えずに、そう報告した。真実をありのままに伝えてはいない。しかし嘘を口にしてもいない。正暉は永代が生きることを諦《あきら》めようとしていたとは思えなかった。苦痛を手放すために、銃口をおのれに向けたとは思わなかった。

「永代警部補は、最後まで逃亡死刑囚の百愛部亥良を逮捕し、その罪を裁くことを望んでいました」

「……その殺害ではなく？」

「ええ」

「確かですか？」

「確かです」

正暉を見る内藤の眼は、目隠しをされた正義の女神がその覆いを外したとき、きっと見せるであろう怜悧《れいり》でいかなる虚偽にも欺かれることのない透徹した眼差《まなざ》しをしていた。

　嘘が通じる相手ではない。しかし正暉もまたおのれの抱く感情をいかなる他者にも悟らせることはない。そして正暉は自分が偽りを述べたとは少しも思っていなかった。

「……了解です」内藤が目を伏せ、頷《うなず》いた。「永代警部補をすぐに救急搬送します」

「頼みます。永代さんに埋め込んだ矯正杭は、テトラドの特性に感染した一般人に使用される緊急対処用のものです。テトラドに使われるものより脳への負荷は少ない。時間は掛かりますが、いずれ回復します。……彼が生を望む意志を手放さなければ」

　正暉はそう答えながら、すぐに歩き出している。

「どこへ？」

「百愛部を追います。今、奴の〈出力〉と静真の〈入力〉が拮抗している。だが、この凪《なぎ》のような状態は長く続かない。百愛部は静真を必ず狙う。静真が殺されれば、また別の誰かの感情を種火に変え、激しい怒りの伝播を起こす。怒りと暴力を振りまき続ける」

「永代警部補がそうなったように、ですか？」

「おそらく、もっとたくさんの人間たちがそうなる。だから百愛部を川の向こうの土地に出すわけにはいかない。日戸さんにも連絡を。彼女も退避させて下さい」

「あなたは……大丈夫なんですか」

　前髪を掻《か》き上げ額の傷痕《きずあと》を見せる。

「お伝えした通りです。自分は普通の人間ではない。俺は人間とテトラドの間に立ち、怒りと憎悪に対する堤防の機能を務める。それが社会が俺に与えてくれた役割です」

9

冷たい雨で満たされた夜気を払うような、熱い風が吹いた気がした。

それは一瞬に過ぎなかったが、憐にとってどこかで触れたことのある感覚だった。

激しい怒りの感情が全身を奔り、そして水に流れるように過ぎ去っていった。

何かが終わった。

そういう確信が過《よ》ぎった。

だが、すべてが終わったわけではなかった。

ドカンッと背後で大きな物音がした。大型輸送車両が猛獣を閉じ込めた鋼鉄の檻《おり》のように激しく揺れている。内部で静真がのたうち回っている。壮絶な苦痛とともに。

眼で見えることはない。だが想像に難くない。あの矮軀《わいく》を車内のあちこちにぶつけるほどに激しく身悶《みもだ》える。そのような外的な苦痛を帯びなければ、身体の裡から噴き出してくる焦熱のような激しい苦痛に耐えることができないのだ。

憐は冷静な思考を維持できている。怒りに呑《の》まれ、視界を狭め、目にした相手を敵と見做《みな》して襲い掛かるようなことにはならない。過剰共感の出力に入力が拮抗《きっこう》している。

それが一種の安定状態を作り出している。しかし、それは恒久的なものではない。

また再び、大型輸送車両のなかで激しい物音がした。かと思うと、それっきり、シンと静かになった。地を洗う激しい雨音とすべてを押し流すような増水した川の流れる音が、ひどく大きく聞こえた。自然の猛威がもたらす轟《ごう》音《おん》が響き渡るなかで、人間の発する音だけが皆無だった。

夜はまだ明けない。広域避難指示によって周囲に住人は誰もいない。普段なら、夜明けが近づくにつれて始まっていくはずの人びとの生活の気配がどこにも感じられない。

寒く。冷たく。静かだ。

生き延びるためにどこかを逃れ、誰かを切り捨て、それを繰り返して孤独になった犯罪者が最後に辿《たど》り着くのは、こうした昏《くら》い果ての世界なのかもしれなかった。

ここは、自分が迷い込んでしまっていたかもしれない場所だ。

父が殺された。冤罪《えんざい》が晴らされた。帰る家は失われると告げられた。あの夜、百愛部亥良と土師一家の連続放火犯たちに火をつけられることがなかったとしたら、憐は自らの手で、家に火を放っていたかもしれなかった。

あのときに感じた怒りと喪失感。何もかもから見捨てられた孤独の感覚は、再び眼を覚ました今でも忘れることがない。

『フランケンシュタイン』、『悪について』、『怒りについて』——父親が残していった本と携えていた本が思い出された。すべてを灰に変えてしまおうという絶望の感覚。

あれはどこまでが自分のものであり、どこからが悪意ある存在から伝播《でんぱ》された感情だったのだろうか。あのおぞましい感覚を、怪物のような連中から無理やり感染させられたのだと言い切れたら楽だった。全部の罪を押しつけてしまえるなら悩むことなどない。

だが、誰かを殺したいほど憎むこと、すべてを燃やし尽くして灰にしてしまう火をつけたいという衝動に駆られること。その悪というほかない感情や感覚を、憐はすべて自分の裡から生じたものだと認める。

増幅されたものかもしれない。歪《ゆが》められたものかもしれない。だとしても、火種のないところに火は熾《おこ》らない。この身を焦がすほどに燃え盛った怒りの炎は、それでも始まりは間違いなく、自分が生み出したものでもあるのだ。

燃え盛る廃墟《はいきょ》火災の現場で、目の前で焼かれる父のことを見捨てた。目の前でおぞましく殺されていく人間の死を目の当たりにして、恐怖から背を向けた。もしかすると助けられたかもしれない。だが、そうすることで一緒に焼け死んでいたかもしれない。

普通、人間はそうするのだろうか。わからない。自分はできなかった。逃げた。生き延びた。冷たい地面に突っ伏して、みっともなく生きていることに安堵《あんど》した。耳にしたはずの焼かれていく父親の絶叫をなかったものとして葬ろうとさえした。

自分は、どれほど弱く卑小な人間なのだろう。募った嫌悪感が自分ごとすべてを燃やす火を求めそうになった。すべてをなかったことにして楽になろうとしさえした。

だが、真におぞましい犯罪者たちによって殺されかけたとき、生きることに苦しむ自分が、それでも死んで楽になりたいとは思っていなかったことに気づいた。

ずっと自分は死に惹《ひ》かれていた。生に無関心で、生を愛さなかった。全面的な破壊を恐れず欲してさえいた。自分は羊ではなく狼なのだと思っていた。

だが、自分は狼でもなければ羊でもなかった。人間だった。死に瀕《ひん》したとき、生きることを欲した。生きることに執着した。人間でもなく羊でもなく、かといって狼でもない。もっと根源的な部分で悪そのものである死に魅入られた者たちに襲われたとき、そのことに気づいた。

生きる。その欲求を誰も捨てることなどできなかった。

生き延びる。その手段の追求を誰も止めることなどできはしない。

だが、生きるために、他人の死に頓着《とんちゃく》せず、いかなる犠牲を強いることも仕方がないと背を向けるような存在に成り果てれば、それは生きながら死に囚《とら》われることになる。死に囚われているから逃げられない。死から逃げているつもりで生から遠ざかっている。結局は自分で自分を殺している。生き延びて、逃げ続けて、死に達してしまう。

百愛部亥良を、自分のような普通の人間とは異なる怪物だと切って捨てることはできない。程度の違いこそあれ、その被害の規模に差があろうとも、誰しもが、あのような怪物を心に宿している。

それは弱く浅はかで同情を誘い、憐《あわ》れまれる弱さのことだ。悪のことだ。

憐。自分の名について考える。憐れまれる。蔑《さげす》まれる。情けを掛けられる。何てひどい名をつけられたのだと昔は思った。父を逮捕した警察官が、その子供の名づけを頼まれ贈った名として、これほど残酷なものがあるのだろうか、と。

だが、おそらくはきっと、悪を憐れむことの感情そのものが、人間が最も悪に近づいてしまう弱さであるとともに、その善が生み出されていく源なのだ。

善くあれと願われた。その願いに相応《ふさわ》しい生き方を自分が出来ているのか、定かではない。出来てはいないと思う。だから、こんなに冷たく、暗く、静かな夜に立っている。

だとしても、今ここに立つ自分は、何かから逃げようとはしていなかった。

その背後に守るべき相手がいた。その命を背負っていた。

自分は弱い。自分は悪だ。自分は善とは程遠い。正義に適《かな》う生き方もしてこなかった。だとしても、死に魅入られることはなくなった。ここで死ぬつもりもない。誰かを死なせるつもりもない。ましてや、誰かを殺すことさえも——。

「退避、してください」

大型輸送車両の扉が開かれ、半死半生となった静真が外に転がり出てきた。あちこちが血まみれだった。負傷を負っていない箇所などどこにもない。

「感じる。奴が来る。正暉がもうすぐ駆けつけます。日戸さんはここを離れて」

「……離れないと言いました」

「でも」

「あなたは今、自分がどれだけボロボロになっているか、わかりませんか？」

憐は静真を抱き起こした。顔を覆う目隠しはすでにたっぷりと血を吸って赤黒くなっていた。これだけ傷つけられた人間を前にして、何もせずに背を向けて去るような真似ができるはずがなかった。

「死にそうです、今のあなた」

その傷は、自分たちの誰かが負うか、誰かに負わせていた傷だった。流された血は静真が引き受けた無数の苦痛の代償だった。

憐は静真の血を吸い尽くした覆いを取った。降る雨で顔にこびりついた血の跡を拭《ぬぐ》った。永代皆規が死ぬ間際、彼は、この少年のどのような顔を見たのだろう。何を最後に見て、この世界から去っていったのだろう。

「……皆規は、扉の外を見ていました」

ふいに静真が言った。すべてが焼かれ最後に残った灰のような明るい色をした双眸《そうぼう》が、憐の顔をまじまじと見ていた。

「扉？」

「矯正から更生へ。司法システムの第六段階の到達です。犯罪のない社会へ開かれた扉を開き、そこに君は行くんだよって教えてくれるみたいだった」

扉だ。自分もそれを開けられずにいた。開けられることはないと思っていた。だからすべてを諦《あきら》めて燃やしてしまおうとさえ思い詰めた。

「隔てられていても繋《つな》がっている。おれたちの世界は、そんなふうにできている」

静真が言った。優しい笑みを浮かべていた。それは彼の傍に長くいた人間から伝播したものだと思った。静真のその笑い方を、憐もまた小さい頃からよく知っていた。

あのひとはもういない。

あのひとを殺した犯罪者がやってくる。

「日戸さん、おれの手錠を」

静真が両手を掲げた。

「でも、あなたはその負傷で……」

「お願いします。あいつだけは、おれが立ち向かわなくちゃいけない」

10

雨のなかを鬼火のように、激しく燃え上がる火を纏《まと》った一台の車が道路を真っすぐに突き進んできた。逃走を企てた百愛部が奪った車だ。車体外装に燃料を撒《ま》いているのか、車全体が火だるまになっている。煌々《こうこう》と輝いている。

ブレーキを踏む気配はない。バリケードのように橋の袂《たもと》で道を塞《ふさ》いでいる大型輸送車両に向かって突っ込んでくる。静真は憐とともに退避した。

百愛部の車は十分に加速していたが、輸送車両の重量を完全には撥《は》ねのけることはできなかった。道の中ほどまで巨大な車体が位置をずらしたが、ボンネット部を大きくひしゃげさせた百愛部の車は衝突の勢いを殺し切れずに挙動を乱した。橋に入ってすぐの位置で車道と歩道を隔てるガードレールに突っ込んだ。

白煙を上げ、車はそのまま動かなくなる。

そして燃える鉄の墓標のような車両から、百愛部が這《は》い出てきた。

静真は、その男の姿を見た。

唖然《あぜん》となった。

東京拘置所にいた頃に垣間見《かいまみ》た、少年の面影を残すようなところはすでになく、泥と血に塗《まみ》れ、どこかの民家から調達してきたらしいボロボロの服を纏った身体は痩《や》せ細り、中途半端に刈られた髪が歪《いびつ》な鱗《うろこ》のように全身を覆って不気味だった。背丈は大人のそれなのに、帰る家を失った迷子のように不安げで、周囲のあらゆるものに対してびくびくしていた。恐怖を露《あら》わにしていた。

その恐怖が段々と殺意へと置き換えられていく。そのまま逃げ延びようとした百愛部が、ふいに振り返った。静真の存在を認めた。

向かってくる。こちらを殺す気だ。もうひとりのテトラドを自らの手で殺《あや》め、さらなる罪を重ねることが、百愛部に何の益になるのかわからない。自分を殺し、たったひとりのテトラドになったところで、道具として生き延びられても、人間として生きられるわけではない。

生き延びるために殺すことが有益であることはない。

死へと向かうだけの有害で、有毒で、不利益しかもたらさない過ちでしかない行為。

怒りより、悲しみを覚えた。何もかもが間違ってしまっている。致命的に認識がずれている。そして誰も間違っていると教えてやらなかった。教えたとしても耳を傾けなかった。理解することすらしなかった。

だが、おれもまた、そうであったのかもしれない——。

あり得たかもしれない最悪の可能性。何が静真と百愛部の辿《たど》る道を分かったのか。

「お願いします。助けて下さい。僕にはどうしようもないんです」

子供のように甲高く掠《かす》れた声で、百愛部亥良が言った。本当に、それが自らが犯す過ちに対するすべての赦《ゆる》しをもたらすかのように。

こいつは自分であったかもしれない。だとしても、許すことはできない。自分の異常性にとっくに気づいていたくせに無視してきた。

誰も傷つけない道を選べるほど、自由のある境遇ではなかったかもしれない。だとしても、生み出す犠牲を最小限に留《とど》めるための努力が出来たはずだった。最初の殺し。最初の放火。そこで自分が繋がりを持つ相手の危険性を察する。やがて、自分は危うい側に惹《ひ》かれやすいのではないかと自覚する。おぞましい怪物のような人間たちに助けを求めることが、当座の危機を免れるために楽であるとしても、それを選ばないようにしなければ、結局また誰かを死なせ、火によって焼いてしまうことになる。

誰かを傷つけてしまった人間には、その後に取れる選択肢がある。これ以上、誰も傷つけることのないように努めること。また再び傷つけてしまうこと。どちらも選ぶことができたはずだ。そしていつも、選ぶべきでないほうの道を選び続けた。

そして支配と隷従、殺人と暴力を基準とする世界に踏み入った。

そういう世界は、滅多に踏み入ることがないように生者の世界と隔てられている。その昏《くら》い世界の住人たちも領域を侵さないよう弁《わきま》えている。誰かを殺すことで成り立つ世界は、その規模が増大すれば、自らも殺される危険が高まるからだ。

だというのに、犯罪を犯す人びとは、自分のやっていることがどれほど危険であるかも分からないまま、踏み込むべきでない世界に不用意に侵入する。周囲の人間を死と暴力の世界へ巻き込んでいく。

誰かを殺しても許される世界は、誰かに殺されることも許している。そこは生き延びたい人間が逃げ着く先ではない。結局は生でなく死だけを望むようになる。自分以外のあらゆる他者を。そして最後には自分すらも葬り去ることになる。

幾多の犠牲を経て、生き延びようとした百愛部は今、最も死に近い際に達している。

「お前を、助けようとしたひとがいたはずだ」

それはきっと皆規だけではない。その前にもその後にも、たくさんの人間がこの男に憐《あわれ》みを抱き、救いの手を差し伸べようとしただろう。

「でも、お前はそれを何ひとつ選ぶことをしなかった。ただ他人の命を貪《むさぼ》ってきた。奪ってきた。殺してきた。死なせてきた。はっきり言う。お前が悪だ。おれはお前に殺されたりなんかしない。お前はもう誰も殺せはしない」

静真は額に穿《うが》たれた穴を見せつけた。望むなら全身の傷を見せつけてやってもいい。静真は皆規によって火の只中《ただなか》で庇《かば》われた。それでも露わにすることを憚《はばか》られる無数の焼け焦げた傷痕《きずあと》が全身に刻まれている。自分が、お前が、犯した罪のあかしだ。

なぜ、この男が怒りとともに火をもたらすのか。その答えに気づく。

殺した死体が残ることがないからだ。何も残らず灰になってしまえば、負わせた傷のことを思い出さずに済む。失われた命を顧みなくて済む。自分が生きるために誰かを犠牲にしたのだという醜悪な事実を覚えていなくていいからだ。

「……お前だって、僕を殺したかったはずだ。僕がいなければお前は殺されることがないんだから」

「だから、おれを刺したのか。皆規がお前の心を殺させないために抜いた矯正杭で」

「皆規さんは、僕を助けてくれた。僕を選んだ！　お前じゃない！」

百愛部が拒絶の叫びをあげた。どっと感情が吹き荒れた。

互いに矯正杭が抜かれている。百愛部と接触し、穿たれた心の防壁の穴から、百愛部の怒りの感情が流れ込んでくるほどに、静真の記憶もまた呼び覚まされていく。

心を怒りの火が満たす。火がもたらす熱傷、その鋭い痛みの感覚が静真の脳によって再現され、神経を伝い、全身に行き渡っていく。周囲を紅蓮《ぐれん》の炎が覆っている。

――すでに、東京拘置所に火の手が回り始めている。

静真の前に百愛部が立っている。ぽっかりと底知れない穴の開いた額。その頭蓋《ずがい》を貫く漆黒の穴と同じくらい、その眼は昏く光を宿していない。感情を排したまったくの無表情だ。あのときはわからなかった。それが殺人を犯すと決めた人間の顔であることを。

静真は見た。感じ取った。容赦なく心を侵してくる悪意を。怒りと殺意を。

火事だ。みんなと避難しないと。皆規は。センセイは――。

一緒に逃げようと歩み寄ってきた静真に百愛部は、手にした大型矯正杭を棍棒《こんぼう》のようにして振るった。大ぶりでフォームも滅茶苦茶《めちゃくちゃ》だった。しかし、明確な殺意に初めて接した静真は、その攻撃に反応すらできない。頭を殴られる。昏倒《こんとう》する。

百愛部が膝《ひざ》を突く。先端に返り血を帯びた大型矯正杭を逆手に持ち、その鋭い先端部を静真の細い脚に、思いっきり突き立てた。だが、苦痛の到来はまだ遠かった。埋め込まれた矯正杭が作用していたのかもしれない。静真は理解できなかった。百愛部の振るう暴力の意味が、その理由がわからなかった。

あまりにも強い恐怖のゆえに何も反応できなかった。それに百愛部がますます怒りを露わにした。両手で静真の矯正杭を握る。引き千切るように乱暴に抜く。

お前だって、これで僕と同じだ。

百愛部が言った。途端に激痛が静真の全身を貫いた。周囲で燃え盛る炎がすべて槍《やり》と化し、静真をあらゆる角度から刺し貫いたかのような、壮絶な、いまだかつて感じたことのない焦熱と化した悪意というべき感情の奔流が容赦なく静真を襲った。

その心がまだしも生き延びるため意識を消し飛ばした。テトラドの発揮する機能を止めるすべは失われた。

火は瞬く間に、東京拘置所にいる千を超す受刑者に伝播《でんぱ》する。その怒りは百愛部と静真というふたりの過剰共感存在によって再び増幅され、また拡散される。そしてまた増幅。拡散。際限なく被害は拡大していく。

怒りがなおも流れ込んでくる。百愛部の記憶だ。殺人の情動が、あの場で意識を失した静真が知り得るはずのなかった光景までも見せつけてくる。

火が奔《はし》る。百愛部は逃げる。逃げ延びた先で、再び皆規に遭遇する。

皆規は矯正研究に協力する模範囚と避難を共にしていた。そのなかに寡黙な大男がいた。名前は知らない。神野象人。後にその名を百愛部は知る。だが興味はなかった。他人などどうでもよかった。

皆規だ。永代皆規。彼が切り捨てられるはずだった自分を救ってくれた。生かしてくれた。彼に自分が選ばれないといけないのだ。静真《あいつ》ではなく、百愛部《じぶん》が。

だが、皆規は逃げ帰ってきた百愛部を見て、これまで見たことのない顔をした。

……亥良。静真はどこにいるんだ。教えてくれ。

ばれている。気づかれている。見抜かれている。自分が生き延びるためにもうひとりのテトラドを犠牲にしようとしていることが。

そのとき、思ってしまった。恐ろしい考えが生まれてしまった。

このひとを生かしておいたら、ここを生き延びても、犯した罪をいつか暴かれる。

全身ががくがくと震えた。かつてない怒りに頭が狂いそうだった。静真は助からない。そうなるために業火の渦中に捨ててきた。そうすれば、このひとは自分だけを選ぶ。

そう思ったのに、

君は、彼と一緒に避難しろ。

でも。

静真は、僕が助けに行く。

皆規が炎のなかに駆けて行った。止めなかった。静真はもう死んだと嘘を吐いて彼を死地に向かわせないことだって出来た。

だが、しなかった。

「――だって、永代皆規は僕じゃない、お前を選んだから」

だったら、一緒に死ねばいい。死んでしまえ。

炎が去った。火が消えた。全身にぞっと寒気が奔った。

おぞましい。

他にどんな表現も思いつかなかった。

過剰共感によって呑《の》み込まれる一方だった百愛部の感情を、怒りを、静真はいっとき感じなくなった。何ひとつ自分と同じ人間だとは思えなかった。共感しようのない人間がこの世界には存在するのだという理解が、静真におのれの思考を取り戻させた。

理性が回復する。世界は再び、秩序だった冷徹さで静真の周囲に形づくられる。

「お前が、皆規を殺した」

真実を告げた。誤解の余地は何ひとつなかった。

「殺してやる！」

百愛部が恐ろしい絶叫を上げて激昂《げっこう》した。静真は自分を庇おうと前に出ようとした憐を突き飛ばした。自分に怒りの矛先が向けられる。百愛部は火の点《つ》いた細い鋼材を手にしている。先に燃料を沁《し》みさせた布が巻かれており、松明《たいまつ》のようになっている。滅茶苦茶に振り回される凶器を静真はどうにか避《よ》けた。その腕を掴《つか》み、取り押さえようとした。だが、百愛部の力は痩身の見た目に反して想像以上だった。死に物狂いで襲ってくる暴力には躊躇《ちゅうちょ》がない。殺してしまうかもしれないという恐れがない。冷酷なのではない。その想像にさえ至らない。

「お前が死ね。そうすれば、僕は生かして貰《もら》える」

「おれたちは……生きるか死ぬかを人間に委《ゆだ》ねた道具じゃない。同じ人間だ」

あらゆる道具は殺傷の機能を有する。はるか古代の人類にとって生きる糧たる獲物を狩るための道具は無論、獲物を奪い合って争う他の人類を殺害する凶器にもなった。

だから人間は、発達するほどに危険さを増す道具を使う人間自身を制御するすべを求め続けてきた。法や道徳、倫理という言葉《プロトコル》。しかし言語による間接的な制御——個々の脳に任せた学習には限界がある。機械を制御するように、人間を機械的に制御する。

脳がそのかなめとなる。愛と憎しみを両立させ、怒りと冷静さを同居させる脳。

過剰共感存在《テトラド》は、人類という種としての群れの特性と人間の脳が持つ優れているが危険でもある機能——共感神経系における際立って危険な不具合が存在することを示す特徴的な例だ。これを制御することが可能となれば、人間はまたひとつ危険を制御するとともに、その優れた機能を高めることが可能になる。

しかし、それはまだ制御できていない。そして完全に制御できるかどうかもわからない。なぜなら、古来最も人間が使い続けてきた火という道具でさえも、容易にその制御を離れて暴走させてしまう。凶悪な人間の手に渡った火がもたらす犠牲は計り知れない。

「おれは、おれ自身を制御する。おれが、ともに生きたいひとたちのために」

度を越した暴力は、ただそれだけで凶器に匹敵する。鋼材が静真の腕を弾《はじ》いた。額を掠《かす》った。燃え盛る炎が皮膚を灼《や》いた。その熱と苦痛が、静真に制御しがたい殺意を帯びた感情を呼び起こす。

怒りに呑まれた反撃。静真は小柄な体軀《たいく》を利用し、低姿勢から百愛部の膝を狙った。全体重を乗せた体当たりで百愛部の膝を強《したた》かに打った。関節ごと骨が砕けるような一撃に百愛部がたまらず姿勢を崩した。隙が生じる。静真は咄嗟《とっさ》に両手で百愛部の握る鋼材を奪い取った。

そのまま逆手に構え、先端部を百愛部の顔面に突き刺そうとする。右目が潰《つぶ》されている。なら、左目だ。そのまま脳に達するほどの傷を負わせれば命を奪うことができる。この悪を消し去ることができる。殺すべきだ。それは正義の果たすべき義務だ。

「……やっぱりだ、お前も僕と同じ、怪物《テトラド》だ」

抵抗するすべを失った百愛部の声が聞こえた。正義が悪を裁き罰するものであるならば、それゆえに悪であり正義であることは成立する。

だから正義であるだけでは、悪に抗しても悪と訣別《けつべつ》できない。正義と善はよく似ている。ある部分においては重なり共有されるが、善と悪がそうであるように、正義と善もまた異なる。そして人間は悪になりやすく、正義を手に取りやすく、しかし善にはなりにくい。ここに水と油と剣がある。剣は水に濡《ぬ》れる。油は剣を覆う。しかし水と油は混じらない。だが、剣によって流される血は水と油が混じることによって出来ている。

——殺してしまう。

この殺意が自分のものか分からない。百愛部から伝播されたものかもわからない。あるいは殺意すらなく、より機械的な理性がもたらす義務の遂行かもしれない。

だが、身体はもう殺害のための動作を実行してしまっている。止められない。止まらない。止めるべきなのに止められない。終わる。人間の命が。善への望みが。

しかし、静真の鋼材の打突が阻まれた。突如として暴風のような分厚い質量を持った何者かが割って入ってきた。

正暉だ。

フランケンシュタインの怪物のような大男。その丸太のような腕から繰り出される鉄《てっ》鎚《つい》の一撃が鋼材を叩《たた》き折った。大きくひしゃげて静真の手から取り落とされた。

その途端、静真の視界から百愛部の存在が遮られ、怒りの発散が和らげられた。それと同時に誰かの手が、背後から静真の手に重ねられた。

「あなたは怪物じゃない」憐が静真の手を摑んでいた。「そいつはもう誰も殺せない。だから、あなたが殺す必要なんかない。奴は裁きを受ける」

憐が言った。

その通りになった。

11

正暉がノーモーションで鉄鎖を振るうと、百愛部が枯れ枝のように吹き飛んだ。

動物はあまりにも格の違う上位の獣と出会うと一目散に逃げ出す。それと同じだ。百愛部が逃げていく。橋の先に繫《つな》がる暗闇へと逃げ込もうとする。

だが、正暉は百愛部を逃がさない。腰の作業ベルトから炸薬杭《さくやくボルト》を数本纏《まと》めて取り出した。それを順番に宙に放り、打撃し撃ち出した。百愛部を狙ったのではない。その逃げ延びる先で炎上している車を狙った。

炸薬杭が車体に衝突し爆裂した。激しい爆風が生じ、すぐ傍を走り抜けようとしていた百愛部に直撃した。百愛部の身体は対向車線のガードレールまで吹き飛ばされる。激しく叩きつけられる。そこに増水した川の激流が襲い掛かってきた。為《な》すすべもなく押し流された百愛部の眼前に、巨軀《きょく》の正暉が次なる杭を手にして立っている。

「……あ」

「終わりだ。百愛部亥良。もう逃げられない」

「僕を殺すんですか」

「俺にこの場で殺されて、すぐに楽になれるほど、お前の罪は軽くない」

正暉は重度制圧用の大型矯正杭を取り出す。それは通常の矯正杭と異なり、鉄鎚を振るうことなく対象の脳内まで侵徹される。これが単に過剰共感の特性を抑制するのみならず、記憶や意識にまで影響を及ぼすものであることを、課長の坤から伝えられている。

これを使えば、百愛部亥良を構成する人格の一部が消えることになる。その影響範囲がどれほどまで及ぶのか計り知れない。

「……よかった」

だというのに、百愛部は殺されないと知って、力の抜けた笑みを浮かべていた。人格が消える。記憶が消える。自らをかたちづくる意識、その一部が消し去られる。それでも生き延びられるならそれでいい。どこまでも動機が変わらない。そもそも動機すらあるのか疑わしい。

生きるという状態を維持するために、何を犠牲にするとしても頓着《とんちゃく》しない。

それはもはや人間と呼べるのか。正暉は自分が人間未満の欠陥品であるという自覚がある。だが、この百愛部亥良というテトラドは、その欠落したものの底が知れなかった。

底など元からないのかもしれなかった。だからこそ、怒りと悪に呑まれた者たちが、この無尽蔵の過剰共感の器におぞましい感情を注ぎ続けた。

「さっき、静真が言った。『お前が悪だ』と。俺は共感するすべを持たない。だが、心からそうだと理解できる。百愛部亥良、お前は悪だ。お前を逮捕する」

「…………」

百愛部は何を言われているのか分からないというふうにきょとんとした。それが人間に飼われてきた怪物の末路だった。

「よく見ておけ。今、ここで目にしている光景が、お前が最期に見る世界の姿だ」

「え？」

正暉は大型矯正杭を放り、代わりに二本の矯正杭を取り出した。恐ろしい速度と手際で百愛部の両目に、その杭を一本ずつ鉄鎚を振るって打ち下ろした。眼球を貫き、眼底を突破し視神経を引き裂くと、そこから機構が展開し百愛部の脳機能を掌握した。

そして、その場に倒れて動かなくなった百愛部の額に拾い直した大型矯正杭を宛《あて》がった。その先端が接合部と繋がり、そして頭蓋《ずがい》を貫く穴の奥にまで達した。カチッと器具が嚙《か》み合う感触が返ってきた。

百愛部亥良は額から巨大な角のような杭を、両目から二本の杭を生やした異形の怪物のような姿で地に横たわる。死んでいない。殺していない。しかし、限りなく死に近い状態まで生物としての活動が停止する。

後は統計外暗数犯罪調整課の回収部隊に任せる。その場から動かしてやることもしない。冷たい雨の降り続く道路に放置したままだ。

その身体を摑み、道の端へと動かしてやろうとする人影があった。

「静真」

正暉の呼びかけには、少なからず非難の色が混じっている。

「不用意に……」

「触れたくないよ。でも、このまま捨てるように置いていったら、おれたちもこいつと同じようになる。——おれ、こいつを殺すところだった」

「俺はそうは思わない。お前は誰かを殺したりしない」

「正暉がいたからだよ。ありがとう」

静真が俯《うつむ》きながら笑った。泣いているのだと気づいた。

「……わかった」

正暉は百愛部の腕を摑むと、橋の袂《たもと》まで引き摺《ず》って戻し、車の衝突によって傾いた位置で停止したままの大型輸送車両の内部に百愛部の身柄を押し込んだ。

扉を閉めると、憐が近づいてきた。

「……百愛部亥良は裁かれるんですか」

「裁判という意味では、すでに確定死刑囚として刑が確定している。それ以上の重い罪を科そうにも刑罰がない。だとしても、こいつはこれから死んだほうがマシだと心の底から思うような、そういう扱いを受けることになる」

「殺したほうが、楽だったんじゃないですか？」

「それでも、百愛部亥良という怪物に関わった人間たちが、その楽ではない道を選び続けてきた。俺は、そいつらの選択を尊重したい」

そこには死者も含まれる。正しいがゆえに困難である道を選んだ人間が、必ずしも報われることなく、むしろ犠牲にさえなった。その理不尽さを正暉は悲しいと思う。

「……悲しくなること、あるんですね」

「あるさ。誰かの悲しさに共感できないとしても、悲しいという感情が理解できないわけじゃない」

そして正暉は路上に立ち尽くす静真のもとに向かった。

川に隔てられ、橋に繋がれた対岸の土地を見つめていた。

静真もまた、百愛部がそうであるように、ここではないどこかに逃げ延びたいと思うのだろうか。杭は抜かれている。今、その過剰な共感特性はどのような人間の感情を受け取っているのだろう。

矯正杭をまた打つ。静真は制御される。封じてよいのだろうか。程度の差こそあれ、静真に課される対処は、とてつもない罪を犯した百愛部亥良と変わるところがない。しかし、静真が何か罪を犯したわけではない。同じ特質を持っていたというだけだ。

「静真。矯正杭を打つ。いいな？」

正暉は静真の額に矯正杭を宛がう。

「正暉？」

すると、静真の大きな眸《ひとみ》が、正暉の顔をまじまじと見た。

「どうした？」

「正暉の感情が、伝わってくるよ」

「……そんなはずはない。俺は共感性を欠損している」

「だとしたら、それでも少しだけ残っていた共感の回路が発する正暉の感情を、今のおれなら感じることができるのかもしれない」

脳は失われた機能を補っていく。欠損した共感神経系も何らかのかたちで回復が為されていくのかもしれない。だが、その心の成り立ちは、回路が異なれば、通常の人間とはまた異なるものになるだろう。

「それは、冷たいか？」

「ううん。前にも言ったでしょ。正暉は自分が思っているよりよっぽど心配性で優しいって」

静真はゆっくりと、大きな笑みを浮かべた。癒《いや》されたように全身を弛緩《しかん》させた。

「あたたかい感情が流れ込んでくる。夜なのにお日様が昇ってくるみたいだ」

「……そんなことはない」

正暉は首を小さく横に振った。正しいかどうかは別として、悪い気はしなかった。

「正暉、これで終わったのかな？」

「ああ、終わった」

正暉は鉄鎚《てっつい》を振るう。矯正杭が静真の額に穿《うが》たれた穴を埋める。

人体と機械を繋ぐ、澄んだ金属の音がした。

事件が終わる。

正暉と静真は、憐と共に橋を渡って対岸へと歩んでいく。多くの人間が暮らし、死ではなく生を欲する社会に。多数の普通の人々と、自らが共生していくすべを求め続けながら。ともに昏《くら》き道を歩み、灯《あか》りをともしていく務《つと》めを果たしてゆくために。

終章

〝人間の条件〟は一つであり、……「私はあなたである」、つまり自分と他人は同じ人間存在の要素を持っている

『悪について』
エーリッヒ・フロム／渡会圭子《わたらいけいこ》訳

正暉の右手に空いた大穴は塞《ふさ》がれた。

医療機関で遺伝情報を採取し、培養された生体組織が埋め込まれた。その際に砕けた骨の一部も金属に交換した。培養された肉と周囲の肉が縫合されたが、同じ遺伝情報から生み出された組織であっても色は随分と異なる。だが、時間が経てばまったく同じとはならなくても、自然な差異として馴染《なじ》んでいくことだろう。

拳《こぶし》を閉じる。拳を開く。指の一本一本を動かしてみる。少なからず動作に引っかかりを覚える。骨折した右腕がきちんと癒合する前に激しい戦闘を行った。前腕の骨が幾らか歪《ゆが》んだまま固着してしまい、それに伴って筋肉や腱《けん》にも歪みが生じる。

無茶を重ねた結果だ。継《つ》ぎ接《は》ぎのような体に、またひとつ大きな傷痕《きずあと》が残った。

逆を言えば、これだけの損害で済んだとも言える。百愛部の過剰共感の伝播《でんぱ》がもたらした騒擾《そうじょう》は、傷害や失火の発生を数えればとてつもない。幸いにも死者は出なかったとしても。

濹東警察署に近い地域病院は、臨時の検査所の役割を担うことになった。過剰共感の伝播を疑われた人々の経過観察が行われたが、今のところ二次被害が発生する兆候は確認されていない。

百愛部の感情伝播を防ぐために大きな貢献を果たした静真は、矯正杭《ボルト》を解放したことで細部にわたる精密検査が必要となった。正暉とは別行動で、より高度な医療セクションに赴いている。再び行動の自由が得られるまでには一定の日数を要する。だが、負傷の面で言えば、正暉よりも軽傷で済んでいた。

正暉は病院を退院すると、そのまま土師町へ向かった。

坤課長から事件関係者に返還して欲しいものがあると、脇で抱えられるほどの小さな箱を渡された。箱のなかには陶器の壺《つぼ》が収められていた。装飾のない簡素な造りだ。

それは遺灰を収めた骨壺だった。骨は細かく砕かれ、白い砂のようになっている。

瀝東警察署で保管されていた、その遺体を改めて、正式に荼毘《だび》に付したものだ。

収められた骨は、神野象人の遺骨だ。

身元引受人となるのは、ゆいいつの血縁者となる実子ひとりのみ。

彼女が受け取ることも拒否することも可能だった。

正暉は、遺灰の受け取りについて、憐に連絡をした。受け取られず共同墓地に葬られる可能性も高い。彼女の実父であるとはいえ、神野は他人も同然だった。神野が過去に犯した過ちゆえに、日戸憐は多くの面で不利益を被り続けた。

血の繋《つな》がりが呪いとなることもある。正暉自身、そのことを身をもって知っている。

そして憐から返事があった。彼女は橋の袂《たもと》の交番で待っている、とだけ答えた。

日戸憐は交番の前に立っていた。正式に廃止が決まり、看板も外されている。

しかし施設は歴史遺構として残されることになった。その由来は昭和の初めまで遡《さかのぼ》るという。長い歴史を生き抜いてきた建物が役割を終える。誰にも知られずひっそりと。

憐の服装は、これまで目にしたものと比べ小ざっぱりしたものになっていた。色は黒を基調としているが品の良い仕立てだ。ズボンとシャツがよく似合っている。幾らかサイズが小さいのは、一時的に身を寄せている内藤署長の私物であるせいだと言われた。

「退院後、家も焼かれて帰るところもないと伝えたら、そういう流れになりまして」

永代の自宅マンションも現在は、証拠保全のために立ち入りが禁止されている。

内藤の自宅は墨東警察署から数分の距離にある、警察関係者が優先して入居できる高層マンションの一室で、他に同居人はいない。飼い犬が一頭。ほとんど仕事で帰宅できない飼い主に代わり、憐のほうが犬に懐かれてしまったという。

少し歩きたい、という憐に合わせ、正暉は骨壺を収めた箱を抱えたまま、彼女とともに来た道を戻り、浅草方面へ橋を渡っていった。

車道を走っていく車が背後で水を切り裂いていく音を聞いた。

正暉は足を止めて振り返り、土師町を見やった。

あの烈《はげ》しい雨から一週間が過ぎ、川の水位は平時に近づきつつあるが、海抜〇《ゼロ》mを割った浸水地帯へ流れ込んだ水は、まだすべてが取り除かれたわけではなかった。うっすらと靴底が水に埋まり、住人たちは底の厚い靴や長靴が移動には欠かせない。

よく晴れている。人が歩き、車が走り、巻き上げられる水飛沫《みずしぶき》が注ぐ陽光に刹那《せつな》の虹《にじ》色《いろ》を輝かせる。時折、小魚らしき魚影が水に浸ったアスファルトを横切ることもある。

沈みゆく町の未来を暗示するような光景だった。だが、同時にそれを美しいと感じている自分もいた。いつかは滅びゆく。だが、それは今この瞬間ではない。

この町で発生した、おぞましい連続放火殺人がもたらす昏《くら》い影に呑まれることを拒み、ここで暮らし、生きている住人たちの懸命な意志が、地面を覆う水面に輝く陽の光に宿っているような気がした。かれらの感情に共感するすべを持たなくとも、この町から火をもたらす怒りが退けられたことが想像できた。

「坎手警部補」

名を呼ばれた。突っ立っていた正暉を置いて、憐はすでに橋の中ほどまで達していた。

そこには川の景色を眺められる円形の空間がある。通行人がちょっとした休憩に用いる場所で、憐は橋の欄干に手を置いて、川の流れを見ていた。

その手に一冊の本があった。猛火のなかを潜り抜けてきたため、その本はあちこちに焦げ跡があり、水を浴びて収縮したようにかたちも歪《いびつ》になっている。

「――『悪について』」

正暉は、憐の手にある本の名を口にした。

「知ってるんですか？」

「昔、中学の頃に、父親の本棚にあったものを読んだ」

正暉の育ての父親は職業柄、実用書から哲学書、小説、図鑑、数学書など、広範に本をよく読んでいた。採集した昆虫で標本を作るように、彼は読んだ本を細かくラベリングし自宅の書架に収納していた。ちょっとした図書館のようになっていた。

正暉は過去の実父殺しの一件以来、戸籍を作り直し、新たな人生を歩むことになったが、共感神経系の欠損もある。空気というものを容易に察せない。

学校の生徒たちも教師も、正暉に対して積極的に関わろうとはしなかった。

「どうしてこれを？」

「ただ、悪について知りたかった」

周囲の人間たちは自分を遠ざける。なぜか。自分が悪であるからだ。

そう考え、正暉は書庫に籠《こ》もっているとき、『悪について』と書かれた背表紙の文庫本を見つけた。著者はエーリッヒ・フロム。『自由からの逃走』の書名は学校の授業で聞いたことがあった。知識としてはそのくらいだった。

「……同じようなものですね」

憐が小さく頷《うなず》いた。それから、少し読んでみますか、と本を差し出してきた。

正暉は本を受け取った。読んだのはもうかなり前のことになる。内容もあまり覚えていない。ただ、正暉の印象に残っていたのは、悪についての記述よりも、人間の善についての記述のほうだった。原題は『The Heart of Man: Its Genius for Good and Evil』であるように、必ずしも人間の悪についてのみ書かれた本ではなかった。

頁をめくる。記憶に残っていた記述を見つける。

「この本でフロムは『人が人間として生きられるのは、自分や子どもたちが次の年、そして何年後も生き続けているだろうと思える環境のなかでだけなのだ』と言っている」

それは司法が安全と想定する人間社会の状態について、自分と自分に親しい相手が誰かに傷つけられることを恐れることなく、明日もまた生きていると未来を信じられる社会である、と語っていることと基本的に同じだろう。警察は犯罪を捜査し、犯罪者を逮捕する。しかしそれだけが仕事ではない。警察の仕事は、人間が人間として生きられる環境を守り維持していくことなのだ、と正暉は思う。

この本を読んだ頃は、そこまで考えたことはなかった。それから長い時間が経ち、いくらか特殊な立ち位置ではあるが、警察機構に属する警察官としての職務を積んだ経験が、フロムが記した人間社会への分析について実感を伴う理解をもたらしたのだろう。

正暉は本を返し、そして憐を見た。

「誰しも人間として生きるために、自分と近しい誰かが明日も生きていると疑いなく信じられることが欠かせない。あなたの母親、皆規、神野象人、そして……永代さんのような人びとにとって、かれらが人間として生きるために、日戸憐、あなたの存在が必要だった」

正暉の言葉に、答えはなかった。

沈黙が肯定と否定のどちらを示すのか。必ずしも、答えがどちらかであることを尋ねる必要はなかった。人の心は、鏡のように一面の姿を映すだけとは限らないからだ。

憐は、受け取った箱の骨壺を開き、父の遺灰に触れた。

手に掬《すく》った遺灰の一部が吹く風に舞う。かつては命だった灰を手にしたまま拳《こぶし》を握った。橋の欄干の向こうに腕を伸ばして手を開くと、白い塵《ちり》が透明な空気のなかを流れ落ちていき、やがては川の流れに呑《の》まれていった。指先に残るわずかな白い遺灰も風に洗われ、消えてなくなった。残りは母のために、彼女の眠る墓に収めよう。

「このひとは橋を渡れなかった」

憐は呟《つぶや》いた。それは誰かに邪魔をされたからだろうか。それとも自分から出ていくことができなかったのだろうか。ただ、確かなことは、大多数の人間にとって橋は何不自由なく容易《たやす》く渡れるものだが、その橋を渡るという簡単なことすらできない人間もいるということだ。自分もそれができない側の人間だと思っていた。

仕事で橋の向こうの飲食店まで出勤するたび、自分はこの橋を渡ることまではできる。だが、本当の意味で橋の向こう側に行けることはないのだろう、と。

「これから先、どうするかは、あなたの自由だ」

だが、必ずしもそうではないと知った。土地から土地へと渡り、犯罪を追い続ける者たちがいる。ひとつの場所に留《とど》まり、悪に呑まれようとしながらも善であることを希《ねが》い続けたひともいた。

憐は橋に立ち、前と後ろをそれぞれ見た。

やがて心が定まった。

橋を渡る。

町を出る。

どこへ行こう。

「もう少し、遠くへ行ってみようと思います」

答えを口にした。

遠く、別の地へ。けれど、二度と帰ってこられないほど遠いどこかではなく。


瀝東警察署の署長執務室を、統計外暗数犯罪調整課課長の坤が訪れていた。

「以上で派遣は完了となります。短い間でしたが、うちの連中がお世話になりました」

正暉たちに拘束され、三本の矯正杭《ボルト》を打ち込まれた百愛部亥良は、統計外暗数犯罪調整課によって身柄を回収され、厳重な隔離が施された研究施設へ送られた。

過剰共感の特性を発揮することが叶《かな》わない、人員を排して機械管理された場所だ。

「この一件で助けられたのは、我々のほうです。ですが、テトラドの過剰共感に関するメカニズムを限定的とはいえ、警察機構全体に公表されることにしたのですね」

「そのようです。もっとも、私らよりもはるかに上の意思決定によるものですが」

「正直なところ、意外に思いました」

「テトラドに対処するセクションも一枚岩じゃない、ということです。我々も元は犯罪統計を乱す不可解な要素を取り除くために発足された。ですが、各部門が独立して事に当たっても、結局は成果争いで足の引っ張り合いになるだけです。全容が解明されておらず、制御のすべをまだ持たない課題については、出来る限り広範に情報が共有されたほうがいいというのが、うちの課のトップの考え方だ」

「正しい取り組みと考えます」

「今回の一件で法務省のお偉方も、秘中の秘としたままでは、いざというときの事態に対処が間に合わず、先の〈刑務所火災〉に匹敵する惨禍が再び引き起こされるかもしれない。そういう危惧《きぐ》が高まった……」

「〈刑務所火災〉といえば、永代皆規の犯行への関与は正式に否定された、と」

「ええ。そちらが情報を共有してくれたおかげです。調査の結果、東京拘置所におけるテトラドの特性研究と更生治療を行っていたセクションでは、あるとき資金調達のために民間企業との提携が図られた。そこで、テトラドを軍事転用することを目論《もくろ》んだ者たちがいたそうです。こうなると法務省だけではない、他の省庁も巻き込む事態に発展しかねない。そこで強引な意思決定を図った連中に処分が下ることになりました」

「……永代皆規は、百愛部亥良の矯正杭を抜いた」

「だが、その矯正杭自体が、本当はテトラドの兵器転用のための脳機能の置き換え装置《オーバーライド・ツール》だった。刑務官の職務は、受刑者の矯正支援を担うことだ。永代刑務官は職務をまっとうしたものと考えます。少なくとも、そういう判断が司法の場において下された」

その報告に、内藤が身体の緊張を僅《わず》かに緩める気配がした。

「……かつて『奇跡の十年』と呼ばれた時代がありました」

「ほう」

「二年前に刑務所火災が起きるまで、東京拘置所は十年間にわたって施設内トラブルが史上もっとも少なくなった安定期を迎えていたそうです。そちらの課に属するテトラドである静真さんが、東京拘置所にいたのもその時期ですね」

「ええ」

「彼は〈入力〉に、他者の感情への共感に優れる。そして、彼を担当していた施設の刑務官が永代皆規だった。だとしたら、他の刑務官の誰よりも多くの受刑者と接し、深く関わりを持ち、その更生と社会復帰を誰よりも信じてきた人間の感情が伝播《でんぱ》されることもあったのではないですか？」

「かもしれません」

「ですが、そうして築かれた受刑者たちの共感的秩序のネットワークは、今度は〈出力〉に長《た》けるテトラドを集団のなかに受け入れたことで、その性質を様変わりさせた」

「結果的に、百愛部亥良の悪意が伝染される素地が、そこで作られてしまっていたとしても、それは火災と暴動を引き起こすほど強く凶悪な怒りを増幅させた張本人こそが罪を問われ、その裁きを受けるべきことだ。平和に資して命を擲《なげう》った者たちが、その地を侵し悪を撒《ま》く者たちと同列に扱われることはありません」

「……私は、そのことをもっと早くに知っておくべきだった。無実を信じ続けたひとに、その感情に寄り添うべきだった」

「意思決定を下す立場に就いてしまった人間は、その時々で知り得る情報のなかから、最善の選択をしなければならない。そして、それが誤りだとわかったとき、正しいがより困難な道を選び直すしかない。私の実体験だが出世などするもんじゃありません」

「それでも、責任を負うことが、立場を与えられた人間の務めです」

「あなたみたいなひとが署長をやっているなら、かれらも安心して次の調査地へ向かえます」

坤が椅子から腰を浮かせ、見送るように内藤も席を立った。

光が差す窓から川の流れが見える。

「あの、他にもいるのですか、あのような……テトラドが」

内藤の眼差《まなざ》しは、警察署の玄関で待機している正暉と静真に向けられている。静真の前髪からは鬼の角のような突起が、生物的な器官を思わす形状の矯正杭が覗《のぞ》いている。

「いますよ。ですが、そのために私ら統計外暗数犯罪調整課がいる。人間ってのは、私らが思っているよりもっとずっと差異に富んでいる。そういう例外的な存在が脅威になるか、あるいは共生する伴侶《はんりょ》になるか……それは結局、私ら大多数の普通の人間たちの振る舞い次第です。お互い、正しく生きるように頑張りましょうよ」

「正しい……そうでしょうか」

「世間様からは汚職だ不正だ身内贔屓《びいき》の温床だなんだと言われてますが、それでも警察官はキツい仕事です。赤の他人のために命を張らなきゃいけない職務にあえて就こうとする人間は、基本的にまっとうですよ。正しいことをしようとする奴らだ。信じるに値する」


永代の処分は、懲戒免職のうえ医療刑務所へ収監されることに決定された。

正暉と静真は、八王子《はちおうじ》にある施設を訪れた。

病院衣を着せられていること以外、永代は以前と変わるところがないが、その表情には行動を共にしていた間よりも険が取れたようにも見える。

「テトラドである百愛部による共感神経系に対する、重度の侵食があったことは間違いない。心神喪失を主張することは十分に可能です」

「まるで弁護士みたいな話しぶりだな。……俺は、お前たちを撃った張本人なのに」

「正常な判断が可能な状態ではなかった」

「だとしても、俺は被疑者に過剰な暴力を振るった。お前たちを撃った。無関係の赤ん坊を攫《さら》い、挙句に拉《ら》致《ち》した被疑者を殺害しようとした。……何十年も懲役を受けて然《しか》るべき過ちを犯した。こうして実刑を免れていること自体が、許されるべきことじゃない」

「依願退職という譲歩を拒否したのも、それが理由ですか？」

「旧知の仲の同僚が罪を犯した。それを依願退職で片づけたら、それこそ隠蔽《いんぺい》以外の何ものでもなくなるだろう。濹東警察署の奴らはこの事件で最善を尽くした。皆規の無実は認められるべきものだった。だが、俺は違う。怒りと憎しみが別の誰かによって増幅されたものだとしても、俺は確かに、息子の仇《かたき》を殺そうとした。百愛部亥良をこの手で殺《あや》めることに躊躇《ちゅうちょ》はなかった」

「ですが、殺さなかった」

「お前たちが止めてくれたからだ」

「俺たちが止めるまで、あなたが殺害を実行しなかったからです」

何を言っても顔色一つ変えない正暉に、永代のほうが先に折れた。渋面になる。

「……この話は、ずっと平行線を辿《たど》りそうだな」

「望むなら、自分はどれだけ話をしても構いませんが」

「そうもいかないだろ。面会時間もある。それに」永代は正暉の背後に立つ静真を見やった。ここに来てからまだ一言も声を発していなかった。「今日は、やけに静かだな」

永代の呼びかけに、静真は息を整えた。

正暉を一瞥《いちべつ》し、それから永代の近くへ歩み寄った。

「ひとつだけ永代さんにお願いがあるんです」

「何だ？」

「俺に、永代の姓を名乗ることを許してもらえませんか」

想像もしていなかった頼み事をされたと言わんばかりに、永代が言葉を失い、ただ静真の顔を見返した。

「俺は犯罪者だぞ。それがお前……」

　永代が椅子に座ったまま、後ろに身を退こうとした。テーブルに置かれていたその手に、静真がそっと手を重ねた。

「あなたに守られ救われた。そんなひとたちが大勢います。おれは普通じゃない、テトラドだけど、皆規がそうであったように、過ちと向き合うことを選んだ人たちの傍に立つことを選んだ、あなたのような人間になっていきたい」

「よしたほうがいい。人生の最後に転んじまう」

「最後じゃないですよ。まだこれからだ。犯した罪は裁かれなければならない。だからこそ、犯した罪を悔いて更生を望むこともまた、誰にでも認められた権利だ」

「……永代さん、俺からもお願いします。静真には現状、公的な戸籍がありません。社会において存在がまだ認められていない。だが、現実に生きている人間を透明な存在のままにしておくべきではない。それに、誰にとっても帰る場所と相手が必要だ」

　正暉は実父を殺したとき、恐怖を感じなかった。しかし孤独を覚えた。自ら帰ってくる場所を破壊した。二度と帰っては来られない奈落《ならく》におのれを突き落とした。

　そう思っていた。

　だが、育ての義父のもとで自らの凶悪犯罪に陥りやすい傾向について学んだ。奈落の底から這《は》い上がり、再び地上の光を目にしたとき、また別の穴に落とされかけていた別の誰かを託された。矯正共助者。人間の社会で生きていくため、互いの欠損を互いの特性によって補いながら、更生していく道を進んできた。

そんな正暉でも静真に与えられないものもある。

正暉は、静真が自分以外の誰かとの繋《つな》がりを望んでいくことを、嬉《うれ》しいと思う。

「いいのか、俺がまた誰かのもとへ帰ることを望んでも……」

「おれが望んでいるんです」

永代が静真を見た。深く頭を下げた。重ねられた手を握り返す、その手が震えていた。

「犯した罪は必ず償う。どれだけ時間が掛かっても、いつか帰ってくる」

そして永代が口にした望みに、静真が頷《うなず》きの答えを返した。

「……待っています。皆規と一緒に」

＊

――東京拘置所に刑務官として勤める永代皆規は、あるとき奇妙な来訪者を出迎えた。

男の名は、坎手正暉。

東京拘置所へ新たに派遣されることになった教誨師《きょうかいし》だった。

矯正施設における教誨を担う仕事で、すべての受刑者が参加義務のある講話のほか、個別の受刑者に対して教誨も施すこともある。

ただ、受刑者の多国籍化によって各宗教から教誨師が派遣されるなか、この坎手という教誨師は専門が判然としないところがあった。

どの宗教に対してもオーソドックスな知識を備え、適切な受け答えができるが、明確な信仰を持ち合わせているわけでもない。

施設としては、ルールの異なる各宗教から派遣を調整する手間が省けるため、管理の面では大いに助かったが、その巨軀《きょく》と寡黙さゆえに受刑者のみならず、刑務官ら施設職員からも、何か異様な存在と見做されるところがあった。

赦《ゆる》しというより裁きを下す恐ろしい存在——そのように陰で呼ばれるようになった。

そして皆規に、教誨師である坎手正暉とコミュニケーションをとる役目が振られた。

何か厄介事があると皆規は対応を任せられがちだった。

優しさも度が過ぎるとつけこまれると、同僚や、刑事をしている父親からやんわりと警告されることがあったが、どんなことであれ、求められ、叶《かな》えられることであれば断る理由もなかった。

それに、皆規は、この坎手正暉という人物に少なからず興味があった。

その眸《ひとみ》に宿る悲しみの光が気になった。その悲しみを湛《たた》えた眼をした人間を、刑務官である皆規はよく見知っていた。

他ならぬ、受刑者たちの眼差しそのものだからだ。

どうしようもない怒りや憎しみが人間を犯罪者にしてしまう。だが、犯した罪に対して裁判の後に然《しか》るべき刑罰を科された受刑者たちは、自らに過ちを犯させた感情から遠く、悲しみの底で感情を閉ざしていく。

この教誨師も同じ眼をしていた。

あるとき、そのことについて尋ねた。答えを引き出そうとしたわけではなかった。悲しみは孤独へとひとを導く。孤立は再びの犯罪を招くこともある。誰かが傍にいることを知らせるだけでもいい。

皆規の問いに、正暉は長く口を閉ざした。最初は何も答えようとしなかった。だが、そうして接する時間がくり返され、やがて彼の教誨師としての赴任期間が終わる時が来た。その頃には彼の正体が、施設の内務監査を行うために、警察庁から秘密裏に派遣されてきた人間であることが、明言されずとも察せられつつあった。

その秘密ゆえに不審なところがあったのだと周囲の声が上がるなか、皆規だけはそうではないような気がすると思っていた。

あの悲しみの眼は、秘密を抱えて嘘を吐くこととの苦悩から生じるものではなかった。

そして最後の日のことだった。

坎手正暉は拘置所内の図書室にいた。彼はよく本を読むひとで、皆規は受刑者が求める内容にあった本について相談することもあった。窓越しに陽が射していた。正暉は光のなかに埋もれる影になりながら、皆規を見て告げた。

「俺は昔、ここにいた」

正暉はその分厚い手を自らの額にやり、指先でコツコツと頭を一定のリズムで叩《たた》いた。

彼が前髪をそっと除《の》けると、額に残された古い傷痕《きずあと》が陽の下に露《あら》わになった。

そして言った。

その昏い眼差しは殺人者の眼をしていた。

「ひとを殺した人間は、どうするべきだ？」

それは幾度となく口にされ、いつも確かな答えの見つからない問いでもあった。

裁きを受ける。報いを受ける。罰を受ける。更生のための努力をしろ。社会復帰のためにまっとうな人間になれ。言葉にすれば容易《たやす》い。だが、容易い言葉は、安易な暴力と同じくらいに人間の心を傷つける。

罪を犯し、裁かれ、受刑者となった人間は、普通ではない人間として扱われる。普通ではないことをしたのだから当然だ。しかし、かれらが人間として生きてくための機会を未来永劫《みらいえいごう》に奪うことがあってはならなかった。

更生とは長く困難な帰還への旅路だ。犯した罪は償わなければならないし、誰かの生命を奪ったのなら相応《ふさわ》しい重い刑罰は科されなければならない。世界が公正であって欲しいと願う信念は、ひとが規範《てんびん》に従い社会を生きてゆくために欠かすことができない。だとしても、誤ったほうに天秤が傾いてしまった受刑者の犯した罪と、罪を償い更生していく可能性を天秤にかけ、これが正しく公正に釣り合うように望むこともまた、公正な世界を望む人間の祈りの在り方だと皆規は信じていた。

刑事の父を通し、刑務官の職務を通し、多くの過ちを犯した人間の存在を知った。些《さ》
「俺はひとを殺した」

細《さい》な躓《つまず》きから恐ろしい暴力まで様々な理由で、まっとうな道を外れてしまった人びとが、それでも生きていくために、償っていくために、何が必要なのか。

何が、かれらを人間にするのか。

「……君の帰る場所は？」

「今は、ある」

「なら、それを大切に守り失ってはいけない。二度とここに戻ってこないために」

正暉が皆規を見返す。その眼は昏い闇を抱えている。それでも、そこにいるのは怪物ではなく人間だ。皆規はそう信じ、疑うことはなかった。

あのとき、そう思った自分は正しかったと、皆規は、自らの死の間際に思い出した。

おのれの大切な存在を任せられる、人間として生きていける、帰る場所をもたらしてくれると信じられる相手が、炎の只中《ただなか》に立っている。

命が終わる。命を託す。

「いいんだ、正暉。君はもう戻ってこなくていい」

償いは済んだ。

だから赦していい。

君は生きろ。

本書は書き下ろしです。
本作はフィクションであり、登場する人物・組織などすべて架空のものです。

テトラド2

統計外暗数犯罪《とうけいがいあんすうはんざい》

吉上《よしがみ》 亮《りょう》

令和6年 6月25日　初版発行

発行者●山下直久

発行●株式会社KADOKAWA
〒102-8177　東京都千代田区富士見2-13-3
電話　0570-002-301(ナビダイヤル)

角川文庫 24203

印刷所●株式会社暁印刷
製本所●本間製本株式会社

表紙画●和田三造

ISBN 978-4-04-115087-0　C0193

◇◇◇

角川文庫発刊に際して

角川源義

第二次世界大戦の敗北は、軍事力の敗北であった以上に、私たちの若い文化力の敗退であった。私たちの文化が戦争に対して如何に無力であり、単なるあだ花に過ぎなかったかを、私たちは身を以て体験し痛感した。西洋近代文化の摂取にとって、明治以後八十年の歳月は決して短かすぎたとは言えない。にもかかわらず、近代文化の伝統を確立し、自由な批判と柔軟な良識に富む文化層として自らを形成することに私たちは失敗して来た。そしてこれは、各層への文化の普及滲透を任務とする出版人の責任でもあった。

一九四五年以来、私たちは再び振出しに戻り、第一歩から踏み出すことを余儀なくされた。これは大きな不幸ではあるが、反面、これまでの混沌・未熟・歪曲の中にあった我が国の文化に秩序と確たる基礎を齎らすためには絶好の機会でもある。角川書店は、このような祖国の文化的危機にあたり、微力をも顧みず再建の礎石たるべき抱負と決意とをもって出発したが、ここに創立以来の念願を果すべく角川文庫を発刊する。これまで刊行されたあらゆる全集叢書文庫類の長所と短所とを検討し、古今東西の不朽の典籍を、良心的編集のもとに、廉価に、そして書架にふさわしい美本として、多くのひとびとに提供しようとする。しかし私たちは徒らに百科全書的な知識のジレッタントを作ることを目的とせず、あくまで祖国の文化に秩序と再建への道を示し、この文庫を角川書店の栄ある事業として、今後永久に継続発展せしめ、学芸と教養との殿堂として大成せんことを期したい。多くの読書子の愛情ある忠言と支持とによって、この希望と抱負とを完遂せしめられんことを願う。

一九四九年五月三日

角川文庫ベストセラー

文豪ストレイドッグス外伝 綾辻行人VS.京極夏彦　朝霧カフカ

殺人探偵の異名をとる綾辻行人は、その危険な異能のために異能特務課新人エージェント・辻村深月の監視を受ける身だ。綾辻はある殺人事件の解決を依頼されるが、裏では宿敵・京極夏彦が糸を引いていて……⁉

警視庁文書捜査官　麻見和史

警視庁捜査一課文書解読班――文章心理学を学び、文書の内容から筆記者の生まれや性格などを推理する技術が認められて抜擢された鳴海理沙警部補が、右手首が切断された不可解な殺人事件に挑む。

Another（上）（下）　綾辻行人

1998年春、夜見山北中学に転校してきた榊原恒一は、何かに怯えているようなクラスの空気に違和感を覚える。そして起こり始める、恐るべき死の連鎖！　名手・綾辻行人の新たな代表作となった本格ホラー。

事件持ち　伊兼源太郎

千葉県下で猟奇連続殺人事件が発生。報日新聞の永尾は事件直後に不審な男に偶然接触するが、その後男は失踪。県警捜査一課の津崎も後を追うが……警察と報道。2つの使命を緻密に描き出す社会派ミステリ。

ばいばい、アース　全四巻　冲方丁

いまだかつてない世界を描くため、地球（アース）に降りてきた男、デビュー2作目にして最高到達点!!　世界で唯一の少女ベルは、〈唸る剣〉を抱き、闘いと探索の旅に出る――。

角川文庫ベストセラー

犯罪者 (上)(下)
太田　愛

白昼の駅前広場で4人が殺害される通り魔事件が発生。犯人は逮捕されたが、ひとり助かった青年・修司は再び襲撃を受ける。修司は刑事の相馬、その友人・鑓水と3人で、暗殺者に追われながら事件の真相を追う。

心霊探偵八雲1
赤い瞳は知っている
神永　学

死者の魂を見ることができる不思議な能力を持つ大学生・斉藤八雲。ある日、学内で起こった幽霊騒動を調査することになるが……次々と起こる怪事件の謎に八雲が迫るハイスピード・スピリチュアル・ミステリ。

滅びの園
恒川光太郎

突如、地球上空に現れた〈未知なるもの〉。有害な不定形生物プーニーが地上を覆った。プーニー災害対策課に志願した少女・聖子は、滅びゆく世界の中、いくつもの出会いと別れを経て成長していく。

逸脱
捜査一課・澤村慶司
堂場瞬一

10年前の連続殺人事件を模倣した、新たな殺人事件。県警を嘲笑うかのような犯人の予想外の一手。県警捜査一課の澤村は、上司と激しく対立し孤立を深める中、単身犯人像に迫っていくが……。

警視庁SM班I
シークレット・ミッション
富樫倫太郎

警視庁捜査一課に新設された強行犯特殊捜査班。そこは優秀だが組織に上手く馴染めない事情を持った刑事6人が集められた部署だった。彼らが最初に挑むのは女子大生の身体の一部が見つかった猟奇事件で――!